致余愿

　　余愿，你的陈同学今年，26岁了。
　昨晚我做了一个梦，梦里的房子有尖尖的屋顶，
大树下的鸭子会说话，我问它有没有见过一个叫
"余愿"的姑娘，它不应我，只会呆呆地重复
"陈知让，陈知让"，我想，它一定见过。

　　余愿的喜欢，从来就不是无能者的孤勇，
我们的故事也被更多的人看见。

　　又逢雨季，北源大雨，我在窗边写下这封寄
不出的回信，我等你今晚领上那只呆呆的鸭子，
来我的梦里。

陈知让

在冬天

余言树 著

江苏凤凰文艺出版社

图书在版编目（CIP）数据

在冬天 / 余言树著. -- 南京 : 江苏凤凰文艺出版社, 2024. 11. -- ISBN 978-7-5594-9019-3
Ⅰ. I247.5
中国国家版本馆CIP数据核字第2024YK1905号

在冬天
余言树 著

责任编辑	王昕宁
特约编辑	年　年
责任校对	言　一
出版发行	江苏凤凰文艺出版社
	南京市中央路165号，邮编：210009
网　　址	http://www.jswenyi.com
印　　刷	长沙鸿发印务实业有限公司
开　　本	880mm×1230mm 1/32
印　　张	9
字　　数	240千字
版　　次	2024年11月第1版
印　　次	2024年11月第1次印刷
书　　号	ISBN 978-7-5594-9019-3
定　　价	42.80元

江苏凤凰文艺版图书凡印刷、装订错误，可向出版社调换，联系电话025-83280257

目录

/CONTENTS

001 **第一章**
如果世上真的有神

027 **第二章**
我终究不是紫霞仙子

055 **第三章**
不想太快变成无聊的大人

086 **第四章**
我的盖世英雄

117 **第五章**
余愿喜欢陈知让

目录
/CONTENTS

143 第六章
我想，我们大概要一辈子

177 第七章
她死于 2018 年春

222 番外一
如果重回 2015

254 番外二
一场盛大无言的告白

In winter

第一章

◆

如果世上真的有神

In winter

10月4日。

周三。

小雨。

地表气温17℃。

陈知让叼着体温计靠在床头,漫不经心地扫了眼墙上的电子挂钟。

雨声淅淅沥沥,脑袋昏昏沉沉,换季时流感肆虐,他八成是又中招了。

被子下的手机突兀地发出一阵"嗡嗡"的闷响,陈知让听了一会儿才慢悠悠地伸手,将那不大不小的物件从某个不起眼的角落拎出来,指尖一滑,点了外放。

他这会儿嗓子冒火似的又干又疼,而且嘴里含着东西,不方便说话。怎料对方也是个沉得住气的,打来电话又不吭声,雨打在窗沿"滴答滴答",这场景仿佛一出无厘头的黑白默片。

僵持半分钟后,陈知让的手刚抬起还没碰着手机屏幕,对面就颤颤抖抖地出声:"喂?"

颤抖程度像角色下线前强撑着最后一点力气也要发出的声音,让人听了没忍心挂断。

陈知让随手取下体温计,冲那头淡淡地撇下一句:"说。"

听见回应,电话那头的人才算松了口气:"还活着啊?吓我一跳,你不说话我还以为你烧没了。"

"我没了,鬼接你电话。"陈知让捏着那根细细的体温计,对着灯光仔细打量一番,总共看了三次,次次39℃,"哦,快了,记得给我烧个iPhone 100 Pro,不然下去接不了电话了。"

"啊?什么意思啊?"

陈知让轻轻叹了一口气:"目前还活着,挂了。"

电话那头的聒噪被无情掐断,屋内又只剩下窗口的那点雨声。

雨天,深夜,忽如其来的高烧,真是点儿背的时候没一件好事。

仅有两层的宾馆小楼，木楼梯年久失修，踩上去能听见不小的声响，吵闹又刺耳。

楼下柜台后面一个中年女人戴着格子头巾，在暗夜里按着计算器盘账，像是着急生乱，陈知让光下楼这点工夫就听见好几遍"归零"。

他身上穿了一件宽松卫衣，步调松松散散的："盘账啊？张姨。"

"本来早该回去了，今天这烂账怎么算都算不清，真是邪门儿了。"女人抬头，因账目蹙起的眉心刚要舒展开，抬眼瞧见他这病态的脸色，于是又给拧上了，"生病了？"

"有些发烧，下来拿点药。"

"在那边小库房，有个保健品纸箱。"张姨伸手，手腕上还戴着一个墨绿色的翡翠镯子，"我年纪大了眼睛不太好，你拿的时候注意看看有没有过期。"

"好，谢谢了。"

陈知让礼貌地点了点头，转身朝着库房走。几米外的库房小铁门上了新漆，被刷成一种很漂亮的红色，之前好像是蓝色的，又好像是绿色的，他记不清了。

库房里的东西摆得满满当当，陈知让进去找到一个敞着口的保健品纸箱。他伸手随意翻了两下，纸箱散发出一股潮湿的霉味。

箱子里没药，倒是放着好多封信，层层叠叠地摞在一起，边上有一枚不大的月牙玉坠。

每一个信封上都留了字：

　　致陈知让。

熟悉的字迹和记忆中的画面无限重合，让人心跳加速，掺杂着高烧

引起的头晕，白炽灯下寂静无声，陈知让控制不住地鼻尖一酸。

他强压着满心疑问和复杂情绪，接连拆了几封。

每封信的开头都是同一个名字，信的内容冗长，大部分字迹因为纸张受潮而模糊了，但还是依稀能看清几个字：

陈知让，我们要一直一直在一起。

末尾，只有一个名字：余愿。

…………

六年前，夏天。

医院走廊寂静空旷，少女坐在冷冰冰的椅子上，呆呆地盯着地面。窗口不断有风吹进来，她才后知后觉地慢慢拢了一下身上的薄披肩。

走廊那头有人在说话，明明压低了嗓音，却适得其反，听着越发清晰。

"这个病，今天做了检查，等化验结果出来还需要重新评估……要是不行，就联系她舅舅打听打听香港或者国外有没有办法。"

"阿愿才十八岁，我不想让她这辈子就这么完了。如果病在我身上也就算了，活了半辈子，治好治不好都无所谓，她还那么小，我只想让她健健康康的。"

窗外雨声滴答，过了半晌才听见中年男人疲惫地应了声："那要多少钱？"

余愿低下头轻呼一口气，凑巧赶上医院热闹，耳朵里又窜进另一道陌生的对话。

左边病房里的女人又生气又着急，像是一把拍在什么金属物件上，发出一声巨响："他现在都被您惯成什么样了？他跟他亲爸动手！"

"妈，就您这个当奶奶的祖护他。他爸这下午刚做完手术，检查结果是胳膊和肋骨两处骨折，人到现在还没醒呢！

"他亲妈走得早，我一个当后妈的也不好太过管教他，但这事是不是做得太出格了？

"真是养了个白眼狼。"

左边是铺天盖地的谩骂，右边是来回踱步的焦急，一间病房，一道走廊，她夹杂在两段截然不同的氛围里，不自觉偏头瞧了眼旁边同样坐在椅子上的男生。

萍水相逢，二人却像是拴在一根绳上的蚂蚱。

少年稍仰头靠着后面的墙，双手环胸，轻合双眼，像在补觉。

余愿刚坐下时，他就是这个姿势。她心底默认他睡着了，也就轻手轻脚的，没惊了他。

这会儿要不是瞧见他在听到那句"白眼狼"后轻轻皱了皱眉，估计她在这里坐一晚上也发现不了他压根没睡。

四周寂静，却也嘈杂，里头的骂声还在继续："以后给您养老的还不是我们俩，还能指望那个白眼狼不成？"

被唤作"白眼狼"陈知让没骨头似的往后靠着，硬邦邦的金属椅背有些硌人，他也耐着性子，没睁眼。反应几秒才听明白，里头的人这话里话外都是说给他听的，包括那句"白眼狼"。

这会儿犯困，他这个"白眼狼"懒得争辩，毕竟在他的逻辑里，就算是畜生也要睡觉的。

余愿瞧了他一眼，又看了看光秃秃的地面，可能是那晚"同舟共济"的使命感过于强烈，她犹豫再三，还是出声叫了他。

"哎。"

这算是谩骂和焦急中的第三道声音，带着轻微的试探。

陈知让缓缓睁眼，偏头，发现跟前不知道什么时候坐过来一个姑娘，她穿了一条浅色长裙，清新靓丽。

他没心思细看,刚刚"白眼狼"那三个字还在他耳边打转,让人满心烦闷。他拧眉直起腰,没什么表情地看她一眼:"有事?"

冷冰冰的两个字。

少年显然"急于下船",丝毫不屑在这个深夜与任何人"抱团取暖"。走廊里灯光大亮,这会儿人坐正了些,余愿才看清少年身上的衣服半湿,脖子上挂着一枚不大的月牙玉坠,乱糟糟的黑发垂在额前。半明半暗间,她能看清少年鼻梁右侧有颗褐色的小痣,显得乖张又内敛。

余愿看着他,哑然一瞬,似被他这份拒人千里的态度给堵得没话说了。

在尴尬蔓延之前,虚掩房门的病房里又传出几句难听的话。

陈知让不置可否,照单全收,懒洋洋地朝病房抬了抬下巴:"都听见了吗?不害怕?"

略带着一点鼻音,叫人听出似乎有几分不该有的委屈。

余愿实话实说:"听到几句,说得太快,没听清。"

姑娘打扮得干干净净,手边还支着一把做工精细的红伞。陈知让顿了一瞬,看着她:"来找人的?"

"来看病的。"姑娘的声音轻轻落在走廊里。

这里本就是医院,陈知让也没有过于旺盛的八卦欲,只点头"嗯"了一声。

他位置坐得巧,抬眼便瞧见了拐角处的一男一女。二人均脸色沉沉,又在短短几秒钟内强行挂上笑容朝这边走来,冲跟前这位姑娘轻声细语地说:"咱们走吧。"

姑娘起身,裙摆伴随着脚步轻轻摇曳。

陈知让一时盯着多看了两眼,不为别的,只单纯觉得这家人有点说不上来的感觉——不声不响,却比旁边病房里的大吵大闹情绪来得更加复杂。

电梯门开，一进一出。

姜南单手拎着书包从电梯里冲出来。他一路上骑车骑得飞快，使得头发朝各个方向胡乱支棱着。

姜南隔着老远就咋咋呼呼地喊陈知让："喂，怎么回事啊？我下晚自习才看见你回的消息。怎么骨折了？哪儿骨折了？骨折了你怎么还坐在这儿啊？赶紧叫人啊！"

这吵吵嚷嚷的声音吵得人脑仁儿疼，陈知让本不想应，但不应这声音又停不下来，他便抬手敷衍地指了下病房："是我爸。"

姜南半张着嘴，声音戛然而止，好半天才反应过来："是叔叔啊。"

手机上，陈知让回复的消息惜字如金，总共六个字。

CZR：骨折了，在医院。

姜南自然就误会了。

他的八卦欲总是在各个时候指数爆棚："那怎么回事啊？你爸怎么骨折了？"

"说是我打的。"陈知让想都没想就甩出这三个字，说完默了默，又抬眼看姜南，"你信吗？"

又是惜字如金的六个字。

姜南半天才发出一声："啊？"

"不早了，我先回去睡觉，明天去学校再说。"陈知让起身，兴致缺缺地说了句。

今天乱七八糟的事情太多，他是怎么跟老爸吵起来的，老爸又是怎么冲过来的，他确实没伸手但老爸又是怎么摔倒骨折的……听人言之凿凿的话语，他刚刚有那么一瞬间都怀疑自己是不是真的犯浑动手了。

跟着救护车来的路上，他脑子里不合时宜地循环着一句台词——

"她推了熹娘娘。"

姜南追在陈知让耳边念叨："要不你路上说吧，咱俩顺路。"

陈知让淡淡地扫了他一眼，神色冷冷的，没说话。姜南从那一眼里读到的是"闭嘴"。

医院的电子钟显示将近晚上十二点了，这位哥但凡缺点觉便会炸毛，这段时间备战高考严重缺觉，姜南见怪不怪了，遂识相地闭嘴。

只是这段未完待续的对话，姜南竖着耳朵巴巴等到第二天上学，不但话没听到，连人也没见到了。

周三。

小雨。

地表温度 19℃。

体温……没看错的话是 39℃。

陈知让靠在床头瞧了眼体温计，刚刚被一个快递电话吵醒，要不然睡着了还感觉不到这头昏脑涨。

他在床边坐了七八分钟，给班主任发了请假信息后，发木的脑袋才逐渐开始运转，今早老太太电话里说的内容这会儿才延时加载出来：

——"我这两天在医院看着你爸，过几天回去。"

——"一会儿有个快递到，生鲜食品，得赶紧拿出来放冰箱，不然天热得闷坏了。"

——"昨天到的那堆快递里你看看有没有一个小木桌，有的话……"

好像还有一句，但他想不起来了。

陈知让靠在床边磨蹭了好一会儿才撑着疲乏的身子过去瞧，一个看着像装木桌的长方形纸盒被淹没在小商品城九块九的翡翠镯子和六块九的招财貔貅里。他刚抬手，敲门声就响了。

"咚咚！"

他过去开门。门外，快递小哥穿着雨衣，风尘仆仆的，拿了几个小件，上面的快递单被水沾湿。小哥仔细辨认了一下，说："快递，姓余？

尾号6146。"

陈知让点头:"嗯。"

快递交接,陈知让拿着手里这件东西往回走,后知后觉地垂眼,扫了眼收件人。

不是他奶奶余美丽,而是一个陌生的名字,余愿。

余愿起了个大早,抱着手机前前后后看了一早上,最后一条是刚刚更新的物流动态,显示已签收。

赵女士在阳台浇花,余愿犹豫半响才跟着去了阳台:"妈,丽丽阿姨没将快递地址填错吧?显示已签收,但我没接到电话啊。"

赵女士一手拿着喷水壶,低头精心打理着台面上的小盆栽,闻言看了她一眼:"什么东西啊那么宝贝,还让你丽丽阿姨专程去咱们家给你找出来寄?"

虽在同市,但城南、城北隔着近两个小时的车程,这种时候发快递省钱又省事。

余愿手搭着玻璃门,有些不好意思地岔开话题:"也……没什么。"

其实是她的两本日记。

里面的内容天马行空,还有一些不高兴的时候乱写的东西。少女心思,是无论如何也不好意思让大人知道的。

客厅电视机里循环播放着十几天后即将到来的高考,未知的成绩和医院的化验单一样,都足够让人忧心。

阳台上放了一盆粉色多肉,余愿伸手拨了一下,轻叹一口气:"妈,那我去看书了,如果等下快递送来,你帮我签收。"

赵女士应声:"好。你房间记得关窗,一会儿雨就大了。"

正逢雨季,往年能一连下好几天。

余愿关了窗,坐在书桌前抽了一本习题出来,到这时候已经不指望

提分了,只希望多做两道题保持手感。

早上窗户大开,习题的纸张都变得潮湿。

笔尖在纸上洇出油墨,不知怎么回事,她忽然想起昨天晚上在医院遇到的那个怪人,他也是这样,头发和身上都是湿的。

一面之缘,她脑海中不自觉地浮现少年清俊的脸庞,以及他鼻梁右侧那颗褐色的小痣。

陈知让把快递往桌上一摞,躺到床上昏昏沉沉地睡到中午。不出所料,他这次还是被电话声吵醒的。

亲爱的余美丽女士,拜托能不能不要买这么多的快递?温州小商品城都快被你批发回家了。

心中吐槽的陈知让微拧着眉接了电话,为了不伤及无辜,开口时尽量压着那点不耐烦:"余美丽,6146,放门口吧,我等下拿。"

姜南放学过来,站在门口敲门敲了半天也没人搭理,昨天未完待续结果今天直接不见人影。八卦也就算了,但今天还是一个史无前例的大日子,姜南控诉的话都到了嘴边,却还是问了句:"余……美丽?"

电话对面的人静默三秒,然后挂断了。

手机里的"嘟嘟"声显得那么冰冷无情。

姜南对着手机愣了愣,这哥这会儿又是冲谁发火啊?

姜某人今天十八岁生日,真没见过这么憋屈的寿星。

姜南抬手敲了敲门,满脑子都是电视剧里冒着瓢泼大雨跪倒在门前即将黑化的女主角的苦苦哀求……

十几秒后,里头总算响起慢悠悠的脚步声。

房门"咔嗒"一声打开,陈知让虚倚着门,虽然平日里就是一副没骨头的懒散样儿,但此时更盛。

"今天我生日,之前说好一起吃饭的。你上午怎么没来啊?"姜南边说边往里走，"你家里的事不想说就拉倒呗，还至于躲我啊？"

"生日快乐。"陈知让顺手带上门，微哑的声音让这句话听上去轻飘飘的，而且在寿星提醒后才说出来，显得丝毫算不上走心。

姜南也不在乎，随口问道："吃饭了没？"

陈知让从昨晚断断续续睡到现在，却还是困得要命，这会儿往沙发上一坐，那困意又劈头盖脸地涌出来："不想吃，我再睡会儿。"

"你怎么了？"姜南的余光扫见了茶几上的体温计。

某人把毯子往身上一盖，毫不客气地说："应该是感冒，吃过药了。冰箱里什么都有，你饿了自己吃。"

姜南今天虽是寿星，但看陈知让下一秒就要活活困死了的样子，自然也没别的话说。

身为情同手足十多年的发小，姜南来这儿就跟来自己家一样，没少蹭吃蹭喝，甚至算得上余美丽女士的半个外姓孙子。

姜南拿了两样吃的，安静地坐在旁边静音打游戏。

陈知让是真的困，沉沉睡着，等醒来已经是下午五点多了，睡饱了一身轻松，应该是已经退烧了。

屋里没人，茶几上有一份姜南帮忙点的外卖。

一碗漂着红油的酸辣粉。

当真"贴心"。

陈知让不紧不慢地起身倒了一杯水，又坐回来无所事事地刷两下手机。距离高考还有十多天，这会儿手机里已经开始不定时推送往年的高考新闻，有警察铁骑送准考证的、大雨中群众护送考生的、考场门口家长穿着旗袍手捧鲜花寓意旗开得胜一举夺魁的……在这场没有硝烟的战场上，好像所有人都比考生本人还要紧张。

身为考生本人，陈知让最大的自觉就是吃点东西，然后去上晚自习。

只可怜桌上那碗重油重辣的酸辣粉孤零零地待在原位，无人宠幸。

"这家米粉店开了二十几年,生意兴隆,尤其是高考前这段时间人特别多,你猜为什么?"姜南一边捞一筷子粉往嘴里送,一边兴致勃勃地出了一个脑筋急转弯。

陈知让扫了眼上面"状元米粉"的硕大招牌,忽然后悔和姜南一起吃饭。

他没吭声,右边桌一道女声紧接着传过来。

"这家米粉店开了很多年,高考前来吃的人尤其多,你猜为什么?"

一个毫无水准的脑筋急转弯,居然能一分钟内听到两遍,当真是卧龙凤雏,从不单出。

陈知让把筷子搭在碗沿,侧头去看。那落满陈年老油的木桌后,一个穿浅色花裙的姑娘坐在那儿,在一屋子成中校服里尤为显眼。

余愿一身浅色花裙,手握筷子,看着店名还认真地想了下:"因为……因为状元吃过这里的米粉?"

她家住城南,不太了解这边,这次因为看病过来,房子都是借住二姑家的。二姑一家常年在外,唯一的女儿林琳在校外租了一间二十平方米的小房子备战高考,家里的房子也就暂时空出来了。

林琳笑了下,大大咧咧地说:"差不多吧。成中是重点中学,年年出状元。状元也是人嘛,高中三年,学校边这条街上的东西肯定都吃过,旁边卖锅盔的也可以叫'状元锅盔'。

"我觉得今年的省第一要么是陈知让,要么是赵思婷。陈知让的可能性大一点,因为赵思婷一到高三心态不稳,成绩忽上忽下。"林琳背对着姜南那桌,毫无顾忌地侃侃而谈,"不过也说不准,二模赵思婷是第一名。

"我整个高中最羡慕的就是赵思婷,成绩好、人又长得漂亮,年级大榜上的照片快被她和陈知让占满了。"

林琳一说就停不下来，说完才反应过来她嘴里这两个人名对余愿来说很陌生，让人压根插不上话。对上余愿一脸茫然的表情，林琳尴尬地戳了戳粉："等下次遇见了，我指给你看。"

余愿在心里默默念了遍这两个名字，赵思婷，陈知让。

陈、知、让。

徐行知礼让，幼学爱文章。

这句诗出自李俊民的《王生寿日》。

余愿嘴里吃着东西，不经意抬头时撞上一道目光。

少年穿着成中校服，衣服敞开着，胳膊随意地搭在桌沿上，正半侧着身子看她。

是昨天在医院遇到的那个男生。

视线只是交错一瞬，他神情寡淡到像是没认出她，然后不紧不慢地转回身，只留给人一个不明情绪的后脑勺。

林琳卡着时间吃完，抽张纸擦擦嘴："余愿，我得回去上晚自习了，你待会儿是打车回去还是等我舅妈？对面小巷子里有个书店，挺清静的，你要是无聊去那儿等也行。"

"我等等我妈，晚上一起回去。"余愿嘴里塞得像只仓鼠，说话含混不清，冲林琳挥手，"没事的，你先走吧，我还剩很多没吃完，你别迟到了。"

"那我走啦。"林琳拍了下她的肩，手腕红绳上的铃铛叮当响，"等考完我好好陪你玩，带你吃香喝辣，逛遍城北。"

余愿笑着点头，看着人走远。

刚刚几句话的工夫，前面那桌也已经空空荡荡的，只剩两只余有汤水的白瓷碗。

下午六点多,雨后的傍晚最是凉爽,树梢上冒着一簇又一簇打卷儿的新叶,叶尖还偶尔落下几滴水。

姜南吃饱没吃饱都闲不住,出了小餐馆看见几个低年级的男生抱着球说说笑笑,不看还好,一看见就像是被勾起了什么瘾,眼馋得不行:"打球吗?"

陈知让把书包松松垮垮地挂在肩上:"没空。"

"我爸给我买了个新篮球,搁家里半个月了,都找不着人陪我打。"姜南郁闷归郁闷,但也知道现在高考倒计时"1"字打头人心惶惶,"算了,再忍忍,等考完我直接抱着球睡球场,谁叫我回家都不好使。"

自从上了高三,陈知让听过最多的四个字就是"等高考完",好像所有的事情都在为了这场考试而无条件让路,就连一直看他不爽的后妈都说"等你高考完,看我怎么跟你算账"。

陈知让想到这些,心里有点不爽:"走,打球。"

姜南愣了下,拿出手机看了眼时间:"我也就说说,还有十五分钟就上自习了。再说,我的球也没带出来。"

"打不打?"陈知让看了他一眼。

姜南愣了愣,点头:"打。"

于是,姜南凭借着自己如鱼得水的社交能力,带着陈知让成功加入了高一年级的队伍。

最后,在自习课前,两个人又被教导主任给逮去了办公室。

"高考还剩几天,你们自己不知道吗?跟高一的学生混在一起玩,他们有时间你们还有吗?"张主任的目光落向陈知让,更是恨铁不成钢,"陈知让,你怎么也跟他们一起玩了?你不应该啊!"

陈知让稍低着头,也不吭声。姜南知道他不会说什么,顶着张主任犀利的眼神,仗义地替他开脱:"老师,他生病了,今天本来请了假,这会儿又回来上自习。"

"生病了？"张主任扶了下眼镜，语气也跟着缓和不少，"生病了就好好休息，不在乎这一两天，别临门一脚掉链子。你和赵思婷可是学校的重点保护对象。"

陈知让微垂下眼，不轻不重地"嗯"了声。

从办公室出去，天色又暗下来一些。操场上，高一的学生恋恋不舍地拍着球往家赶。陈知让单肩背着包，走得懒洋洋的，最近家里乱七八糟的事情太多，他就是觉得憋屈又窝火，想找个地方宣泄。

姜南被一种莫名的低气压波及，伸手搭上陈知让的肩膀，劝慰："知知啊，别……"

"闭嘴。"陈知让递给他一个眼神，将他后面没说完的话一并打了回去。

无情，且足够冷漠。

姜南自动屏蔽信号，一点儿不接收，依然是嬉皮笑脸的："马上就高考了，张主任着急也正常，你和赵思婷，其实所有人都觉得你拿状元的可能性更大。"

"你也这么想？"陈知让脚步一顿，半开玩笑，"要是我不行呢？"

他从没觉得赵思婷差，上了高三，身边不断有人对他说，陈知让，你一定行。

夸张点说，仿佛十几天后的那场考试他一旦考砸了，便会让所有人失望。

这种万众瞩目的感觉，让他多少觉得别扭。

姜南半张着嘴，毫不犹豫地回答："你肯定行啊，不是因为我跟你熟才这么说。赵思婷成绩不稳你也是知道的，虽然有几次比你考得好，但也是忽上忽下，甚至能掉到十名往后。你们分值上神仙打架，高考不就比一个心态吗？"

上课铃响，陈知让瞧了眼空荡荡的走廊，又看向姜南，没正面回答，

语气淡淡的:"你去上自习吧,我走了。"

姜南不解:"哎,你干吗去啊?"

陈知让的话真假参半:"你没听张主任说吗?让我别掉链子,回去休息。"

休息是假,他这会儿不想在学校待着才是真。

陈知让在校门口无所事事地转悠了十几分钟,又不想回家,最终还是去了老地方。

余愿吃完东西,去了藏在小巷子里的书店。她没带教材,只能百无聊赖地翻着一本漫画书,书里少女的头发自然卷曲,蓬松柔软,浅色花裙衬得整个人俏丽可人。

说来也巧,她今天这条裙子和漫画书里女主角身上的裙子有八分像。

这种肥皂漫画她小学时痴迷得很,为数不多的零钱全用来买这种大人看不上的闲书了,如今都在家整整齐齐地收着,只不过她很少再翻。

漫画书里夹着一张书签,应该是上个借书人落下的,上面的油墨清晰可见。

"他是盛夏穿堂风。"

余愿逐字看着,不自觉跟着小声念了出来。

身后的门一开一合,带进一阵潮湿的凉风,穿堂而过。

余愿本没回头看,直到那道脚步渐近,来人在她附近随手拉开个凳子坐下,细碎声响中夹杂着几声轻微的咳嗽,她才不经意地回头。

很巧,又遇见他了。

余愿看他从书包里抽出一张卷子,又不紧不慢地戴上耳机,隔绝掉周围一切声响。

少年身高腿长,他坐的位置稍矮,腿只能将就地屈起。成中校服蓝白配色,款式松松垮垮的,在他身上倒也自成一派。

余愿看了两眼，转回身继续翻着漫画打发时间，翻页时无意间瞥见书签背面还有字，字迹清秀舒展，是一个名字——陈知让。

他是盛夏穿堂风。
陈知让。

余愿捏着书签的手指一顿，她好像无意中窥探到了某个关于少女心事的秘密。

那个秘密，被人偷偷藏在了这个书签里。

她小心地夹好，担心书签的主人下次来了找不到。手上的漫画书突然变得像烫手山芋，她生怕再翻出什么秘密，不敢再看。

带着莫名的心虚，她下意识地往周围看去，店里的人稀稀拉拉坐得分散，离她最近的就是那个戴月牙玉坠的少年。

他低头写卷子，肩背形成一道自然的弧，笔尖在草稿纸上快速计算。似思维卡壳，他顿了一瞬又很快继续。

陈知让刷完手上的两套卷子简单对了下答案，再抬头时，店里除了他，只剩收银台后一个打瞌睡的店员。

余美丽不在家，他回去时不出意外地看到家门口多了几个闪送快递。他顺手拿进去，倏然想起那个送错的快件还"四仰八叉"地躺在桌子上。

一个送错了的快递，别人要是找上门，他原封不动地还回去就得了，如果没人来，就搁桌上任由它落灰。

但"白眼狼"今天难得善心大发，多管闲事，掏出手机照着这快递单上的收件人的电话号码拨回去。

余愿刚洗漱完缩进被窝，被子底下的手机"叮叮当当"一阵响，屏幕显示是个陌生号。她捧起电话接听，客客气气道："喂？"

"你好。"少年的声音清润好听,带着几分不自知的沉懒窜入耳膜,落在夜间格外清晰,"你好,是余愿吗?"

"是。"余愿看了眼屏幕,确定不认识这个号码,又听不出是谁,不自觉皱眉,"你是……"

"好像是快递弄错了,你的号和我奶奶的手机尾号一样,6146。"陈知让一只手拿着手机,另一只手掂着那个快递,感觉像是本子或者书之类的东西。

惦记着两本日记,余愿握着手机的指尖都跟着紧了紧:"你……打开了吗?"

低低的男音通过听筒传来:"没有,需要打开吗?"

"不,不用。"余愿看了眼时间,商量道,"你什么时候有空?我过去拿。"

"周六日都行。等下我把地址发给你,你来之前给我打电话。"虽然得了张主任特赦,准他休息,但他该去学校时还是要去。

"好,谢谢了。"

"不客气。"

一通电话结束,突然,也惊喜。

余愿的手机"叮"的一声弹出新消息,来自那个陌生号码:地址:明元小区,29号楼,1601。

是同一个小区,她住27号楼。

大概是失而复得,她给这个号码又回了一句:谢谢。

陈知让扫了眼手机屏幕,没有再回复。

高考倒计时还有十三天,桌上堆着无数题册和卷子。高三这一年,陈知让和班上的其他人一样,基本市面上能买到的题他都买来做了,每天都熬到凌晨。这会儿看着这些密密麻麻的小字,他脑子里忽然出现很多不同的声音。

——"陈知让,老张都告诉我了,办公室的老师都觉得你今年必拿状元。"

——"陈知让,你肯定行。"

——"哟,陈状元考完去哪儿玩啊?"

他从前只当这些是拿他开涮的玩笑话,没心没肺听听就算了,不知道是不是因为考试临近,偶尔想想也觉得压力倍增。

陈知让指尖在屏幕上点了点,点进某单词软件翻了两下便退出来。

算了,今天给自己放个假,洗澡睡觉。

管他考成什么样,陈氏至理名言就是——畜生也是要睡觉的。

关于那两本日记,余愿又等了两天。高考前的日子每天都掰着手指过,医院的检查结果也迟迟没出,她嘴上没说,其实早就心神不宁,一页书都看不进去。

借着周六的约定,余愿给那个陌生号码的好心人拨了电话,倒不是着急拿那两本日记,就是想出去走走,散散心。

只可惜,电话没打通。

两天前发来的短信里有地址,余愿心想闲着也是闲着,不如直接去找。29 号楼,1601。

余愿摁下楼层键,电梯门开,她前脚刚迈出去,还没看见人,就听见了说话声。

女生的声音里藏着担忧:"陈知让,我听姜南说你病了,发烧反反复复,这马上就要考试了,我爸是省医院的医生,说吃这个药好得快。"

陈知让。

这个最近高频出现的名字又毫无征兆地窜进余愿的耳朵,余愿几乎是下意识想趁电梯门还没关退回去,等会儿再来。

男生站在房门口，疏懒地倚着门，笑道："没听大家怎么说吗？都觉得我高考肯定压你一头。"

他最近被一堆破事压着，整天没个好脸色，偶尔笑起来，将熟未熟的面庞带着清朗少年气。

女生大大方方，自信开朗："陈知让，我压根没在乎你和我谁高谁低，就算要比，你也得拿出真本事来。乘人之危可不是本小姐的作风，我只希望你好。"

本能地，出于某种堪称玄学的第六感，余愿觉得这个女生应该就是赵思婷。

双学霸的尖子生组合，如何不叫人称赞？

一墙之隔，陈知让接过药，不客气道："开玩笑的，谢了。"

女生扎着马尾，干净利索，偏头时发尾一动："不跟你说了，我得回家看书。别说我没提醒你，到时候状元被我拿走你可就丢大了。"

余愿半只脚踩在电梯里听了几句，在电梯门关上之前，才犹豫着走了出来。

听人闲话，看人秘密，她这两天真是误打误撞做了不少"坏事"。

两人一进一出，女生与余愿擦肩而过，摁了电梯。

余愿拿手机拨电话的间隙，身后的电梯门已经缓缓合上，没人知道他们刚刚的谈话还有另外一个"上帝视角"。

电话拨出去，不远处有铃声响起，她走出拐角，看着几米开外的少年单手拎着药，另一只手不紧不慢地从兜里摸出手机。

她半晌才动了动唇，愣愣道："喂，我是余愿。"

茶几上的白瓷杯里的茶水冒着热气，余愿坐在沙发上，半天没回过神，原来那晚在医院碰到的男生就是陈知让。

这个名字最近刷屏似的出现在她耳朵里，不出意外，这人就是今年的准状元人选。

准状元在屋里翻箱倒柜地找快递，最后还是打电话求助外援："姜南，你昨天来的时候看没看见我桌上的快递？里头不知是书还是本子的那个。"

"啊？"姜南睡着觉被电话叫醒，脑子还没转过弯，"快递……好像当时嫌碍事给你扔抽屉里了。"

十几秒后，余愿盯着茶杯旁那一小块视野里横出一只修长干净的手。

少年放下她的快递，随即抽离："又遇见了，我叫陈知让。"

她慢半拍道："我叫余愿。"

真是官方又客气的自我介绍。

余愿握着茶杯缓解尴尬，没话找话："我听林琳说起过你。"

林琳和姜南比较熟，陈知让也多少听到过"林琳"这个名字，他往自己跟前端了一杯水，不紧不慢地掰了两颗药："她说我什么？"

余愿实话说："可能是今年的状元。"

不过那晚在医院第一次遇见，她真没想到他这么厉害。

陈知让穿了一件无袖T恤，胳膊上的肌肉线条若隐若现，拿杯子时手背的筋骨因用力而凸起清晰的脉络，是独属于少年人的坚硬线条。

他身上穿的都是后妈送的。对方送来，他向来是摘了吊牌直接睡觉穿，美其名曰扔了浪费。

余愿看他吃药，自己的快递也拿到手了，没理由久待："你好好休息，我回去了。"

他点头应了声："嗯。"

快递袋子层层包裹，余愿拿回去拆了一层又一层。

里面是两本日记。

她不经常写日记，只偶尔想起来，或者发生了有趣的事情才会记录

在上面。

最近无聊生活中最有趣的，估计就是那个名字了，陈知让。

日记本的首页上，她贴了一张小时候的照片。照片里的她刚上小学，穿着白色芭蕾舞裙站在聚光灯下，自信又开朗。

照片里的，大概是她短短十多年里最最开心的一段时光。

——"少儿芭蕾舞比赛个人一等奖，恭喜我们余愿同学。"

——"愿愿真棒！以后我们愿愿一定会去更大的舞台，拿更高的奖。"

——"这个奖杯以后就摆在客厅好不好啊？以后谁来咱们家都能看见。我老余家的女儿嘛，都是宝贝，我显摆显摆怎么了？"

——"是是是，咱们养出大舞蹈家，可不得让街坊四邻都知道。"

直到有一天，她醒来发现身上插满了仪器，耳边是循环的"嘀嘀"声，就是从那天开始，什么都变了。

她以前跳舞的照片赵女士和老余同志都有好好记录，随便一场表演的现场照片几乎都能塞满一个相册。她记得以前表演时，老爸拿着相机，在台下忙忙碌碌恨不得把每个角度的她都拍摄下来，逢年过节便拿出来跟人讲这是他女儿。

后来爸妈担心她看了从前的照片难过，将那些照片全都收起来锁在柜子里，任何关于芭蕾的字眼也都成了禁忌，没人再提。

唯独这一张，是她从小学荣誉墙上悄悄撕下来的，爸妈不知道。

窗外起风了，依稀有不听话的雨点落进来，余愿回神，忙上前关了窗，将屋外的潮湿隔绝。

雨点密密麻麻地打在玻璃上，她坐下静静看了一会儿，轻呼一口气，将照片那页翻过去。就算明知不可能也忍不住想，要是所有不好的事都能这样翻篇就好了。

要是她还能跳舞就好了。

"这跳的什么啊？跟我奶奶以前找的神婆跳大神一样。"姜南呈一个"大"字瘫在陈知让家的沙发上，一边拿着遥控器换台，一边伸手去够茶几上的可乐，"我爸今天给了我五百块钱，我刚想着生日没过，和你去吃顿好的，结果我才说出口就被我爸给否了，还把那五百块又给要回去了。"

到手的五百块飞了，姜南闷了一口可乐，越想越后悔："我爸说我出去吃些乱七八糟的吃坏了无所谓，不能带上你，不能耽误你这大学霸考试。"

姜南成绩不错，有点家底，家里人也不要求他怎么样，能考上就上，实在考不上就送出国混个文凭回来接手家里的生意，算是无忧无虑、自由自在。

"哎，你考完打算干什么？"姜南手枕在脑后，已经开始畅想高考结束后是去马尔代夫还是去西双版纳。

虽然家里略有资产，但以前姜南的爸爸秉持穷养孩子的原则，导致小时候的姜南都是一块零花钱恨不能掰成两半花。

每当他站在学校门口的小卖部捉襟见肘时，便励志要靠读书改变命运，带领全家过上好日子。

再者，身边有陈知让这个榜样，姜南在学习这一块也算开窍，三年前以高分考进成中。

两年前的某个晚自习，成中有个高三学生因压力过大决定离家出走。

一时间，家长和学校特别注意学生们的学习压力和心理问题。

也就是在那之后的某个晚上，姜爸直接掏出七八个房本，对姜南说："读不好也没关系，老爸已经为你铺好了路。"

姜南永远忘不了当时老爸拍着他的肩，一本正经地说："姜南，你学得好就学，学不好就玩，咱吃饱饭，睡好觉，好赖都能上学。况且爸才四十出头，还能再努努力。"

这件事发生后,姜南第二天含泪在某乎"突然发现自己家很富裕是种怎样的体验"的话题下写下千字长评。

陈知让小时候爹不管后妈不爱,好在有余美丽这个当奶奶的惯着,零花钱比同龄小孩都多,又和姜南打小认识,自然没少"接济"姜南。

这些点滴的事情,姜南一直记着。

"不知道。"陈知让拎了罐汽水靠向沙发,整个人松松散散的,"可能去打工,也可能去旅游,或者打两天工再去旅游。"

说了等于没说。

姜南:"旅游的话,咱俩一起,但两个人没意思,要不要再叫上别人?"

电视忽然跳到一个吵闹的综艺节目,陈知让抬眸瞧了一眼,随口回道:"考完的事考完再说。"

他很少做计划,都是走到哪儿算哪儿。

计划这种东西,不可控因素太多,很容易就被打乱。

比如他也想不到高考前十多天会和老爸发生争执,老爸摔倒住院,这口锅还莫名地扣到了他的头上。

这些天他在学校复习,也没给家里打过电话,不知道他"白眼狼"的身份被洗清了没有。

不过随便,他不在乎。

高考一天天临近,就连中心广场跳广场舞的老头儿老太太都默契地停业了,余愿捧着本英语单词书坐在阳台上默背,傍晚的光线照在身上,柔和又舒服。

能考上一所不错的大学吗?

考上之后,能顺利入学和大家一起读完吗?

还是会和从前一样,边上学边看病,无休无止?

余愿看着手里密密麻麻的单词书,不记得背过多少遍了,但总是会有这样那样的遗漏。

迷茫困顿，好似她充满未知的将来。

隐约听到外面有人开门，赵女士的声音随即响起："余愿，林琳回来了。"

余愿轻叹口气，不再去想。

林琳一进门，就拎着大包小包的零食来找她："余愿，我路上买了些吃的，还热着，来一起吃。"

余愿点点头笑了："好。"

考前放假，学校让学生自行抽空去熟悉考场路线，林琳退了校外出租屋，走之前望着那小小的房间多少有些感慨，曾经觉得度日如年，怎么也熬不过去的高三，如今终于要落幕了。

林琳吃了口西瓜，忽然想起来问："余愿，你在哪里考试啊？"

"在师大附中。"余愿开了一瓶汽水，伴随着"呲"的一声，空气中很快飘浮起葡萄汽水的清甜。

林琳："我就在成中，还挺近的。那说好了，考完你还住我家，我带你玩。"

"好啊。"

余愿笑起来很甜，加上平常不怎么出门，肤色也白，乌黑柔软的碎发散下来，看着很乖。

林琳扶了下眼镜，忍不住说道："余愿，你要不要这么乖？我要是个男生，可要被你迷住了。"

余愿笑容更大了："也没有吧。"

两人说说笑笑。

赵女士忙到一半忽然接了个电话，便急急忙忙放下手中的活要出门："林琳，余愿，锅里有现成的晚饭，你们待会儿记得吃，我现在有事出去一趟。"

余愿端着水杯,试探着小声问:"是……医院的电话吗?"

通常做完检查这么久,也该出结果了。

"啊……是。"赵女士愣了一瞬,"电话里也说不清,妈去问问,应该没什么事情。你们好好玩,明天还要考试。"

余愿只是点头,没有再说什么。赵女士一走,代表这么多天的审判将有定数。

那张贴在日记里的照片,余愿吃完东西又忍不住拿出来再看一遍,想起十几天前爸妈在病友群里看到有人说省医院引进了一种治疗新药时还像是做梦一样。新药是进口的,未纳入医保,药价很高,但不少濒临绝望的人都因此重燃希望,跃跃欲试,其中也包括他们一家。

余愿坐在桌前,从花花绿绿的笔筒里抽了一支笔,在崭新的一页记录:

6月6日 晴

如果世上真的有神,这次,请神明眷顾我。

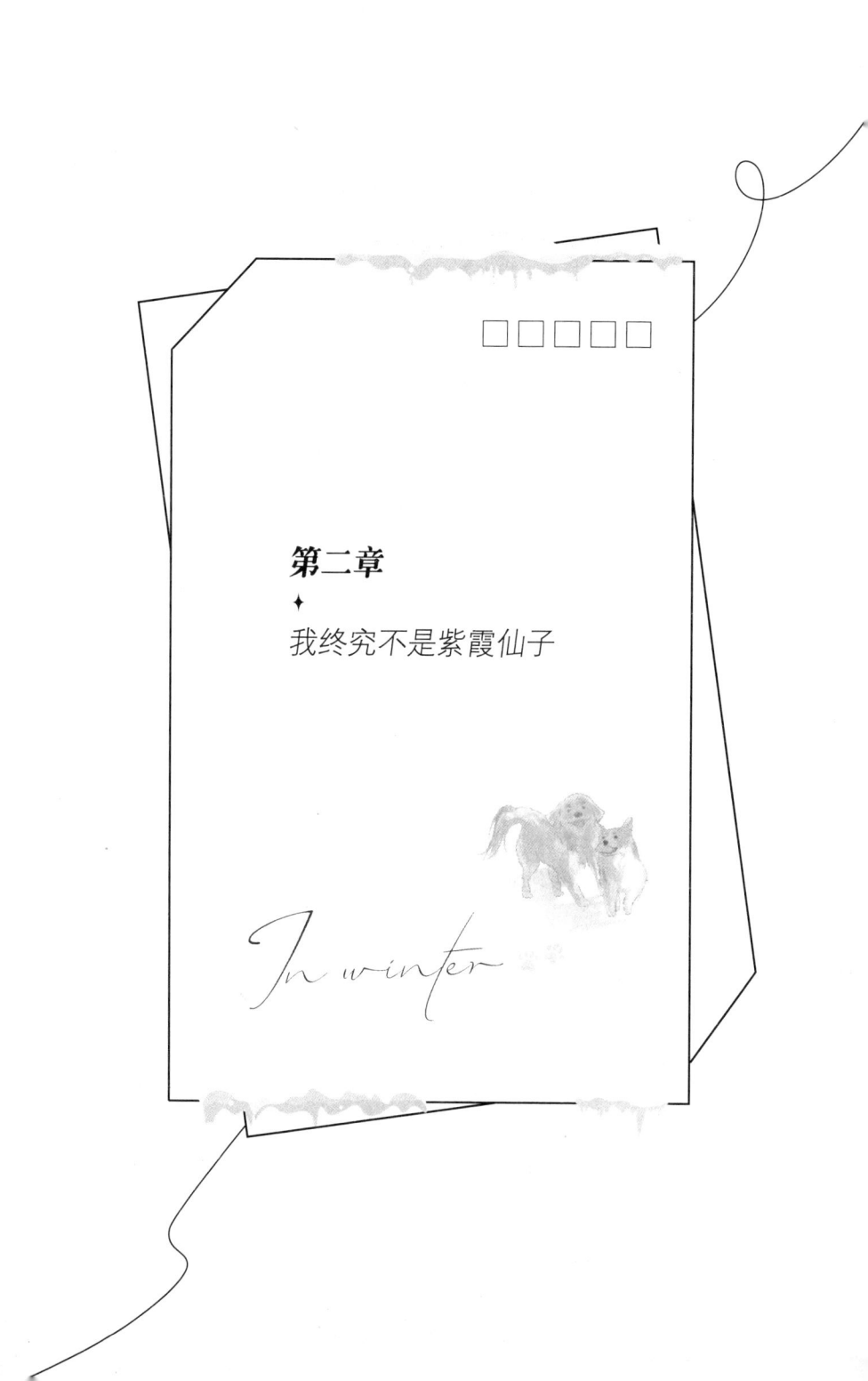

第二章

我终究不是紫霞仙子

"主任,不是说有进口药的吗?我们这次来做了准备的,我女儿还小,钱不是问题……"女人头发里夹杂着白丝,正近乎哀求地跟穿着白大褂的医生讲话。

陈知让单手拎着一袋水果走在医院里,边走边听电话,眼前如此苦情的场面,他瞧了一眼就匆匆别开视线。尽管自己的生活也是一地鸡毛,但依旧看不得他人受苦。

电话那头的美丽女士继续当和事佬:"你到了没?那天的事情你爸早就跟你阿姨说清楚了。哪有父子俩怄气的?就在后面住院部三楼,能找到吧?"

"嗯,马上就到了。"陈知让抬眼扫了眼指示牌,跟着人流右拐。

自那晚离开医院后,陈知让再没来看过老爸陈疆阔,这回还是被余美丽老太太催着来的。

陈知让按部就班地转弯,上楼,去到骨科住院部。

尽管病房里住的是自己老爸,他还是习惯性地敲了敲门。

很快,门开了,露出余美丽和蔼的脸庞,还一个劲给他使眼色,示意他过去。

陈知让心领神会,把一兜水果放在旁边的小桌上,干干巴巴地叫了一声:"爸。"

嗓音干涩,声调也很别扭,像小孩刚学会开口发音。

得到的回应是陈疆阔同样干干巴巴的一句:"嗯。感冒好点了没?"

客套又疏离。

陈知让前两天生病的事情大概率也是余美丽说出去的。

他回道:"好多了。"

一来一回,他们父子俩的相处模式一直是这样,一个话题说完要绞尽脑汁才能想到下一个继续维持尬聊。

陈知让没什么表情地站在原地,父子俩大眼瞪小眼。不知道老爸是因为骨折还是刚起来吃过饭，半靠着床，胳膊打着石膏吊在脖子上，整体呈现出一个非常诡异的姿势。

陈疆阔抿了抿干涩的嘴唇，主动说道："明天就考试了，好好考，那天的事情不怨你。"

"嗯，我知道。"虽然那天的事情跟自己没什么关系，但忽然被人扣上帽子又忽然从人口中听到澄清，陈知让心里还是有种说不出的感觉。

他清了清嗓子，别开视线："没什么事，我就回去看书了。"

这只是当下他能想到的最佳的溜号方式。

虽然骨子里和跟前这个男人流着一样的血，但两个人同处一个空间里，他就浑身不自在。

陈疆阔冲他摆手："行。快回去吧，别耽误了考试。"

陈知让默了默，又中规中矩地"嗯"了一声才出了病房，走出不到两米就听见身后紧跟而来的小碎步。

余老太太拿了一小沓红钞追出来，说："阿让，马上考试了，这个你拿着。"

陈知让看着钱，懒懒地牵了下嘴角："高考又不要钱。"

余美丽压根不听他说，将钞票往他手里塞："考完了你不去玩吗？这儿有一千多，还有大红包我怕弄丢没带身上，等你考完再给你。"

陈知让知道老太太固执，不收不罢休，便说："行，那我收着了。"

余美丽人如其名，特别爱美，尽管这个年纪头发已经全白，却还是把头发打理得整整齐齐，用银簪固定着盘发。

老太太瞧了眼病房，说："你爸抽不开身，明天我去送你。"

"不用。我就在成中考，自己的学校熟门熟路，走路也没多远。"少年身材高瘦，棱角分明，走廊顶上的灯光在地上拉出一道长长的人影。

老太太望着他，总觉得这两天没在家看着他，他像是又瘦了些。

对于独孙，老太太心疼得紧："考好考不好都无所谓，奶奶从不求

你中状元,别听别人说什么,尽是给人增加压力。"

陈知让只是笑:"我知道。"

如果在十几天之前,他一定会笑着跟余美丽女士说,您瞧好,今年的状元我势在必得。

但这些天不知道什么原因,又或是有一种不好的预感,有什么一直悬在胸口不上不下,让人心虚没底气。

他上次有这种莫名其妙的感觉,还是生母去世的前三天。

每逢高考便下雨,说不上是规律的规律也一直延续了很多年。

英语考试和苦闷的高三生活一起结束,或喜或忧,就都不那么重要了。

余愿考场表现得不好不坏,大概是预感到医院检查结果不容乐观,爸妈没有主动提起,她也一直装傻没去问。

她站在路边收伞,同时提起裙摆弯腰钻进车里。

爸爸余斌在车里等了一下午,开足了舒服的冷风迎接:"余愿,考得怎么样?你妈去接林琳了,等下是下馆子还是回家吃?"

"我感觉应该还行。"余愿望着车前挡风玻璃,雨点落下,被雨刷扫开,又落下。

再开口时,她的声音有点撒娇的意味:"今天天气不好,我想回家吃爸做的红烧排骨。"

余斌笑呵呵地说:"行,那等哪天天晴了咱们再出去吃。"

趁着老爸心情不错,余愿忍不住问:"爸,我之前做的检查,医院有说什么吗?"

声音不轻不重地落在车内,没承想,刚才还不错的气氛戛然而止。

路口红灯闪烁,变绿。

余斌瞧了眼后视镜,打着方向盘左转:"还没有。这种大医院拖拖拉拉,检查结果我看了都没什么问题,但说具体治疗还得看情况。"

余斌又说:"考完了就先好好玩,以后的事情以后再想。"

话音刚落,雨声渐大,打在车窗上成了层层水幕。

余愿叹了口气,偏头望向车外,声音几乎融在了雨声里:"嗯,不着急。"

汽车行驶过熟悉的路线即将拐进小区,即便隔着沉沉雨幕,她也是一眼就认出了某个身影。她几乎没犹豫地开口:"爸,我在这儿下就行,我想去买点饮料和零食。"

便利店门口。

少年微弓着身坐在台阶上,低头漫无目的地看着雨水从屋檐落在浅浅水洼里泛起一圈又一圈的涟漪。

偶尔有风,雨水多少落了几点在他身上。

——"陈知让,老张都告诉我了,办公室的老师都觉得你今年必拿状元。"

——"陈知让,你肯定行。"

——"哟,陈状元考完去哪儿玩啊?"

一道人影从上头罩过来,光线变暗,视线中规则律动的水面也倏然被一双白色帆布鞋踩得风云变幻。

少年缓缓抬头,不偏不倚,对上一双干净清澈的眼睛。

余愿纤细的手腕撑着一把红伞,愣了片刻才说:"下雨了。"

算是没话找话的废话。

少年嗓音含混地应了一声:"嗯。"

她指了指他身后冷清的便利店:"要进去吗?"

说来也怪,他们压根没见过几次,刚刚只凭着一个模糊人影,她便认定是他。

便利店的玻璃映出二人的剪影，他们一左一右坐在店内的高脚凳上，看着外面打着伞、行色匆匆的路人。

余愿点了两份关东煮，还拿了货架上唯一一个芒果蛋糕，不大不小的方块状，轻放在陈知让手边。

陈知让下意识地摸了摸口袋，沉默一瞬，有些尴尬地清了清嗓子："我没带钱。"

不光钱没有，因为考试，手机也放在家里没带出来。

之前他冒着小雨走了一段路，这会儿发梢微湿，整个人看着如同那晚在医院一样，稍显狼狈。

余愿摇摇头，大方地说："算我请。"

"谢了。"陈知让伸手拆了那个小蛋糕，如果是别的口味他也许会客套推辞一番，但他对所有芒果味的东西向来毫无抵抗力，"那我不客气了。"

他高考前一天做了一整晚光怪陆离的梦，关于从前、关于他母亲的梦，结局是第二天顶着高烧进考场，不出所料地，考砸了。

他唯一的安慰大概就是考前余美丽女士说的那句"奶奶从不求你中状元"。

不，现在还多一个，手里这块芒果蛋糕也算。

余愿坐在他旁边，低头瞧了一眼碗里的关东煮，终于忍不住问道："你……考砸了？"

话一出口，她才反应过来自己问得过于直白。

陈知让手里捏着透明的蛋糕叉，动作慢了一瞬，唇边勾起抹笑，问得漫不经心："很明显吗？"

她是他走出考场后第一个这么问他的人。

"嗯。"余愿点头，心想，就差写在脸上了。

余愿虽然从未进入那种神仙打架的优等生行列，但也知道好学生通常对自己的要求很高。

"交了半页白卷。"

说着,陈知让不紧不慢地往嘴里送了一口混着奶油的芒果,心想,除了有些对不住旁人的期许,说到底,没人会怪他。

无意间问到了让人不开心的话题,余愿默默点头,不敢再说。

夏日雷阵雨,十几分钟后雨停,树上新叶被雨水洗刷得嫩绿,叶尖垂着水滴。

二人在小区门口分别,余愿看着少年清瘦的背影越走越远。她把手中的红伞支在地面,有些懊恼地皱眉,觉得自己不该问的。

第二天下午,林琳抱着手机跟同学聊得火热,甚至嫌打字速度慢直接开了语音。

他们口中的人名对余愿来说都很陌生,余愿也插不上话,只好拿些零食坐在一旁看电视。

"啊,不是吧?赵思婷这么厉害,估分居然上了710!她在校从来没考到过这个分。"林琳本在计划暑假去哪里玩,结果话题一转忽然跟人讨论起成绩,"那陈知让呢?"

余愿刚叉了一块草莓送到唇边,忽然听到这个名字,就像比赛进入到某个白热化的节点,忍不住想仔细听一听。

林琳的手机开了外放,余愿甚至能清楚地听到电话那头的声音里或多或少的惋惜:"不知道他是估分保守还是真考砸了,我们班主任在群里催着让发估分成绩,他刚刚才发的,640。"

听到这个分数,林琳也愣了一瞬:"不是,虽然这个分数也很好了,但对他来说就是发挥失常啊。"

余愿把那颗举了半天的草莓塞进嘴里,又忍不住蹙眉抿了抿唇,这草莓真是酸得要命。

省状元最强人选得出一个远低于平常水准的估分，群里一时间掀起一阵小小的讨论热潮。

陈知让家的客厅里，姜南捧着一个老款计算器，由衷地发出一句灵魂拷问："你认真的吗？"

陈知让倒是看得开，睡到下午才起，懒洋洋地靠着沙发，头发乱糟糟的："就这点儿，再算也多不了。"

手机振动两下，他拿起来看，给对方的备注中规中矩，班级加姓名。

理科（1）班赵思婷：不是，你这样我真的很难做，如果你先发的这个分数，我就直接发个630。

理科（1）班赵思婷：不用这么保守的吧，大哥？

关于成绩的事情，如果说陈知让昨天还有那么一小点失落，那一觉睡饱后连那点失落都没有了，并且接受得十分坦然且迅速。

CZR：没保守，甚至为了好看还凑了整。

他言辞认真坦诚，看得出没开玩笑，赵思婷一时想不出是该安慰还是该说别的什么，一阵激烈的正在输入后最终没了下文。

姜南看着计算器上的数字，百思不得其解地摁了"归零"："你……那天……"

他真的很想直接问陈知让考试的两天里发生什么了，但又怕问得不够委婉。他在九中考试，两个人不在一个考点，昨天考完他叫陈知让吃饭，陈知让说要回家睡觉。当时正下着雨，他也没多想，现在再想想真是非常可疑。

"没迟到，没忘带东西，所有笔都能写。"陈知让一边打字回复别人，一边不咸不淡地陈述事实，"因为考前做了一晚上乱七八糟的梦，然后又发烧了，出门东西带全了，脑子没带。"

他语气闲散，甚至还有心情开玩笑，随意得像是在说别人的事。

姜南知道陈知让考前那段时间感冒一直没好利索，此时略带担忧地抬头看去一眼："那你现在怎么样啊？"

陈知让回完消息，指尖呈现某种肌肉记忆地切进单词软件，至少翻了五页才反应过来高考已经结束了。

他指尖在屏幕上停顿两秒才后知后觉地放下手机，有些自嘲地笑了声："都没事了。"

"虽然他说没事，但我觉得这种事情搁谁身上谁能高兴？"姜南在蛋糕店门口偶遇林琳，这话一说起来，姜南都替那位心眼儿比天大的陈某人感到委屈，"陈知让从高二起，除了买东西和偶尔查资料，平时手机压根不带身上，且手机里除了微信，就两个单词软件，不知道的还以为他刚买的新手机。"

姜南长吁短叹："以前他还打打球，这两年几乎没在球场出现过，离了学校，我想见他都得上门找。你说他这几乎断了所有社交娱乐换来这样的结果，是我的话，估计要抑郁了。"

"唉，也是。"林琳拍了拍他的肩，语重心长地说，"姜南同学，治愈陈同学受伤的心灵就靠你了。"

"我会的。"姜南郑重地点头，然后把视线转移到林琳旁边的姑娘身上，"这位是？"

"我表妹。比我小两个月，跟咱们同年。"林琳指了指蛋糕店，"她今天生日，我们来订个蛋糕。"

姜南有些惊讶："这么巧？我也订生日蛋糕。"

林琳说："你生日不已经过了吗？现在过什么生日？"

"没吃上蛋糕我补一个不行啊？"姜南伸手拉开蛋糕店的玻璃门，示意让她们先进，"也是找个借口叫陈知让出来转转。虽然他想得开，但我怎么想都想不明白他是怎么想开的。"

他出门前问过陈知让这个问题,陈知让只是不紧不慢地摇摇头,说不知道。

可能是余美丽女士见陈知让考完回家时头发微湿,什么也没问,塞给他一个厚实的红包,说:"考完就好,可算能睡个好觉了。奶奶没读过书,也不知道什么是重点大学,奶奶只要你开心。"

也可能是考试结束后,因为没带钱白吃了人家姑娘一块芒果蛋糕,不得不说,蛋糕口味不错。

姜南没想明白,于是暂时放弃,提议:"哎,林琳,蛋糕要不一起订个大的?过生日嘛,又都是同龄人,人多热闹。"

余愿一直安静地听着,没说话,这会儿林琳回头,征求本人意见:"要一起吗?"

想到会见到某人,余愿没犹豫地点头:"嗯,一起吧,人多热闹。"

"不好意思,忘了自我介绍,我叫姜南。"姜南挠了挠头,笑了笑,"你是成中的吗?好像没见过你啊。"

余愿说话的声音低低的,语调也慢:"我是十四中的,在城南。"

姜南想了想:"十四中啊,我好像去过,大门是真气派,我还以为是个高档小区。"

林琳无情地拆台:"你说的那是十五中……"

姜南"啧"一声:"不重要。等下给你们郑重介绍一下我朋友,一个心碎的成中考生。"

余愿只是笑,一时想不到该怎么接话。

她要怎么和大家说,她和那位"心碎考生"其实早就认识了?

"哎,这款挺好看的,你们看怎么样?"林琳抬手指着一款蛋糕,上一秒的话题随即被抛之脑后。

余愿顺势去瞧,是很好看的款式,附和:"挺漂亮的。"

一来一回，三人一小时后取了蛋糕就近找了家烧烤摊，又等了好一会儿，那位马失前蹄的陈同学才姗姗来迟。

少年穿了一件宽松的黑色T恤，没有任何印花，只有胸前一小道绣标，简单明了。

他拉开一把椅子落座，冲余愿招手："挺巧啊。"语气要多闲散有多闲散，丝毫不见半点应有的"失落"。

"是挺巧的。"余愿咬着吸管吸了口汽水，瓶身上的水珠沾湿了她的指尖，她心虚地别开眼。

不巧，一点都不巧，她是听见他会来，才决定要凑这个热闹的。

林琳和姜南面面相觑："你们……认识啊？"

陈知让不想让姑娘为难，先开了口："嗯，认识。"

林琳这才慢半拍地望向余愿："之前我还跟你讲陈知让长陈知让短的，以为你们不认识。"

余愿面对着望过来的几双眼睛，整个人都紧张了些："说来话长，那时候我不知道他就是陈知让，名字和人没对上。"

事情的起因还得追溯到陈知让打来的那通电话，少年的声音沉磁好听——"您好，请问是余愿吗？"

那日她缩在被窝里，愣愣听着耳边的声响，此时一提起，叫人耳根发烫。

陈知让这个当事人长腿支在桌外，慢悠悠地开了一瓶汽水，汽水瓶盖"砰"的一声弹开。趁着瓶盖丁零当啷滚落的间隙，他不咸不淡地把话题揭了过去："反正就是认识了，巧合。"

余愿闻言瞧他一眼，少年黑发被风吹动，左边袖子不知什么时候被他翻到了肩上，若不是靠颜值硬撑，当真毫无形象可言。

她目光落在他领口处的月牙玉坠上，又不经意看到他鼻梁上那颗淡色小痣。

再往上瞧，便落入一双含笑的眼睛。

四目相对，少年的眼睛清澈干净，似多看一眼就会陷进去的深潭。

余愿轻别开眼，对面的人却开了口，嗓音疏懒带笑："看上了？"

指向明确，她不得不回头，又一头雾水，半晌只呆呆"啊"了一声。

陈知让拨了下玉坠，拿她打趣："家里人给的，可不能送。"

余愿摇摇头，欲盖弥彰地替自己狡辩几句："不是，只是觉得很好看。"

挺简单的款式，白色月牙两头稍钝，有些蠢笨，被黑绳穿着松松地落在他颈间，又恰到好处。

姜南大大咧咧地在旁边插嘴："那个坠子是真不行，别的你要什么他都给。"

林琳："是不是啊？"场子一活跃，那点生分一扫而空，"这么大方。"

姜南已经习以为常："对于学霸来说，除了学习时间不能给，其余都是身外之物。"

烧烤店这个时间点人多，服务员忙不过来，姜南盯着桌上正中间的蛋糕已经是望眼欲穿。

"要不先吃蛋糕吧？"他提议。

林琳："可现在天还没黑，怎么许愿？"

姜南中午就没吃饱，现在是真的饿了，简直一馋鬼上身，满眼试探地看向余愿："许愿嘛，心诚则灵，神仙云游四海，是不在乎这半个时辰的。"

余愿也不在意这些细枝末节，轻轻点头："好，你先许。"

"那我可许了，有点俗，你们别笑话我。"姜南看着蛋糕，上面店家还给贴心地插了一个数字"18"的装饰插件，"我希望我能和陈知让当一辈子的朋友，还有就是以后能不靠我老爹，凭借自己混得风生水起，我家住二层小洋楼，以后怎么也要按照这个标准来。"

男生表达友谊总是很含蓄，但姜南不一样，他每句话都能坦然摊开在阳光下，大大方方说要一辈子。

这份坦然叫人羡慕，至少，余愿羡慕。

姜南一通话说完，忽然想不起余愿的名字，只好拐弯抹角地找了个代号："那个……林琳表妹，该你了。"

余愿的愿望说大也大，说小也小，开口时抬眼，目光自然落向对面，正瞧见某人开小差把玩着汽水瓶盖。

她说："我希望有一场毕业旅行，还有，我希望我们都慢点长大，不要太快变成无聊的大人。"

如果未来不可避免，那就让那一天来得慢一点，再慢一点。

汽水瓶盖从某人手中滑脱掉落，在地上滚出一道蜿蜒的弧线。

少年对于姜南每天平均五次的真情表露已经麻木，这会儿似听到什么惊世骇俗的愿望才掉了瓶盖，懒懒掀了下眼皮。

陈知让一向对颜色不敏感，这才注意到余愿今天身上的浅色长裙好像是第一次在医院遇见时穿的那件。

他当时问："来找人的？"

她回答："来看病的。"

恰逢黄昏时分，说不上这天是因为坐的位置还是什么原因，余愿总能有意无意看见他身上的那枚玉坠。

姑娘眼睛明亮，皮肤很白，一看就是常年不出门才能养出来的肤色。

她头发别在耳后，只露出一点耳尖，若隐若现。

陈知让很少说话前后颠倒，如今在姑娘抬头对上他视线的瞬间，他伸手将那条项链卸了下来。

"真喜欢，就给你了。"

说不清是那天傍晚少年的眼睛过于蛊惑人心，还是余愿当真想要，

她鬼使神差般伸出了手。

一枚小小的月牙玉坠随即落在她掌心，没有预想中的冰凉触感，相反，带有淡淡余温。

余愿指尖微收，拿了坠子，那点近似于"不好意思"的感觉还没泛上来，边上的姜南就忙着切蛋糕，混杂着碗碟碰撞的声音显得吵吵嚷嚷，将她这点隐晦情绪完全盖了过去。

"过生日就是要开心才对，这块先给我们的余愿同学。"

"谢谢。"她点头，笑着补了句，"谢谢姜南同学帮忙切的蛋糕，也谢谢陈知让同学的坠子。"

余愿不自觉再次望向陈知让。少年只低头看着手机，单手给人回消息，姿势潦草又漫不经心。

仿佛日行好事，不必道谢。

"老陈，这块给你。"姜南端了一碟蛋糕放在陈知让面前。

陈知让手上回消息的动作继续，头也没抬："谢了。"

姜南坐下分着塑料叉，拖腔带调地调侃："吃个饭也这么忙，跟谁聊天啊？"

陈知让说："我奶奶。"

姜南闭嘴，一时无言，差点忘了这哥是个"奶宝男"，安静一瞬后换了措辞："咱奶奶说什么？"

陈知让回完消息，关了手机："催我出去玩，别在家待着。"

尽管余美丽她老人家没说明，但字里行间都是怕他因为高考失利想不开，想让他出去玩开心点。

老太太弯弯绕绕，关于考试只字不提，变着法儿催他出去。

"正好，咱们旅游去呗。"姜南往嘴里塞了块蛋糕，说话含混不清，"林琳，你们呢？去玩的话可以一起啊。"

"好啊，咱们四个拉个群，可以在群里商量。"林琳顿了一下，"确定去旅游的话,我的零花钱可能不太够,得和我爸妈多要一些。"

姜南是真的饿了,两句话工夫那块蛋糕就见了底:"那咱们先吃,晚上回去拉个群聊。"

吃着烧烤,大家又时不时冒出几句:

"咱们去那个遥塘古镇怎么样?就是地理书上那个,还有什么地貌来着。"

"去新疆西藏那边也行啊,我要坐在车顶拍照,那多酷。"

"我其实去哪儿都行,我爸天天说我像'穿山狗',不着家,只要不在家,待哪儿都高兴。"

一顿饭热热闹闹地吃完,四人散场,姜南和林琳各自还有事,只剩下余愿和陈知让。

晚上八点多,路上车水马龙,凉风阵阵,余愿和陈知让并排走在马路上。二人关系半生不熟的,也没什么话题好聊。

余愿手放在口袋里,摸到一个触感温润的物件,倏然想起姜南那几句话。思量再三,她犹豫着开口:"陈知让,这个坠子对你很重要的话,不用给我的,今天冒昧了。"

风吹起陈知让的头发,灯光把他的发梢描成细细的金色。

他声音疏懒清润:"以前是很重要。"

余愿侧头,下意识地问了句:"现在不重要了吗?"

四目相对,路边小店的霓虹灯映在少年眼睛里,聚成点点光亮。

陈知让不置可否,慢了一瞬才开口:"你拿着吧,一个坠子而已。"

现在,不重要了吗?

他其实也没想明白。

余愿没有追问,也不好再次推托。这枚月牙玉坠,就这么误打误撞被她拿回了家。

一路走走停停，到家的时候已经不早了。

林琳窝在沙发上吃零食，跟人打视频电话："真的假的啊？高三那会儿元旦晚会我就觉得他们特别配……陈知让和赵思婷演话剧《大话西游》，虽然陈知让是救场临时凑数扮的至尊宝，但他们一起上台简直是颜狗的天堂……"

视频那头的女生说："如果上天能够给我一个再来一次的机会，我会对那个女孩说出三个字，我爱你。"

林琳捧着手机，戏精上身声情并茂地配合台词："如果非要在这份爱上加上一个期限，我希望是，一万年。"

"哇，陈知让当时念出这句词的时候真的绝了，如果我是赵思婷，真的很难不心动。"女生滔滔不绝地说着，剧中至尊宝的经典语录被重演，连带起一阵言情戏的酸甜。

不合时宜地，余愿又想起了那本漫画书里的卡片。

他是盛夏穿堂风，陈知让。

余愿回房间躺在床上，随手剥了一颗放在床头的柠檬糖吃，应该是时间久了，口感不太好。

听着客厅时不时传来关于"陈知让"和"赵思婷"的各种话题，她嘴里的柠檬糖化开，味蕾连同心情都变得酸涩。

手机"叮叮咚咚"一通响，余愿拿起来看，是姜南把她拉入了一个聊天群，名为"我们去哪儿"。

姜南：兄弟们，出来唠嗑，我找了几个攻略你们可以挑挑。

姜南：有几个地方可以一条线，咱们先去一个再去一个，沿着走。

姜南：喂，这群里就我一个活人吗？来人啊。

姜南：赵思婷去不去啊？你们有问吗？

"赵思婷"这个名字一出，柠檬糖的酸味彻底蔓延开来，酸得让人直皱眉。

余愿起身吐掉糖果，口中生涩。她拿出口袋里那枚月牙玉坠，小心放进盒子里，连同心底某种说不清道不明悄然冒头的情绪，一并锁进了柜子里。

十分钟后。

姜南看着手机足足愣了三秒，才抬头看向刚洗完澡慢悠悠走过来的陈知让："老陈，什么情况啊？林琳的表妹退群了。"

陈知让手里拎着块毛巾，敷衍了事地擦着头发："没准儿是嫌你烦。"

"天地良心，我总共说了四句话。"姜南发誓状，真得不能再真，"对了，我还听传言说你和赵思婷在一起了。故事的版本总共有三个，最靠谱的一个是你们高中说好一心学习顶峰相见，约定毕业就在一起。"

"这你也信？"陈知让淡笑着瞧他一眼，随手把毛巾搁在桌角，拿起手机点了点，给ID为"余余余余余"的那位发去了好友申请。

当晚的微信朋友圈，余愿删删减减，留了一条仅自己可见的动态。

6月10日
怎么说呢，我终究不是紫霞仙子，只能看别人的大圣归来。

姜南八卦欲上来就想犯个贱，暗戳戳地拿话点陈知让："你对赵思婷真没感觉？她长得漂亮是有目共睹的，而且根本没缺点啊。"

"漂亮的女生多了去，我见一个爱一个啊？"陈知让语气闲闲的。

传言子虚乌有，这会儿听了自然也不当回事。

姜南："也不能这么说，在成中只有她的成绩超越过你，你就没点儿胜负欲？"

"你是玛丽苏小说看多了吧？"陈知让盯着手机等了小会儿，那条好友申请被拒绝了。

得,是他多此一举。

手机电量不多了,他连上充电器,将手机撂台子上,转回身虚倚着矮柜。少年身形高瘦,一件纯黑色T恤松松垮垮地套在身上,在灯下显出几分单薄。

胜负欲这种东西他好像从来都没怎么注意过,但凡有排名的地方,他总会是第一,时间长了成了习惯,年少轻狂到压根不把任何人放在眼里。

哪会有什么胜负欲?

潜意识里就会认为,我,陈知让,一定会是最后赢的那一个。

结果就是在前十八年中最重要的一场考试里彻底翻了车。

虽然赵思婷的成绩偶尔超越过他,可所有人都觉得是赵思婷侥幸。他敬佩她的努力和不服输的劲头,知晓她是个可敬的对手,但从没想过自己会输。

思来想去,他不算是轻视赵思婷,而是高看了自己。

高考落幕,结局已定,有些事越想越叫人无奈。

姜南手枕在脑后躺在沙发上,难兄难弟各自哀愁。

姜南愁的是那条退群提醒。他为人大大咧咧,但偶尔做了得罪人的事后也会反复回想反省。

眼下余愿退群,姜南又摸不清是不是自己什么地方把姑娘给得罪了,这种隐晦的惴惴不安,让人抓心挠肝。

比起他,陈知让表面看起来就淡定得多。

陈知让走了两步,敞开腿坐在沙发上,发梢湿着垂在额前,时不时地往下滴水。

"你说她为什么退群啊?"姜南叹气,起身绕去冰箱拿了两罐可乐,走到陈知让跟前壮士断腕般闷了一口,把另一罐递给他。

陈知让伸手接过,指尖抠着拉环稍稍用力,发出"咝"的一声响:"不知道,改天见面问问呗。"

姜南喝了口可乐,又叹了一声,决定暂时翻篇:"算了。明天返校,早起别忘了啊。"

"嗯。"陈知让指腹摩挲着可乐罐身的水珠,含混应了声。

明天全体毕业生返校,学生之间少不了谈论估分成绩,作为考前全校瞩目的准状元,忽然有点说不上来的感觉。

在这个瞬间,他忽然从某种意义上理解了项羽为什么不肯过江东。

要是他,他也不肯。

次日清晨,成中毕业生返校。林琳起了个大早,把衣柜里的衣服试了个遍。高中苦了三年,唯——次去学校不用穿校服,女生们都想在这个最后时刻把自己打扮得漂亮点。

"余愿,你觉得是白裙子好看还是墨绿百褶裙好看?"林琳拿着两套衣服在镜子面前比画,"白裙子我感觉太素了,是去年我妈给我买的,我俩眼光看不到一起去,我更中意艳一点的颜色。"

余愿的视线在二者之间来回,比对后说:"我觉得这个上衣配墨绿百褶裙好看。"

"那就这套了。"林琳把裙子铺好,回头看她,"你要是衣服带得不够,可以穿我的。好多是我爸妈买的,吊牌还没剪,要是喜欢你就拿去穿,咱俩别客气。"

余愿这次来借住是为了看病,随身衣服自然带得不多,眼下看着林琳衣柜里各式各样的衣服,稍显贪心地指了一件:"我喜欢这件。"

林琳大方地拿出来,打量一眼:"这个颜色跟你好搭,快去试试。"

余愿也没客气:"好,那我去换了。"

十七八岁的女生最爱美,两个姑娘凑在一起试了又试,最后踩着点才磨磨蹭蹭出门。

成中校门大开，除了毕业生返校，还是一年一度的开放日，家属也可以进校参观，余愿便跟着来凑这个热闹。

操场跑道上，学生成群结队的，主席台大屏幕上滚动播放着几个月前百日誓师时的片段视频。

余愿看得三心二意，直到一道熟悉的嗓音窜进耳朵——

少年音色清朗，沉磁好听，带着属于这个年纪浑然天成的傲气，一字一句，掷地有声："少年强则国强，少年独立则国独立……少年胜于欧洲，则国胜于欧洲；少年雄于地球，则国雄于地球。红日初升，其道大光……少年应有鸿鹄志，当骑骏马踏平川。"

大屏幕里，陈知让穿着整洁的校服，清瘦挺拔，单手握拳带领全校同学宣誓，他身后清风阵阵，国旗飘扬。

这是余愿第一次直观地感受到什么叫少年得志，鲜衣怒马。

她一时走神，脚步稍顿。林琳走出去两步，回头叫她："余愿。"

余愿匆忙应道："来了。"

林琳跟着望了眼大屏幕，"啧"了一声："陈知让，怎么样？帅吧？这视频就是学校后勤老师拍的，这种死亡镜头都扛得住，真不是一般人。"

余愿点点头，还没吭声，就听见后面有人说："哎，你怎么走了？"

是姜南。

余愿循声去瞧，只看见陈知让的一个背影，以及着急忙慌追上去的姜南。

陈知让身高腿长，步调散漫，唯独这个背影叫人觉得他在不爽。

姜南几步追上去，问："你怎么走了？"

陈知让双手插在兜里，也不吭声。

其实昨晚他已经预想过一遍今天会发生什么，但一进校就看见大屏幕上的自己，还是多少让人措手不及。视频里的人是那样自信和势不可当，还有些目中无人，眼下再见，觉得别扭。

操场上有两个同学认出他。大概是他考砸的事情已经私下传开，那两个人欲言又止好几次也没好意思上来跟他打招呼，怕伤口撒盐，戳人痛处。

这种小心翼翼更叫他心烦。

姜南琢磨一会儿，也猜了个大半："今天返校除了叙旧，主要就是领毕业证，要不领完咱们就撤？"

"行。"陈知让应得还是那般没心没肺，只不过这会儿声音低了些，听着有些闷。

林琳性格好，在班上也算半个开心果，一路上跟不少人寒暄："我还凑合，估了610分，挺满意的，也不枉费熬的那些夜。"

旁边一个蘑菇头的女生说："我也差不多。等成绩下来，咱们好好商量商量，能报一起最好。"

教室里男男女女相谈甚欢，换掉一板一眼的校服，个个青春靓丽。

余愿站在角落里谁也不认识，只觉得局促。待了一小会儿后，她同林琳小声说道："林琳，我出去转转。"

林琳跟人说着话，抽空回了句："好。你别走远了，咱们待会儿手机联系。"

成中校园很大，初中部和高中部共用一个校区，余愿第一次到这儿，最直观的感受就是……

智商好像在被一群人均600分的学霸碾压。

余愿不熟悉路线，只沿着来时的路走，兜兜转转，又回到了塑胶跑道上。前面大屏幕上的视频还在滚动，她粗略数了一下，大概每五个视频就能跳转到陈知让带领宣誓的那段。

说不清出于何种心理，余愿觉得少年就该是这般意气风发。

跑道外绿树成荫，余愿坐在石阶上，百无聊赖地等着下一个滚动到陈知让的视频。

身后不到三米的地方有人说话。

赵思婷夺得状元已是十拿九稳的事，面对昔日对手，多少觉得可惜："陈知让，你真考砸了？"

"问这么直接啊？"陈知让笑得闲散，微屈着一条腿，漫不经心地踩着一根小木棍。相比那些小心翼翼战战兢兢维护他自尊心的，他更喜欢这样的单刀直入。

"真考砸了。"陈知让点了点下巴，没所谓道，"我就不说恭喜了啊，准状元赵思婷同学。"

他说完就反应过来有什么地方似曾相识——高考结束当天下午在便利店门口，有个姑娘也这么问过，他还白嫖了人家一块芒果蛋糕。

赵思婷问："那……你想过复读吗？"

成中学生都是从小一路卷上来的，或多或少有名校情结，平心而论，如果考砸的是赵思婷，她无论如何也不会就此甘心。

陈知让的结局也本不该如此。

他淡淡地说："再说吧，先玩几天。"

赵思婷的手机不停有消息进来，她拿起来瞧了眼，简单回复了几句，说："陈知让，朋友叫我，我得先上去了，咱们回头再聊。"

他应了声："好。"

直到女生脚步渐远，余愿才回头，好巧不巧地，透过稀稀落落的绿植，她对上了那双干净的眼睛。

陈知让看见她了。

几秒钟后，陈知让绕过花坛走过来。两人一站一坐，他身子恰巧挡住了刺眼的阳光，在地上盖出一片不小的阴凉。

余愿的目光落向那个女生的背影,又移回来,难得多嘴说一句八卦:"你们两个……"

"怎么?"陈知让问了一半,倏然想到什么,唇边笑意更盛,"这八卦传得够离谱啊,林琳跟你说的吧?我和赵思婷就普通朋友。"

他说得大大方方,没有任何藏着掖着的意思。

余愿木木地点头:"哦。"

前面大屏幕再次播放到百日誓师的宣誓,听着自己在里面振振有词,当事人多少觉得尴尬。陈知让清了下嗓子,别开眼:"第一次来吧?我带你转转。"

"谢谢。"余愿已经坐了好半天,确实无聊,又怕走丢给林琳添麻烦。

趁她起身的间隙,少年移开视线,欲盖弥彰般又轻咳了声:"为什么拒绝我微信好友申请啊?"

"就是……"余愿垂眼,又抬起来,佯装无事地眺望远处,"手误,点错了。"

其实是故意拒绝的。

现在她又讲不出为什么,只好编句谎话。

好在陈知让没有刨根问底的习惯,她说了,他便当真。

塑胶跑道被晒后散发出一种特殊气味,天气不好,有些闷,这味道实在算不上好闻。

操场上空空荡荡的,陈知让压着步子,没话找话:"你之前在哪个学校?"

"十四中。"余愿偏头瞧他一眼,视线将将能看到他的下颌。

不得不说,高中阶段男生长得快,之前班里的"小豆芽"选手这两年都"噌噌"拔苗。

"之前去那里参加过考试,我记得学校里有座孔子像。"少年喉结轻滚,从话音到内容都干巴巴的。他面对女生向来有些木讷,也不是那

种擅长没话找话的人。

"十四中小,从前到后十分钟就能走完。"

十四中名不见经传,甚至很多人不知道有十四中这个学校。

余愿鲜听人提起,刚想多说两句为自己母校争个名分,突然有水滴下来。

她抬头,耳边那道沉沉懒懒的声音响起:"下雨了。"

成中做任何事情都速战速决,从不拖泥带水搞形式主义,毕业证发完同学自行决定去留,想聚餐的聚餐,不想的就各回各家。这个高考结束没有作业的假期,对任何一个刚刚解放的学生来说都尤其珍贵。

余美丽最近忙着在医院照顾陈疆阔,家里就陈知让一个人住,他日常要么点外卖,要么翻箱倒柜搜出点干粮。姜南考完已然放飞自我如脱缰的野狗,没事就来这儿待着,还一口一个"咱奶奶"。

姜南回忆着今天见缝插针打的那场球,意犹未尽徒手做了三个空投才肯进门:"今天老张跟你说什么啊?还叫去办公室,神神秘秘的,当时人多,我没好意思问。"

陈知让语气平淡:"问我要不要复读,想把我塞下一届重点班去。"

"那你去吗?"姜南看着他,"成中谁不知道你的名号啊,你要去,下一届的第一不得'压力山大'?"

今天赵思婷和张主任开口问,陈知让嘴上说着还没想好,心底其实早已有了答案。

这两年他日复一日像个连轴转的机器,太累了。再加上最近过了几天宽松日子,现在要他重新拾起书本,他是一眼都看不进去。

复读会有变数,就像考前没人想到他陈知让也会有失误的时候。

况且估分 640,也还行啊。

他要考个 340 分,没准儿真会去复读。

陈知让垂眸，不紧不慢地拍了下刚刚搬东西时身上蹭到的灰，淡声说道："等出分报志愿，往前看吧。"

以后的事情谁说得准呢？

姜南支着下巴眼巴巴等着他的下一句，起码过了半分钟也没听见音儿，刚想着要不要说点什么打破寂静，又倏地听见他开口："高中的日子真的没劲透了。"

来自一个学霸的精准吐槽。

姜南对陈知让知根知底，知道他并没有什么高尚觉悟，这会儿忽然想起什么，就多嘴问了一句："老陈啊，你之前那么努力，是为了什么啊？"

如果是为了名校，成中前一百名差不多就能上，没必要那么拼。

陈知让想了下，偏头瞧姜南一眼，这一眼算不上多认真，但说的话却是实实在在，掷地有声："可能是卷习惯了，也可能是为了我家老太太在小区跳广场舞的时候，能挺直了腰板跟人吹嘘，说我孙子啊，今年是省状元。"

那年他考进成中，余美丽高兴得不得了，每天在广场上见人就说，我孙子陈知让以全市第一名的成绩考进成中，以后肯定比他爸有出息。

这些年没有在爸妈脸上看到的骄傲神情，那一刻在余美丽的脸上，他全都看到了。

只多不少。

他那时正长个子，已经比余美丽高出一个头，他揽着老太太的肩，不知天高地厚地说："您等着看吧，以后省第一也是我的。"

陈知让如今想起，只能自嘲地牵牵嘴角。

那什么，陈知让，以后少立旗帜吧。

现在看当真是打脸。

姜南也不好评价，在沙发上躺躺坐坐，频率再快一点都能堪称仰卧起坐。最后，他轻叹口气，话锋一转："老陈，我在室内球场打球的时候，

外面下着雨,你干什么去了?"

吸管戳破饮料的封口纸发出"噗"的一声。

林琳拿着饮料转身,咬了下吸管:"当时下雨了,我想叫你进班里来,又怕你谁也不认识,一个人闷得慌。那会儿你一个人上哪里转了?"

"当时随便找了个地方躲雨,就想着不上去了。"余愿也拿了一瓶饮料,瓶身的水珠直往下落。

夏天的雨最是无常,说下就下。上午她和陈知让在成中小超市门口躲雨,在狭窄的屋檐下,二人不得不靠得很近,近到她鼻尖能闻到他衣服上的香味。

不是洗衣液的味道,而像是某种上乘的香薰,味道很淡,似乌龙茶香。

但他本人看着又不像是会用这种东西的人。

"精致陈"穿着黑色 T 恤和黑色休闲裤,头发蓬松柔软。

她视线移开,又后知后觉地被某处吸引,再次落回去看,他衣服上的英文刺绣翻译过来是……

我是超人。

身后紧闭的门忽然被人从里面拉开,超市大叔探出头来:"你们进来吧,里面还能坐会儿。"

余愿下意识地望向陈知让。

视线相接,他应了声:"嗯。"

老板等人进来又重新把门关上:"我刚刚在里面整货,刚到一批文具还没上架,听着外头下雨想着没人就把门关了。"

陈知让笑了笑:"谢谢张叔。"

"没事儿。你们坐着吧,我接着整东西去。"

二人有来有回,看着很熟络的样子。

等人走远了,余愿才小声问:"你们……好像很熟?"

"还可以。有时候中午不回家或者下了自习课，我就来这儿买点吃的，写会儿题。"陈知让随手拉开把高脚凳坐下，单腿支地，另一只脚闲闲踩着下面的横杠。少年的嗓音总透着股倦淡，似正午过后的阳光溢出懒意。

余愿跟前的台面上还有学生喝剩下的奶茶搁着，没来得及收。

她个子不算高，坐这种高脚凳，脚挨不到地，只能空晃着腿："我以为学霸们写题的时候都专心致志，没想到也会吃东西。"

正如姜南所说，陈知让并没有什么高尚觉悟，别人问起来，他也不遮遮掩掩："边吃东西边写题，就好比拐弯抹角找个借口，当作自己是在吃东西，顺便做题，这样心里就舒服多了。"

余愿没忍住笑，如此言论，倒是稀奇。

十四中在普高中垫底，校排名前几的好学生们每天卷生卷死地读书，却考不出很好的成绩。在十四中，也根本没有像陈知让这样的人出现。

他这样的，算是什么样的人呢？

余愿一时词汇匮乏，难以形容。如果借用一句话来描述，那便是漫画书里夹着的那张卡片上写的——他是盛夏穿堂风。

干净清爽，光彩照人。

他不似云端高不可攀，偏偏如人间你我，总叫人误以为触手可及。

见余愿笑了，少年嘴角轻扬："笑什么？林琳都怎么跟你宣传我的？该不会是说真有人喜欢读书做题吧？"

作为口口相传的状元苗子，陈知让觉得高中生活简直没劲透了。

"她倒是没说什么。"余愿不好在背后把人出卖，"就是忽然觉得，你和我之前见过的好学生挺不一样的。"

他坦荡赤诚，越了解他，就让人越不自觉地被其吸引。

余愿在这个瞬间好像忽然就明白了林琳倒给她的八卦，说从初中起，陈知让的桌兜里就没缺过小姑娘们送的礼物，比如平安夜精心包装的苹果、万圣节的巧克力，以及一些大大小小表露心意的卡片……

在成中随便找个人打听，上下三届就没人不知道他陈知让的。

如果余愿这时候故意提起，他大概只会笑一下，说"啊，是吗，哪有那么夸张"。

他总会适当地把握与人谈话的度，不叫人难堪，也不抬高自己。在这个不知天高地厚的年纪里，他显得过分有分寸。

"看样子雨还要下一会儿，要不要吃点什么？"陈知让大概是想到了那块芒果蛋糕，又特意补了句，"我请。"

"那不客气了。"

余愿收回思绪，无意间触及他的视线，一瞬又别开，毫无征兆地，耳根发烫。

她拨了一下耳后的碎发遮住耳朵，又觉得此地无银三百两，目光在货架上草草扫过一眼，随口道："那块芒果蛋糕看起来不错。"

如同那天一样，店里的芒果蛋糕只剩下最后一块。

不过这一次，是陈知让把蛋糕推至她手边。

少年的手很好看，腕骨凸出，骨节分明，衬着色泽漂亮的芒果蛋糕，似橱窗里艺术家精心雕琢的作品。

"你也喜欢芒果？"

少年的声音从头顶落下，嗓子里浸润着轻微的沙哑。

余愿刚刚随手一指，这会儿倒不得不接住话茬，回道："喜欢。"

她的发丝随着点头的动作轻晃，发丝的缝隙间，陈知让不偏不倚地瞧见了姑娘泛红的耳尖。

第三章

不想太快变成无聊的大人

In winter

当时在小超市里发生的种种，都像是一个只属于她的小世界，甚至林琳这会儿问起来，余愿也存有私心地只说了一半。

睡前，余愿通过了陈知让的第二条好友申请。他的微信头像乍一看黑漆漆的，仔细一瞧，原来是一个男孩张开双臂奔向远山，背景是大片模糊不清的深蓝色，色调笔触像幅油画。

少年奔赴远山，落日将坠山头。

倒是颇有意境。

余愿没打扰他，静静看了会儿，放下手机，从柜子里拿出了那个月牙玉坠。

笨笨的月牙，她是越瞧越喜欢。

她对着镜子小心翼翼地试戴了一下。

弯弯月牙坠在少女的颈间，很是好看。

"医生怎么说？结果不好是吗？"

突然，客厅里传来这么一句。

老余压着嗓子，给赵女士使眼色："小点声，别让闺女听见了。"

越是不想让人听的，就越不会是什么好事情。

刚刚那句话，余愿听到了。客厅里二人说话声音很小，让她连呼吸都放缓了些。

"这次的新药，咱们闺女估计是用不上了。"

"钱要是不够，我再想想办法。实在不行，我张口跟二老要点。"

"不是钱的问题。医生说这个药，病症初期或许还有用，咱们余愿……已经过了那个时候了。"

老余一句话，冷冷清清地撂在客厅里，宛若一盆凉水兜头而落。

余愿躲在门后，垂在身侧的手都捏紧了些。

这些年总是会听说这样那样的新技术、新疗法，一次次重燃希望，几经周折，又一次次无功而返。

她早就习惯了。

只是这次不知道为什么,听到这个消息,心里好像格外难过。

客厅里传来赵女士压抑的抽泣声,声音闷闷的,怕人听见,偏偏叫听到的人愈加心乱如麻。

老余笨手笨脚地安慰:"再想想办法,不行就去香港,咱们等卖了房子,就去试试……"

话音未落,余愿不知哪儿来的勇气,按下把手,开了门。

几乎是同时,她看见赵女士往老余身后躲了一下,还匆忙伸手蹭了下眼角的湿润。

对上老余忧心忡忡的眼睛,余愿扯谎的本领在这一刻又达到了一个新高度:"爸,家里没饮料了,我想下去买点。"

老余换了副表情,笑得牵强,嘱咐道:"嗯,去吧,别喝太凉的东西。"

"砰——砰——"

篮球撞击地面,发出规律的声响。

小区篮球场上,姜南球瘾一上来,非得拉个人陪他玩不可。

大晚上喊不到人,空荡荡的球场,就他和陈知让两个人。

球在场上滚远,也没人去捡,姜南单手叉着腰:"老陈,你现在也太菜了,两年不打,退步成这样啊?搁以前我根本都摸不着你的球。"

陈知让拎起地上的外套,作势要走:"嫌我菜?那不打了。"

"哎,别别别,再陪我玩会儿。"姜南笑着阻拦,陈知让要是走了,他可真叫不到第二个人了。

陈知让额上出了层薄汗,呼吸也略微加重。他是真没放水,太久不打球,水平也是真的菜。

陈知让往身上披外套的动作没停,姜南忙说:"那个,我开玩笑的,真走啊?"

陈知让这才慢悠悠回头瞧他一眼："去买水。"

姜南笑着说："那我要可乐。"

最近接连下雨，夜里微凉，陈知让出门随手拿了件薄外套，这会儿穿着刚刚好。

晚上十点多，小区超市里没多少人，陈知让刚走到冷柜前，还没伸手，兜里手机就一阵响。

姜南：陈哥，要不你顺便买点零食？

姜南：今天我不回家，当夜宵。

姜南：关东煮有没有啊？上次吃的那个碗装冰激凌也挺好吃的。

姜南：旺旺小小酥、虎皮凤爪、酒鬼花生、薯片、虾条……

陈知让看着手机里的那列清单，神色极为冷淡。

CZR：要不我把超市也给你背回去？

姜南见陈知让的回复，直接忽略，继续报想吃的零食。陈同学向来口是心非，除了偶尔心情不好懒得搭理人，一般情况下回复了就是答应给他带。

余愿坐在超市门口的台阶上，手里拿了一瓶葡萄汽水，喝一口，停一下，再喝一口，然后再停一下，漫无目的地消磨时间。

她不想回去看老余的强颜欢笑和赵女士隐忍的眼泪，也不想藏在门后继续偷听。

偷听那些让人难过的坏消息。

"余愿。"

一声不确定的试探如流星划破黑夜，风起，少年的声音也难免沾了几分微凉。

余愿偏头去看，少年身形颀长，穿着白色T恤，外面搭了件黑色衬衫，扣子没扣，就那么随意地往两边敞开着。

陈知让手里拎着一袋零食,步调懒懒散散地往这边走:"真是你啊,还以为看错人了。"

余愿晃了一下手里的汽水:"出来买饮料。"

陈知让其实站在门口看了一会儿才叫的人,觉得像,又怕认错了人出洋相。

一个姑娘拿着瓶汽水,偏偏喝出了一种借酒消愁的蹉跎感。

他最近真是一再多管闲事,随口问:"怎么了,不高兴?"

"也没有。"

余愿尾音轻颤,毫无征兆地,眼睛里忽然不受控制地起了水雾。

她刚刚在老余面前堪称天衣无缝的演技,偏偏在这一刻漏洞百出。别人不问还好,随口一问,她便像受了天大的委屈那般,再也忍不住了。

路灯昏黄,照着余愿一双清澈的眼睛。

陈知让安静一瞬,自知惹了祸:"对不起,我……"

"没事,沙子迷眼睛了。"余愿蹭了下眼角,摇头,"有点冷,好像夜里还有雨,我就先回家了。"

如果不是怕等下在他面前没出息地掉眼泪,她其实是还想跟他多待会儿的。

余愿拿着汽水起身,有什么轻小的物件从她身上跌落,掉在地上发出一声脆响。

她低头去看,是那枚月牙玉坠。

东西被人先一步拾起,少年并没有怨她未认真保管,而是细心解释:"后面是暗扣,系不牢会掉。

"要我帮你戴上吗?"

细碎灯光融进少年漆色的眼睛里,让这句话在夜间显得格外动人。

余愿不记得自己当时是什么样的神情,就听见自己点头说:"好。"

陈知让拿着那条项链,又往前走了一步。她微垂下眼,鼻息灌满他

身上淡淡的香味，宛若雨后竹林。

他的手指无意间触碰到她后颈的皮肤，触感冰凉，她下意识缩了一下，这一缩，额头几乎要贴近他的胸膛。

不知道是不是自己的错觉，那一刻，余愿觉得他也心跳如擂鼓。

全程不过十几秒，那"怦怦"的心跳却一直延续到余愿回到家，剩余的半瓶汽水被她随意放在桌上。她腾出手摸了摸发烫的脸颊，眼眶湿热。

最后她离开时，好像隐约听见他说："月亮会保护你的。"

这句话从他口中说出来，笨拙也生涩，别别扭扭地掺杂在风里，叫人听不真切。

她忽然想，如果自己当时走慢一点就好了。

姜南在球场上练球，隔着老远看见陈知让拎着一袋零食回来，没往球场中间走，而是自顾自在旁边坐下了。

姜南又投进一个满意的三分球，才心满意足地转身。刚离得远没看清，这会儿走近了他才见陈知让半低着头，右手放在胸口的位置。他刚运动完，这会儿气还没喘匀："你没事吧？"

陈知让慢半拍地抬眼，松手："没什么，心跳好像有点快。"

"刚刚回来走快了吧？"姜南喘了口气，"我这会儿心跳应该比你还快。"

陈知让手边的袋子里大部分是姜南刚刚"可汗大点兵"式的点单，只有少部分是他自己随手拿的。

姜南弯腰从袋子里捞出一瓶可乐，非常狗腿地献上一句："谢谢我陈哥。"

有需要时就是"陈哥"，平日里就叫"老陈"，以及偶尔犯贱时，叫他……"知知"。

陈知让没理会，点了下手机看时间："不早了，回去洗个澡。"

姜南这会儿也累了，迎风灌了口可乐："行，早点回，我爸刚打电话还说要下雨。"

从球场回去的路是一条直线，陈知让拎着他们的"口粮"，姜南则抱着那个考前老爸给买的限量款篮球，时不时拍两下，爱不释手。

两个人一前一后进屋，姜南刚坐没坐相地挨着沙发，就听见屋里有人在打电话。

"冷链又出什么问题了？"陈疆阔一只胳膊还打着石膏吊在胸前，另一只手举着手机边说话边往外走。

这是时隔小半月，陈知让第一次看见陈疆阔。

姜南见屋里有人，不自觉地坐好，连腰板都挺直了。

陈疆阔从卧室出来见到他们两个，也是一愣，笑着点头跟他们打过招呼，又继续端着电话："哎哎哎，在呢，刘总您继续说……"说着就又进卧室了。

那客套的点头，姜南也就罢了，感觉和自己亲儿子陈知让也不太熟的样子。

这些年一直是这样，陈知让见怪不怪，拿杯子接了温水喝。

姜南指了指那扇重新关上的门："你爸刚刚那电话，是生意出什么问题了？"

陈知让喝了口水，漠不关心地说："不清楚。"

从他记事起，陈疆阔就在做一些冷链运输的生意，主要是给高档酒店供应进口的生鲜食品。十一年前，陈疆阔的冷链公司出过一次事故，赔了不少，之后就一直在破产的边缘徘徊。

大概是瘦死的骆驼比马大，苦苦支撑这么些年，公司也一直没彻底倒闭。

不过就像姜南看到的那样，他们的关系好像一直不太熟。生意上的事情陈知让也从不过问。

想到十一年前的某些事，陈知让又不可避免地想到了叶女士，他的母亲。

当时叶女士把那枚月牙玉坠戴在他脖子上，眼睛里盛满的情绪在现在看来或许叫作不舍。她说："阿让，月亮会替我保护你的。"

只可惜那时的他年纪尚小，没能读懂她眼睛里的情绪，也没能开口叫她留下。

关于那个令人失望的坏消息，余愿选择装傻，大人们不告诉她，她也偷得几天傻乐。

只是每每夜深人静时，她会忍不住想，自己这辈子难道就这样了吗？

笔尖在日记本上一停一顿，笔画逐渐拼凑完整，一个端端正正的名字赫然出现在纸上——陈知让。

看病未果，如果就此回城南的家，她估计再难见到他了。

赵女士敲门，端了一盘水果进来。

余愿匆忙合上日记本，有些心虚地叫了声："妈。"

赵女士放下果盘，明显是带着话来的："余愿，我刚听林琳跟同学说要去哪里玩，你也要去吗？"

话未明说，余愿却听得出赵女士的意思是不太想让她去。

桌上的酸奶才喝了一半，她拿起来咬了咬吸管，停顿一瞬，装作听不懂："我想去。"

话音落下，迎来的是长时间的沉默。

余愿长这么大从来没单独出过远门，小时候天南海北地参加比赛，总有老余同志抱着大包小包追在后面。

后来生病，爸妈更不放心她一个人出去了。

赵女士不吭声，余愿也低着头不说话，只专心喝酸奶，算作微小的博弈。

又过了半分钟，终是赵女士松了口："要实在想去，就去吧。"

余愿刚刚已经做好了为此抗争一番的准备，没承想这么快如愿。似被好运迎面击中，散落泼天的喜悦感，她笑着点头："谢谢妈。"

赵女士出去带上了门，余愿目光又落回了日记本上，纸张摊开，她指尖轻点了下上面的名字。

爱屋及乌，今天的好运，就算是陈同学带来的吧。

余愿再次被拉入群聊。

聊天群里有很多对话，大部分是姜南和林琳的"二人转"，其中夹杂着某人淡淡的几句"嗯""哦""都可以，你们定"。

隔着屏幕都能感受到陈知让打下这几个字时的漫不经心。

屏幕上弹出新消息，是那位陈同学罕见地发了一篇攻略——遥塘古镇吃喝七日游。

余愿点进去，内容是详细的美食攻略，哪家店便宜又好吃，哪家专忽悠外地人宰客……图文并茂，写得清清楚楚。

已经获得赵女士的允许，她这会儿也有些迫不及待，按捺不住地敲下一句。

余余余余余：什么时候去啊？

CZR：稍等。

对话停留在余愿发的一个"小兔子疑惑"表情包上，再没了下文。

另一边陈知让捏着手机百无聊赖，看着余美丽女士翻箱倒柜地找老花镜。

少年随手拉开个抽屉，也是赶巧，一下子就找到了。

他拿起抽屉里的黑盒子，语气不紧不慢："奶奶，东西在这儿。"

余美丽回头看过来："在这儿啊？真是年纪大了记性不好，每次用，每次都现找，找不到还干着急。"

说着，余美丽接过老花镜戴上，又从电视机底下抽出一本沉甸甸的老皇历。

她拍了拍上面落的粉尘，认真程度不亚于高三冲刺阶段的备考。

余美丽手指熟稔地翻页，在上头轻轻划过："十二，初三，夏至，这几天都是好日子，宜出门，祈福，嫁娶……"

姜南在旁边看得目瞪口呆："奶奶，我跟陈知让就出去玩几天，又不是结婚。"

哪还用得着算日子的？

余美丽拿手拍了他一下，把他当自己孙子对待："不能乱说，都是有讲究的。"

于是，姜南照着余美丽圈的日子，一五一十地发在群里。

姜南：十二，初三，夏至。

姜南：宜出门，祈福，嫁娶，开光，伐木，求子，上梁，搬家，栽种……

几个刚刚受过应试教育的坚定唯物主义者，此时对着这两条消息稍显沉默。

姜南：陈知让奶奶说的，转述完毕。

余愿看着消息，嘴角不自觉地扬起弧度。

陈知让，他应该也是在被爱中长大的少年吧？

余美丽女士絮絮叨叨地在皇历上画标记，画到一半，桌上的手机响了。

老太太戴着眼镜瞥了眼屏幕，接起："喂？"

陈知让坐在旁边优哉游哉地剥橘子，电话内容他听不清，就见老太太眉头拧了起来。

电话那头的人说话匆匆忙忙的，三言两语，通话结束。

陈知让刚往嘴里送上一瓣橘子，就看到老太太放下皇历快速起身。

"怎么了？"

"你后妈这两天回娘家住了,刚打电话说是你爸喝多了,出了酒店就躺在路上,她一时半会儿过不来,叫我去接。"余美丽摘了老花镜往盒子里塞,搁了电话火气迅速上涌,"你爸都多大的人了,还得让我一个老太婆去应付!"

"我去吧。"陈知让轻叹一口气。他倒是不关心他老爸喝了多少,而是担心老太太一个人压根应付不了一个人高马大的醉汉。

余美丽看了他一眼,想着父子俩多接触接触也好,便没拒绝:"那你去也行。酒店名字我发你,路上小心。"

他淡声应着:"好。"

姜南闲着也是闲着,便跟着陈知让一起出门。两个人在小区门口打了辆车,直奔瑞祥酒店。

路上,陈知让低头玩着手机游戏,不需要多少操作技巧的贪吃蛇,运气好的话,开局就能去吞旁人。

从前陈疆阔喝酒有度,从不会大醉而归,更不会像今天这样醉得不省人事,还得打电话通知家里人去领。

路程两三公里,不远。陈知让头靠着车窗,在游戏间隙漫无目的地瞥向窗外一眼,正好瞥见往日衣冠楚楚的男人这会儿衣衫不整、狼狈不堪地瘫坐在酒店门口,旁边的酒店服务生焦急地拨打着电话。

场面比自己料想的还要糟糕,陈知让安静了一瞬才出声:"师傅,到了。"

司机靠边停车,陈知让利索地付钱,下车,姜南紧随其后。

陈疆阔不知道喝了多少,吊着受伤的胳膊,身上、地上都是臭气熏天的呕吐物,嘴里还喋喋不休地哼唧着些醉话。

酒店服务生见陈知让和姜南在跟前停下,喜出望外:"你们是陈先生的家人吗?"

陈知让只轻飘飘"嗯"了一声，那句"我是他儿子"在嘴里荡一圈终究没说出口。

服务生松了一口气，忙不迭回了酒店，生怕慢了一步会被追究责任似的。

地上的男人闭着眼，人又是醒着的，哼哼唧唧说个不停。

陈知让眉心微蹙，清了清嗓子，垂眼睨向他："喂，起来。"他抬脚踢了一下陈疆阔，没用多少力气，语气算不上好听。

陈疆阔没多大反应，这般喝到伶仃大醉要死不活的样子叫人莫名起怒火。

安静几秒，陈知让没好气地上手拉他，姜南想帮忙，被陈知让用眼神制止了。

陈疆阔吐在了身上，于情于理是自己的亲爹，他不能不管，但他不想让姜南弄脏了衣服。

少年刚把人扶起来，陈疆阔醉得不省人事，直往后仰，拽得陈知让一个踉跄。姜南看不下去，上前搭了把手，迟疑地问："你爸这……往哪儿送啊？"

"送他自己家，万盛小区。"陈知让说。

霓虹灯闪耀，马路上车辆川流不息，路边三两行人也都是低着头匆匆忙忙走过。在从四面八方投来的光照里，陈疆阔眯起眼，不清不楚地喊了一声："阿让。"

姜南刚把人送到小区就被家里人打电话叫走了，陈知让扶着陈疆阔坐电梯上楼，进了屋。

陈知让不擅长照顾人，眼下尤其不想，只把陈疆阔身上那件脏到没法看的外套脱了扔在一旁，任由他躺在床上，便没再管。忙完这一切，已经接近十点钟了。

家里老太太不放心地发来短信，陈知让回完消息，再抬眼时瞥向陈疆阔的那一眼，掺杂着零星的厌恶。

他抬脚正准备走，忽然在陈疆阔含含混混的醉话里听清了几句。

人醉着，但语气是那样的阿谀奉承、做小伏低。

"刘总，我儿子要上大学了……成绩好，有出息，就算上不了清华，最差也……也是985名校。这么些年没缺过他吃穿，我要是这时候欠……欠一屁股债，家里就剩一个老太太，他……他一个孩子怎么办？

"刘总，咱……咱俩这么多年的交情，钱的事能……能不能再缓缓？

"张志……志强，我以前发达的时候对你有求必应，从……从没跟你要过什么，现在你就当给我个面子，通融通融……"

陈知让搭出租车回去，摸出手机付钱，却不小心带出口袋里的打火机和半包烟。

打火机和烟是从陈疆阔身上掉下来的，当时陈知让捡起随手往兜里一揣，便再没想起。

"咔嗒"一声，打火机点燃，上头冰蓝色的火焰跳动，如鬼魅。

抽烟能解愁吗？

陈知让不知道，只知道每次陈疆阔生意上遇到过不去的烦心事时会去阳台抽烟，一支接着一支。

这会儿站在小区门口，看着手上这两样陌生的物件，脑子里倒带般重复着临走前听到的那几句话。

记忆里，陈疆阔从不会喝得大醉，有生意上的往来也是小酌两杯。仔细想想，大概是从前陈疆阔混得风生水起，每年赚得盆满钵满，都是别人围着奉承他、巴结他。

小时候打电话给陈疆阔，他在电话里听到过最多的话，就是陈疆阔冲朋友或者生意上合作的人说："我就先走了，你们吃好喝好，这不，

家里老婆叫我吃饭呢。"

想到那时候的陈疆阔,以及那时候在家穿着围裙做菜煲汤,喊他打电话叫爸爸回家吃饭的叶舒然,陈知让忽然被一股浓浓的无力感包围,让他喘不过气。

打火机在他手上一开一关,规律地发出"咔嗒"的声响。

他第一次抽烟,没经验,刚吸进去一口就被呛得不轻。

路过的大妈频频偏头看他,那眼神,完完全全把他当成了这条街上不学好的"街溜子"。

陈知让肩膀轻颤,微蹙着眉咳了好一阵。

街头人影稀落,他勾了下唇,觉得好笑。

余愿对着一个小小的对话框,输入……删除……再输入……

自从加上陈知让的微信好友,两个人却从没在手机上说过话。

余愿这会儿想问他在干什么,或者聊聊决定哪天出发,准备提前订票。

要怎么开头才显得不突兀?

余余余余余:哎,你们想早几天还是迟几天?票得早些订,不然好点的酒店都订不到了。

输入完毕,余愿对着这行字摇头,删删减减,最终发出去两个字:在吗?

那边像是有事在忙,隔了几分钟才回。

CZR:在,怎么了?

余余余余余:想问你们想早点去还是晚点去,得抓紧订票了。

信息发出去,余愿又觉得不妥,好像显得自己太着急了,在催促。

思虑两秒,她点了撤回,那头却已经看到信息回复过来了。

CZR:早点吧,就下周一。

余余余余余:好。

她木讷地敲下这一个字,便不知道接下来该说什么了。

不甘心就这么结束,想再聊两句,余愿绞尽脑汁地想新话题,聊遥塘古镇、酒店,还是别的?

她刚想一半,对话框里又多了两条消息。

CZR:有空吗?

CZR:不麻烦的话,下楼陪我坐会儿?

看到第二行,余愿一怔,刚想说"好",那条消息又很快被人撤回。

对面一阵输入,又迟迟未见下文。

余余余余余:不麻烦,你在哪儿?

大约隔了半分钟,陈知让才回复。

CZR:篮球场。

篮球场空空荡荡的,陈知让坐在台阶上,手搭着膝盖,垂眼漫无目的地数着地砖裂缝,肩背弯成一道劲韧的弧。这样寂静的夜晚,让一身黑的他快要隐匿在夜色里。

有风吹过,更衬得他身影单薄。

余愿来时看到的便是这一幕,以及他手边搁着的打火机和半包烟。

少年数裂缝数得认真,有人走近也未察觉。

余愿清清嗓子,发出声音:"你,抽烟吗?"

陈知让抬头,一双干净的眼睛正对上她,沉默了一瞬说:"不抽,是我爸的。"

他嗓音干涩,透着沉沉的哑意,像是一个人在这儿坐了好久。

余愿拢了一下身上的披肩,在他旁边坐下。她安静,话少,是一个合格的倾听者。

风吹着少年的头发,篮球场上半明半暗的灯光细细描摹过陈知让英气的眉眼。

陈知让偏头看她："你说，什么才是无聊的大人？"

上次切蛋糕前许愿，她说不想太快变成无聊的大人。

他还记得这句话。

余愿侧头，能看清他眼睛里映着细碎的光，一时哑然，不知道如何解释。

"为了钱，或者是为了……"那个"我"字咬在嘴里，陈知让心里不愿承认，也难以说出口，眉头微拧，又展开，停顿几秒才说，"明明刚出院没几天的病号，转头就去应酬陪人喝酒，喝得人事不省家都找不到，这算不算是无聊的大人？"

男孩小时候的愿望大多是拯救世界，哪怕后来随波逐流愿望变成了考什么高中、读什么大学，总归不会是一个"钱"字。

他理解生活琐碎，柴米油盐，当年少时的理想和一地鸡毛碰撞，他根本无力阻挡，也偶尔多愁善感，只想让日子慢一点，别让自己太快变成无聊的大人。

当时觉得这姑娘说了句冠冕堂皇的空话，现在觉得，这愿望再实在不过了。

余愿听出他话有所指，又不知前因后果，只点点头，说："算是。我觉得沉默的眼泪和牵强的假笑，都是无聊的大人才有的。"

一字一句，说得认真。

家里的赵女士和老余就是。

无聊透了。

余愿说完，听见少年唇边溢出声笑，话语漫不经心地落进风里："是无聊。"

陈知让把手撑在身后，仰头看着天上的星星，一时脑热叫人家姑娘聊天，不小心把话题搞沉重了。

今天不太开心，天上的星星却不少，繁星点点。

良久,他忽然话题跳脱地说了句:"在你来之前,我抽了支烟。"

余愿好奇地看他:"感觉怎么样?"

"呛了个半死。"少年勾唇笑了,一副没心没肺的样子。

6月14日 周三 天气晴

我在球场一眼就看出他满是心事,也想学老余安慰人那样局促又蹩脚地拥抱一下他,在他耳边说没事,总会有天晴的。

可是思来想去,还是没敢。

四人小分队出行在即,林琳塞了半箱的裙子,余愿不紧不慢,还趴在书桌前细细翻看几天前的日记。

关于陈知让的记忆,好像又多了一段。

不出意外的话,即将到来的旅行还会多出很多段关于他的回忆。

像攒星星的玻璃罐,就这样一段、一段,慢慢积攒起满满一罐。

因为积攒不易,她甚至小气到不想给别人看。

行李箱封箱前的最后一件行李,就是这本日记。

余愿把它合上,小心地夹在两件衣服中间,仔细铺平,生怕皱了。

林琳整箱都是衣服,而赵女士给余愿带的,起码半箱是药,除了她每天必须要吃的,还有些头疼脑热、感冒咳嗽之类的常备药。

赵女士放心不下地过来嘱咐:"余愿,明天一早就出发了。这次爸妈不在身边,你要是忽然觉得身体不舒服,一定第一时间给我或者你爸打电话。"

余愿点点头:"好。"

林琳收拾完毕站在余愿旁边,主动说道:"放心吧,舅妈,我会照顾好她的。"

赵女士尽管心里不愿让女儿去,也没再说什么。

车票、酒店都已经订好了,她也不想泼女儿冷水,只得最后又唠叨一句:"注意安全。有些地方乱,你们两个女生晚上千万别单独出门。"

余愿合上箱子,认真地点头:"嗯。"

林琳笑着说:"收到,保证完成任务。"

明天一早出发,身份证已经提前装进了随身的小包里,第一次没有家长陪同的出行,仿佛在行使十八岁到来时才开始拥有的莫大的权利。

四人小群里,姜南发了张照片,是一个行李箱和满满两大袋零食。

配文:兄弟们,明天路上的口粮有了。

林琳在底下回复一个"碰杯"的表情包,闪着五彩花字,土到极致。

之前姜南在四人群里问赵思婷去不去的后续,余愿退群了没看到,事实是陈知让在那几分钟后回复了。

CZR:别了吧,她们两个和赵思婷都不太熟。

陈知让好像总会在这些细枝末节里关照别人的感受,哪怕那晚她"无情"地拒绝了他的好友申请。

想到这儿,余愿点进那个聊天记录寥寥无几的对话框,也特别"关照"了一下陈同学。

余余余余余余:明早出发,陈同学早点睡。

余愿单纯觉得"陈知让"三个字太过生硬,随手换成"陈同学",发出去后又惊觉其中的暧昧。

陈知让没给她撤回的时间,发来一句:嗯,要睡了。

平平淡淡,没她内心的千回百转。

余愿轻舒口气,还好,他根本没在意。

CZR:你也早点睡。

余愿捧着手机轻轻点头,嗯,晚安。

这天晚上余愿其实没怎么睡好,期待着明天开启的旅行,加上屋外又恰巧下了整整一夜的暴雨,雨声很大,大滴大滴地砸在玻璃上,吵得人睡不着觉。

就这么将睡未睡,到了天明。

姜南住得远,直接去了车站等。其他三个同小区的人,提前约在小区门口见。

余愿拉着箱子,听林琳在耳边喋喋不休:"遥塘那边的人都吃辣,好想去吃顿火锅,要爆辣。还有烟火晚会,我给咱们订了最后一天的票,也算是给遥塘之行一个完美收官。

"等看完烟火晚会再往北走,去江城,又能玩几天。"

余愿只听,不插话,甚至有些小没良心,听得三心二意,只顾着时不时左看右看,想着陈同学会不会睡过了头。

在她第七次偏头看时,陈知让终于拖着一个黑色行李箱出现在花坛边,姗姗来迟。

清晨,小区里人很少,他拖着行李,步态不紧不慢,懒懒散散。

等人走近,他抱歉地说:"不好意思,闹钟没响,来迟了。"话音带着惺忪的哑意,眼底可见淡淡的乌青,头发也不听话地翘起一撮,有些乱,像刚从被窝出来就拎上行李匆匆出了门。

应该也是被雨声叨扰了一整晚。

"没事,反正还早。"林琳拿手机叫车,确认站点,"那我就叫车了,北站是吧?"

陈知让站在边上,点头"嗯"了一声。

借着等车的一小会儿时间,余愿问他:"你吃早饭了吗?"

陈知让抬眼,还没睡醒的样子:"还没。"

余愿从随身的帆布包里拿了两样单独包装的小点心出来,中式糕点,用油皮纸包着:"我带了很多,你拿些吧,等下去车站检票入站也顾不

上吃。"

他没推辞,伸手接过:"谢了。"

林琳在手机上叫完车,眼角带笑地揶揄:"喂,咱们余愿同学偏心啊,这么漂亮的点心怎么没说给我吃?"

陈知让应该是出门前洗漱过,这会儿指尖微凉,接东西时无意中触碰到余愿的掌心。因着林琳这句话,余愿的掌心顿时灼热一片,心中野草疯长。

"还有的。"余愿低头去拿,余光瞥见陈知让正瞧着她,手忙脚乱间只觉得耳朵也快要烧起来了,"我想着你吃过早餐了。"

她分给林琳一半,本着雨露均沾的心思,又再给了陈知让两个。

明明白白地展示了什么叫"端水大师"。

林琳拆了一个点心吃,看余愿面红耳赤,也不再逗她,正经道:"哎,余愿,这个挺好吃的。"

余愿脸上红晕未散,说话含含混混:"你要是喜欢,我叫我妈下次多买点。"

很及时地,一辆白色轿车缓缓停在路边。司机见他们大包小包杵在门口,降下车窗喊:"你们喊的车?"

"是,是我们。"林琳确定了车牌号,点头。她把吃了一半的点心用油皮纸三两下包好塞在口袋里,忙拎着行李箱冲司机招手。

一行人在车站会合,热热闹闹地检票、上路。

阳光从车窗外折射进来,有些刺眼,余愿拉上了大半遮光帘,只留了一道狭窄的缝隙。大家不禁感叹不愧是陈知让奶奶看皇历挑挑拣拣出来的好日子,雨过天晴,沿途一路好风景。

林琳和姜南要看iPad里提前缓存的漫威电影,主动去了后排,于是,陈知让单肩背着包来到了余愿的旁边。

"路上六七个小时,挺无聊的,要不要听听歌?"陈知让坐下,从背包里掏出一个正方形的 MP3,上面缠着一对白色耳机。

都 2017 年了,哪还有人用这个?余愿笑他:"这么老派。"

陈知让弯了弯唇,似认同她的话:"我奶奶买的,她可能以为现在的年轻人还喜欢用这个。"

余愿嘴上说老派,动作还是很诚实地接过来了:"你给我了,你用什么?"

"一人一边。"陈知让动作自然地拿起其中一个耳机,人往后靠,"昨天没睡好,我补觉。"

她讷讷地点头:"好。"

余愿拿着 MP3,仔细把耳机塞好,摁下播放,第一首就是当下大爆的歌曲《童话镇》。

2017 年高考结束的夏天,《童话镇》风靡一时,城南城北大街小巷到处能听得到。

初听时觉得不过尔尔,这会儿可能是在动车上跟陈知让共用一副耳机,也可能是鼻尖闻到他衣服上若有似无的乌龙茶香,余愿觉得耳机里这婉转的曲调都愈显缱绻。

听说白雪公主在逃跑,
小红帽在担心大灰狼,
听说疯帽喜欢爱丽丝,
丑小鸭会变成白天鹅……
听说森林里有糖果屋,
灰姑娘丢了心爱的玻璃鞋……

余愿捏着小小的 MP3,时不时偏头看陈知让一眼。陈知让应该是真

挺困的,人往后一靠,头偏向过道的那一侧,轻合着眼。

她这个角度,只能看见少年英气的侧脸和半截瘦削的下巴。

余愿一时看得入神,等耳机里这首歌自动循环到第三遍,她才慢半拍地意识到,这 MP3 默认播放模式似乎是单曲循环。

余愿不会调,乱摁了几下,偏头瞧他,又不好打扰。

于是就任由歌曲这么放着,她也舍不得摘。

歌曲播放了一遍又一遍,听得人昏昏欲睡,余愿刚打个哈欠,左肩忽然一沉。她偏头一看,是少年睡着后无意识地把头靠在了她的肩上。

彼时阳光正好,心跳加速,伴随着一阵脸红耳热,耳机里的歌词也正好应景。

  总有一条蜿蜒在童话镇里七彩的河,
  沾染魔法的乖张气息却又在爱里曲折……

遥塘古镇,他们到时已经下午。

陈知让也是在下车前不久才醒的。一路上醒醒睡睡,其中有次醒来发现自己靠在余愿的肩上,他坐直身子,清清嗓子一本正经地道:"抱歉,怎么不叫我?"

"你也刚靠过来没多久,没事的。"余愿摇头。

她要怎么说?没叫醒他是她甘愿让他这样靠着的?

陈知让又说了声抱歉,没多久便再次睡着。

余愿只敢趁他睡了,才在暗处小心翼翼地活动一下因太久未动而酸痛的肩膀。

走出车站,几人打车去古镇民宿。

女生的行李大包小包,姜南带的零食在路上已经消耗掉一半,这会儿帮林琳拎着包东西,回头冲另外两个人说:"还早,不到饭点,到了先休息一下。"

昨天没睡好,在车上又辗转反侧,舍不得睡,生怕错漏了一分一秒,余愿这会儿哈欠连连,是肉眼可见的困。

陈知让拿着东西,微低下头,问:"困了?"

这句话声音很低,只说给她一个人听,嘈杂中,沉沉懒懒的调子莫名惹人耳热。

"还好,有点困。"余愿说瞎话不打草稿,随手把脸侧的碎发别到耳后。

陈知让帮她拿了件行李,动作自然到理所应当:"到了睡一下吧。"

余愿瞧见,也没说什么:"好。"

困意浓稠,余愿到了古镇甚至没心思左看右看,只想趁晚饭前休息一下。

到民宿拿到房卡,办理入住。

姜南多嘴问了句:"那咱们几点集合吃晚饭啊?"

一直站在旁边安静把玩身份证的陈知让抬眼,目光越过三五人群,落在余愿身上,开口道:"晚些吧,挺累的。"

"现在四点刚过,咱们七点半大厅见。"他这句是对两个女生说的。

林琳比了个"OK",挽着余愿转身。

少年那一眼里的意味,余愿甚至没来得及细究。

这会儿人走远了,姜南才问陈知让:"你累啊?"

陈知让握上行李箱的拉杆,不咸不淡地睨他一眼:"不行吗?"

姜南又问:"你昨晚干什么去了?睡了一路。"

"你猜。"陈知让的心情似乎不错,半开玩笑,抬脚往前走。

暑期旅游旺季,房间不好订,姜南和陈知让住在三楼,跟两个女生不同楼层。

中午只在车上简单吃了点,姜南进房间把东西一放,就划拉着手机,

想看附近有没有什么外卖。

简单的炒粉炒面类，让人提不起食欲，有的炒菜看着不错的，但都是三四人的大份，姜南一个人又吃不了。

姜南四仰八叉地躺着，伸腿碰了陈知让一下："哎，要不买点儿什么吃？"

陈知让："不太饿。"

他今天就刚上车时吃了余愿给的那几块点心。中式糕点的特点就是造型漂亮，且抵饱。

他吃得潦草，没顾上细细品味，可能是后来睡过了饭点，这会儿也没觉得多饿。

姜南嘴闲不住，打开外卖软件总觉得不点些什么不甘心："那我点杯喝的，你要什么？"

陈知让说："柠檬水。"

外卖送到，陈知让手里是一杯不加糖的柠檬水，姜南那杯奶茶里加了珍珠、芋圆、烧仙草……

小料多得像买了杯粥。

陈知让抬了下眼皮："你怎么不直接买碗粥？"

姜南拿吸管在杯里搅，语气还挺认真："当然是粥没这个好喝啊。"

这次出来，姜南老爸给了姜南不少钱，用一句话说就是，花不完，根本花不完。

姜南喝了口奶茶，心满意足："老陈，你还睡吗？不睡的话我刚刚看楼下有家卖工艺品的小店，我想给我爸妈买点。"

"不睡。"陈知让瘦长的手指握着柠檬水，心想商家当真舍得，现切柠檬片占了半杯，早知道该加点糖的。

姜南"哦"了声："那一起去吧。"

民宿外有一排小商铺，卖各式各样的手工艺品。

姜南拉着陈知让进去挑，像猴子进了花果山："哎，你看这个香囊，一路平安，挂我爸车上刚好。"

陈知让扫过一眼，应付道："不错。"

姜南跟爸爸处得像穿一条裤子的铁哥们儿，而他和陈疆阔像半生不熟的亲戚。

想到不久前去酒店门口捞喝得烂醉的陈疆阔，陈知让随手拿了个"一路平安"的香囊，感觉沉甸甸的，很有分量，在买与不买之间犹豫了一下，最终还是放回去了。

东西倒是不贵，就是买回去不知道要怎么开口送出去。

少年手边是一排珠串手链，珠子通体莹白，颗颗细腻，中间配了几颗木雕，挺有民族风情的。

不合时宜地，他脑子里倏然出现那晚超市门口，姑娘红着眼睛，假说被沙子迷了眼的情景。

此时回想起来，心口似是被什么东西轻轻挠了一下。

"老陈，你看这个。"

思绪被打断……

姜南像是来进货的，看见什么都想买："这个是生肖的，给我爸妈配一个。这个串儿不错，也拿一个。"

姜南最终拿了一大把，过去结账付钱。陈知让在店里跟着转了一圈，手上只有一样东西。

一条素净的菩提手串。

他把这条手串放在收银台上："老板，麻烦帮我包起来。"

刚刚姜南拿了一大堆，明显是送亲戚朋友的，老板没有多言，这会儿看着陈知让，细心提醒："这款多是姑娘戴的，你要的话，可以看看上面那排。"

陈知让淡声道:"就是送姑娘的。"

余愿本意回房间休息,结果一觉睡下去,差点误了时辰。

下午七点,闹钟"嘀嘀"的机械音在房间响起。

余愿从被子里伸出一只手,在枕边一通乱摸,摸到那个沉甸甸的金属物,关了闹铃。

已经七点了吗?还是好困。

她睡意未散,脑子里都是刚刚那个荒诞怪异的梦。

梦里,有一座房子,尖尖的屋顶,屋外开满鲜花,小路上铺满了彩色的鹅卵石,她穿着红裙子坐在麋鹿拉着的雪橇上,身体好像变得很轻,像拇指姑娘一样穿梭在森林里。那里的鸭子还会讲话,于是她不厌其烦地教它们说,陈知让,陈知让,陈知让……

余愿忍不住笑,抱着被子把脸埋进去。傻不傻,还那么认真地教鸭子讲话。

大概是路上那首《童话镇》反复播放听多了,才会做这样天马行空无厘头的梦。

林琳不在房间,不知道跑哪里去了。余愿稍赖了会儿床才爬起来去卫生间洗漱。

冰凉的水扑在脸上,人总算清醒了些。

余愿低头,发现洗脸池的白瓷板上突然出现一抹红。

血落在白瓷上遇水漫开,猩红刺目,毫无征兆。

她怔了一瞬,很快又有第二点、第三点……

余愿后知后觉地反应过来,匆忙扯了张纸捂住鼻子。

不知道是不是中午在车上忘记吃药的缘故,又流鼻血了。

在遥塘正儿八经吃的第一顿饭,是在当地的一家火锅店。

鸳鸯锅冒着腾腾热气,涮进去的菜还没熟,光听着"咕嘟咕嘟"的声音就觉得很有食欲。

出门前流鼻血的事情余愿没告诉任何人,当时林琳不在,正好也省了编谎话。

她吃完药才出来的。离家前,赵女士对她千叮咛万嘱咐要记得吃药,中午还是忘了。

在家有爸妈盯着,出来玩难免会忘,余愿用手机定了早中晚吃药提醒,确保万无一失。

林琳拿筷子指了下锅里:"这个牛肉看着好嫩,要不要再点一盘?"

姜南开了一瓶汽水,摆出一副大款的豪横样,说:"随便点,今天我请客。"

"真的假的?那可太不好意思了。"林琳嘴上跟他客套,下一秒就开始点单,"那除了这个牛肉,我再要一碗冰激凌。"

"真不是我抠啊。"姜南看了眼跟前的红油锅,提醒,"这火锅混着冰激凌,别吃坏肚子了。"

林琳考虑了一小会儿,觉得有几分道理:"那倒也是,换成椰奶清补凉得了。"

"点四份吧,一人一份。"姜南说。

林琳看着菜单,有那么些许为姜南同学的钱包担忧:"这家店的清补凉……二十八元一份。"

"既然出来玩,就什么都尝一口,点吧。"姜南的小金库这会儿充实得很。虽然他从小就养成了勤俭节约的习惯,但出门在外,老爸说开心最重要。

姜家的快乐教育贯彻在每一个细节里。

林琳向服务生重新点了单,忽然想到什么,拿起手机,在微信群里翻起某条攻略。

"攻略上说这里不远处有个寺庙,听说求财特灵,好多人特意起个大早去争当天第一炷香。"林琳提议,"要不明天第一站就这儿?"

"好啊。"姜南没什么意见,"不过,咱们四个高考生,是不是当务之急该拜文殊菩萨啊,求个高分?"

"嗯……"林琳刚想说什么,看到姜南旁边的陈同学又把嘴闭上了。

毕竟成中准状元马失前蹄,当着人的面说这些,不太好。

这戛然而止的话题带来片刻安静,只听见火锅沸腾的"咕嘟"声。

"那什么……"姜南也很快反应过来,下意识地看了眼陈知让。虽然陈知让神情淡淡,并不在意,但他还是打圆场般拿公筷夹了几筷子羊肉下锅,"当我没说。"

陈知让微垂着眼玩手机,睫毛在眼下盖出一小片阴影,此时抬眼,还是那般闲散的口吻:"有文殊菩萨的话就一起拜。"

"不用这么客气,整得我都过意不去。"陈知让放下手机半开玩笑,说话时嘴角一扬,全然少年气。

服务生端着四份清补凉上来,这小插曲也随之翻篇。

先拜财神还是先拜文殊菩萨,就等明天到了再说。

遥塘古镇晚上的风景是一绝。

四通八达的小巷接连亮起昏黄灯盏,小商贩推着车三三两两挤在路口,煮玉米和烤冷面的摊子上冒着白雾,尽是人间烟火气。

晚上八点四十五分,余愿先一步从火锅店离场。

她手机闹铃响了,备注是吃药提醒。

赵女士帮她带的那些药没来得及整理,她也不好每盒都随身带着,出行一趟,相比别人总是要更麻烦些。

她在路边的药店买了几个小分装盒,可以用来提前配好下一次要吃的药。

这种零碎的小东西，事先想不到，只有在用的时候才会想起。

余愿回房间，倒水，吃药，做完这一切顺手推开窗户透透风。

手机振动，余愿拿起来看。

CZR：你在房间吗？有个东西给你。

余余余余余：在。

半分钟后，敲门声响起。

余愿开门，见陈知让站在门口。少年高高瘦瘦，挡住了走廊上大半的光。

"你们这么快就吃好了？"知道他要来，但没想到这么快。

"本来也吃差不多了，你走没多久我们就撤了。姜南他们两个在前面路口买玉米，跟老板唠起来不肯走了。"陈知让懒声笑着，伸手递了个盒子过来，"觉得你戴挺合适的，就买了。"

余愿迟疑地接过。打开深红色的盒子，里面是一条手串，中间带一个莲花形状的小坠子。

之前老余喜欢收藏这些，耳濡目染，她认得这是白玉菩提。

这般成色质地，算得上佳品。

他们目前都是没什么经济来源的学生，余愿不想让他破费，微蹙起眉头："这个东西，不便宜吧？"

陈知让不了解这些手串渊源，只单纯觉得好看："也还好，喜欢就拿着。"

东西已经买了，样式也确实漂亮，余愿不好让他拿去退了驳他面子。她把串子拿在手上，触感微凉。

"那等有机会，我请你吃东西。"

"行。"少年在门口站着，没有要走的意思，却也不说进来，几次欲言又止，最后别开眼，又挪回来，不自在地伸手碰了下鼻子，"你刚刚说回来吃药，能告诉我，你生什么病了吗？"

他向来懂得分寸,说完又补了句:"不想说的话就不说。"

一条菩提手串换一个算不上秘密的秘密,这买卖听起来很划算。

余愿往后退了两步,让出小片地方:"可能说起来有点麻烦,要不你先进来坐?"

陈知让长腿迈进来,室内空间都显出几分压迫。

余愿随手拉了把凳子给他坐,用尽可能短的话给他讲了下自己的情况,最后三言两语做个总结:"简单说就是一种非常罕见的血液病,基因里带的,只不过症状小时候没显出来。这病不好治,各种办法都是治标不治本,运气好的话就当个药罐子,吃一辈子药,也能和正常人差不多,将就活到老。"

"运气不好的话,就……"

就很难说了。

毕竟谁也不知道自己是不是被天神眷顾的幸运儿。

少年身高腿长,这会儿人坐着,手随意搭在腿上,微弯着腰听她讲话。

余愿不想把事情说得过于苦大仇深,尽量放轻松语气:"其实还好,我目前属于第一类,日常吃药维持稳定,没什么大问题。"

别人听完这些可能会安慰她,又或者眼神里多少带着同情,体恤她的不幸。

此时少年抬眼,墨色的眸子如同刚才那般干净纯粹,不掺杂任何对弱者的同情,好似平常朋友间唠两句闲话:"那你无聊的时候都想做些什么?"

余愿一时反应不过来,下意识重复他的话:"无聊的时候……"顿了顿,"无聊的时候,我其实挺想学坏的,想去把头发染成蓝色,想夜不归宿喝到烂醉,想去做一些别人认为离经叛道的事情。"

陈知让微怔一瞬,然后勾唇,偏头笑了。

他笑起来有个梨涡,很有感染力,余愿也跟着笑:"看不出来我还有这种想法是吗？"

"看不出来。"陈知让点了点头，懒懒散散的，"你看着比我更像好学生。"

不谈分数，是指老师和同学眼中那种踏实努力、端庄稳重的学生。

余愿看上去就是那种人。

如果随手抓个路人问，觉得他们两个谁更像班里根正苗红的好学生，路人估计会眉头紧锁地在二人之间狠狠纠结一番，最终把票投给余愿同学。

他唇边笑意未散，故意问她："现在无聊吗？"

"嗯？"余愿没懂，愣愣的。

摩托车的轰鸣如刀锋刺破黑夜，陈知让的衣摆被风吹动，机车头盔下，是一张清俊的脸。

民宿的灯光照下来，衬得他瞳色稍浅。他黑发垂在额前，右侧鼻梁上有颗淡色的小痣。他笑得闲散，有些痞气。

"走，带你学坏。"

第四章

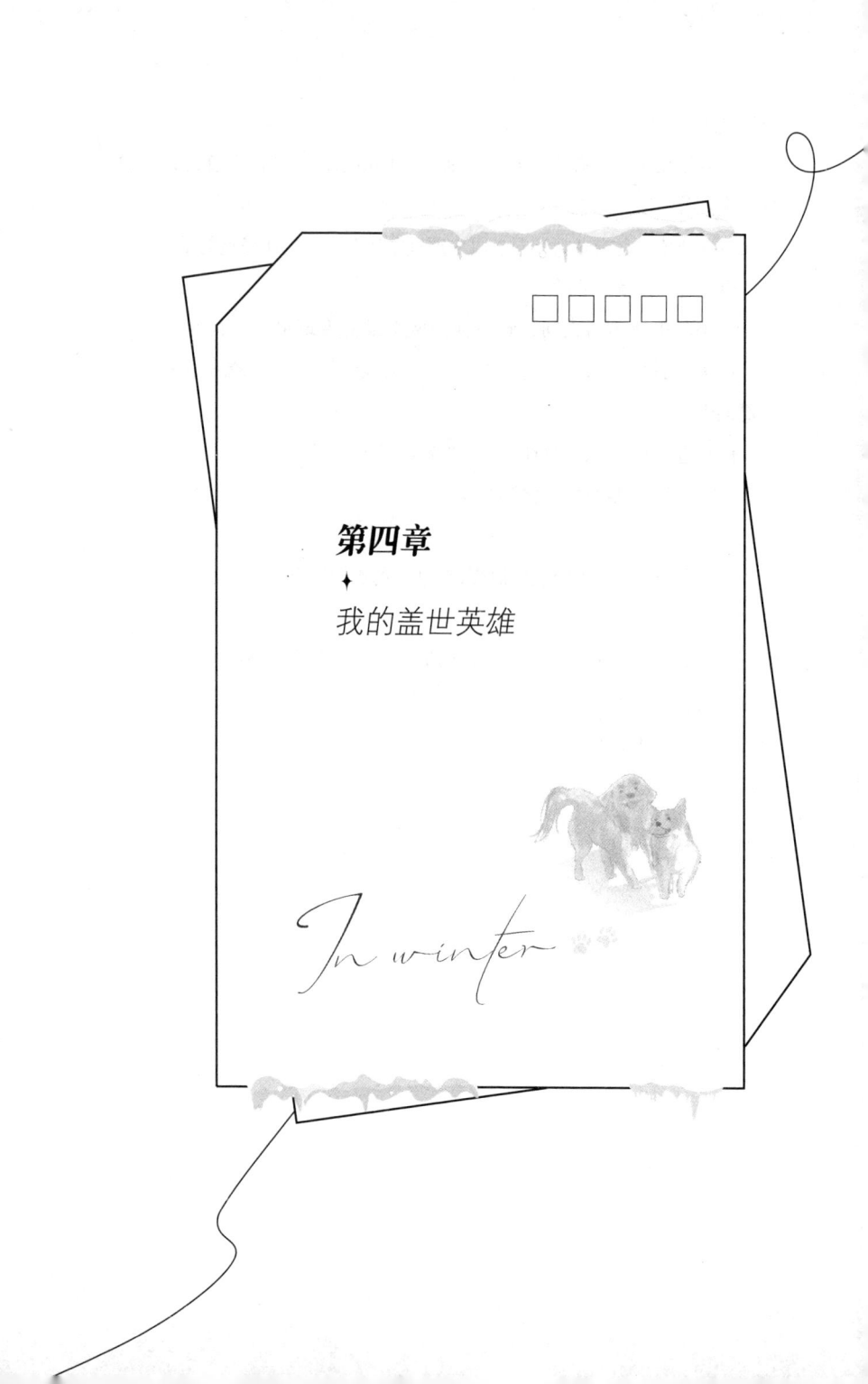

我的盖世英雄

In winter

耳边风声簌簌，引擎轰鸣。

少年控制机车不断加速，如夜间猛兽，在无人的道路上疾驰。

余愿起初还有些怯意，捏着一点他的衣角。但当风声擦过耳膜，那一点害怕和恐惧被快速冲散，她只感到前所未有的释放。

路灯洒下柔和的光晕，两个人都玩尽兴了。

陈知让把车停在路边，摘了头盔，随手扒拉一下头发："怎么样，飙车爽吗？够不够离经叛道？"

"够。"余愿还沉浸在刚刚那阵疯狂中，后知后觉地问，"陈知让，你还会骑机车？"

他笑了，拿她的话来揶揄她："怎么，我看着不像？"

余愿摇头："看着不像。"

陈知让单腿支地，低头卸着胳膊上的保护装备。

"姜南也会，他教我的。别看他成天嬉皮笑脸没个正经样子，私底下会的很多，台球、卡牌、麻将，好些都是他教的。"

余愿默默听着，因为他说的这些她都不会。

陈知让卸了身上的装备，放在一旁的长椅上，扬了扬下巴："坐吧，我去买喝的。"

这条路段现在封着，汽车不让进，除去围挡，视野还算宽阔，可以看见对面成排的便利店。

他往那头瞧了眼，问："想喝什么？"

"雪碧。"

陈知让笑了下，语气闲散："我以为你要说酒，要夜不归宿，喝到烂醉。"

"今天不要。"余愿稍仰着头看他，今晚连同风声她都想牢牢记住，才不要在他面前喝得烂醉。

几分钟后,陈知让原路返回,手里多了个便利店的袋子。他一手撑着算不上高的围栏,翻身过来的。

夜晚,微风,无人的路段。

余愿和少年并排坐在路边的长椅上,接过他递来的雪碧。

雪碧入口,味道清甜,她目光落向跟前的那辆机车,忽然说道:"陈知让,刚刚骑车的时候,我感觉你好像开心,又不开心。"

好似某种情绪过度压抑后的凶猛反噬。

不知道是不是这些年生病的缘故,她特别怕拖累人,也因此格外善于察言观色,他那点微小的不满,她也感觉到了。

陈知让拎着罐可乐,偏头看她,路灯下,眼睛里的情绪晦涩不明。

他喉结动了动,开口:"其实我也没有看上去的那么大方。关于高考,闲下来我偶尔也会想,之前付出了那么多,杜绝一切娱乐和社交,生活好像枯燥得只剩下分数和考试,每次想起来,总觉得自己不能也不该是这样的结果。我和成中大部分人一样,也想得高分,也想上名校,甚至也想争一争那威风凛凛的高考状元。

"上次返校时,学校老师跟我谈过,问我要不要复读,我拒绝了,因为实在太累。

"去年冬天复习阶段,可能是熬夜加上各种原因,有两个多月我总是胃痛,去医院看过之后吃了些药,也还是反反复复。我算是奶奶带大的,隔辈亲,老太太心疼我,那时候别人爸妈巴不得自己孩子再努努力,她却总说成绩不要紧,还教我怎么在老师眼皮子底下浑水摸鱼。"

余愿还没记事时,奶奶就过世了,这会儿听陈知让一口一个"老太太",有种别样的感觉。

"你奶奶真好。"

谈起余美丽,陈知让整个人都是松弛的:"我奶奶她不只是嘴上宽慰我,而是真心觉得我比什么都重要,她很少会问我考了多少分,只会变着法儿做菜煲汤,让我吃好喝好,想让我养好身体,晚上睡个好觉。

"我做任何事情她都纵容,包括你说的那些离经叛道的事情,只是我很少做。她从来不会怪我,只会为我担心。"

余愿喜欢看他这样讲话,自信、松弛,说起高兴的事,眼睛都是亮的。

可能是目光一时越界,让少年察觉:"为什么这么看我?"

"没什么,喜欢听你说话。"余愿轻轻别开眼,时隔两秒,在暧昧滋生之前又为自己找补一句,"喜欢听你说……你奶奶。"

陈知让平时不喜欢跟人说这些家长里短,总觉得见人就什么都往外说这个习惯很不好,别人也不见得乐意听。

今天骑车酣畅尽兴,一时就多聊了些闲话。

听的人不嫌无聊,还说喜欢听他讲话。

时间很晚了,为了明天拜菩萨抢头炷香,今天大家说要沐浴更衣,好准备明天早起。

等把车还了,二人在民宿电梯口分别,余愿挥了挥手:"明天见。"

少年点头:"明天见。"

电梯门缓缓关上,运行,余愿看着那个数字跳到"3",才又轻轻补了句:"陈知让,晚安。"

虽然这句他根本听不到。

陈知让回房间进门,迎面听到的第一句话是——

"我的天,刚那车也太帅了,你租的啊?"

姜南刚才开着窗拍夜景,准备发到"相亲相爱一家人"的微信群里显摆显摆,结果镜头里赫然出现一个戴着头盔的机车男,以及一辆纯黑色的重机车。

他刚想吐槽是谁大晚上整这么骚包,结果下一秒那人摘了头盔。

哦，是老熟人。

"借的，隔壁工艺品店老板的车，来的时候就停在门口那儿，你没看见啊？"

"没注意。"姜南又去窗口看了眼那辆重机车，"啧啧"两声，"你不说我差点忘了，之前我爸答应我的，说我要是能考到 580 分，他就给我买一辆。我到时候就要这个，简直是梦中情车。"

陈某人不紧不慢地接话，语气听着有些欠："等考到 580 分再说不迟。"

"喂，我三模 580.5 分，希望还是很大的好吧？"姜南特意把那分数咬重，生怕人听不清。

陈知让随手从行李箱里捞了件衣服，语气随意，话的内容却是杀人诛心："不好意思，我三模 722 分。"

说完，他又心想，哎，陈知让同学，这毛病什么时候能改改？少说点话吧，免得日后老是打脸。

"我要能考 722 分，我爸能……"姜南突然泄气，靠回窗台上，"算了，没这种可能性。"

姜南的目光不自觉又飘向下面那辆重机车，眼馋得不行。

还有四天就出高考成绩了，姜南想趁热打铁，探探老爸的口风。他摸出手机打开微信界面："不行，我得给我爸打个视频。"

陈知让抬了抬手，手上是一件干净的 T 恤："我去洗澡。"

姜南比了个"OK"的手势，下一秒就狗腿地冲镜头挥手："哎，爸，我们到了。晚上吃的火锅，那牛肉可好吃了，我还给你和我妈买了点手工艺品，给你们看一下……"

陈知让洗澡的速度不快不慢，但姜南这通电话打得是够久的。

陈知让出来时，姜南还捧着电话在跟那头的人动之以情，晓之以理地讨价还价："爸，今年理综题都说难，分肯定都不高，550 分行不行啊？

"553分，真的真的不能再高了，今年题出的简直变态……"

陈知让拿毛巾擦着头发，见姜南跟姜爸像兄弟似的相处，又一次觉得自己和陈疆阔像是点头之交。

上次的事情他没问后续，生意上的那些他也不知道怎么开口问。

这会儿犹犹豫豫地拿出手机，在那对话框里写写删删。

CZR：爸，最近还好吗？

客套得像两个刚认识的人。

停顿了有半分钟，他指尖轻点两下，按了撤回。

女生们凑在一起谈论的话题总是绕不开八卦。

林琳见余愿手上多了一条手串，挑眉看她，上下打量："你和陈知让单独去什么地方了？老实交代。"

"就……"余愿说了个大概，"后面有一段路，不通车，在那儿待了会儿。"

她总觉得飙车这种听起来像"带人学坏"的事情，说出来有损陈同学的名声。

林琳"哦"了声，没太在意："你这条手串挺好看的，我也看上一条，有点贵，没舍得买，但我估计走之前还是得买回来，不然我会一直惦记的。"

这条白玉菩提手串偏细，在手上能绕三圈，莲花坠子自然垂下，随着抬手动作轻轻摇晃。

余愿晃了晃手腕："我也挺喜欢的。"

余愿有样学样，反将一军："你和姜南……你俩真没情况？"

"铁兄弟，纯友谊。"林琳一副不可思议的表情，"我和他怎么可能？我俩初中就是一个班的，还同桌了两年。我俩都喜欢上课讲小话，天天被老师叫到后面站着。"

林琳想了下："他这么多年口味就没变过，喜欢那种优秀、长得又

特别漂亮的，反正不是我这种。"她顿了一下，"赵思婷就挺符合的，不过我也没问过他对赵思婷什么感觉。"

忽然提到赵思婷，余愿靠着桌子，低声问道："赵思婷，应该会有很多人喜欢吧？"

那样的女生，她第一次见也觉得喜欢。

林琳叹了声："应该是吧，不过姜南就喜欢那种得不到的白月光。"

得不到的白月光。

余愿不禁想，陈知让在成中的这几年，不知道会是多少人的白月光。

就单凭百日誓师那天带领全体学生宣誓的那一段，她只是那日对着显示屏看，都能在心里悄悄记上好久，更别说那些在校和他朝夕相处的同学了。

余愿抬手，思绪万千地拨了下那个小小莲花，看它一晃一晃的，在灯下润上一层浅淡的光泽。

是白月光吗？

不过今晚她好像碰到月光了。

这天晚上，余愿睡得格外踏实。

梦里，月亮倾斜，把月光都洒向她这边。

第二天清晨五点，林琳拉着大家去抢第一炷香，但到了才知道，永远有人起得更早。

财神殿里里外外都是人。

姜南出门时顶着鸡窝头，在进庙之前对着手机整理了一下，以免冲撞了菩萨。

林琳望着财神殿前排队的人，回头说："要不先去拜文殊菩萨？"

"也行。"姜南打着哈欠应声。

一行人转去文殊寺，殿里香火旺盛，菩萨慈眉善目，余愿跪在蒲团上三叩一拜，虔诚祈祷。

求佛祖保佑，愿身体健康，诸事顺遂。

他们几个身上带了零钱，走时上了些香火钱，以表敬意。

姜南和林琳走在前面。余愿百无聊赖，凑近小声问陈知让："你刚刚求的什么？"

陈知让偏头，目光落下来："求个高分啊。"他倒是不遮掩，就差把"我是个俗人"写在脸上了。

余愿轻轻"哦"了声，那就祝陈同学心想事成，得偿所愿。

少年漫无目地望着前头，寺内香火缭绕，香客络绎不绝。其实他刚刚还许了一个愿，希望余愿同学无灾无病，身体健康。

听着有点像他奶奶过寿的贺词，偏偏这句祝愿又最朴实不过。

他忽然回想起高考前夕在医院的那一晚，隔着走廊，在他后妈铺天盖地的漫骂声里，有另一道隐忍破碎的声音说，阿愿才十八岁。

陈知让眼睫微颤，垂眸瞧了眼身边的姑娘，余愿刚刚十八岁。

前头行人错落，他默不作声地轻呼口气，胸口像下雨前的天，有些闷得慌。

从寺庙离开，几个人去了一家牛肉汤店，老板在门前架起一口大锅，上头冒着团团热气。

老板见人来，热情地招呼："几位？在这儿吃还是打包？"

姜南说："四个人，在这儿吃。"

老板下巴一扬，指了个位置："店里坐满了，你们坐后面那桌吧。"

"好嘞，谢谢老板。"姜南坐下翻了翻简易菜单，就一面，"四碗牛肉汤。你们还要什么吗？"

没人说话，几人的目光最后落在余愿身上。

余愿摇摇头："不用了，就这些吧。"

其实刚才看到的那个煎饼应该挺好吃的,但是太大一个,她吃不完。

老余同志总说,人最不能浪费的就是粮食。她想了想,还是没要。

林琳回头望了一眼,老板刚用长筷从锅里捞出两个菜煎饼,表面金黄,放在盘子里,看着格外诱人。她的馋虫被勾起,拉人入伙:"余愿,我有点想尝尝那个煎饼。但也太大了吧,你想吃吗?咱俩一人一半。"

余愿早就想吃,正中下怀:"好啊。"

"老陈,咱俩的牛肉汤加份面吧。"姜南看着隔壁桌上的东西,忽然提议。

陈知让心不在焉地点了点头:"都行。"

他对吃的向来不挑。

没多久,东西上桌,老板已经顺手将饼切成两半。余愿用筷子夹起咬了一口,酥酥脆脆,很好吃。

林琳也尝了两口:"这饼也太好吃了。之前我最喜欢成中门口那个菜煎饼,现在这个饼成为我年度最爱,就算为了这口饼,明天我也要早点起来吃。"

事实上,林琳心口如一,往后接连三天早起,每天早早守着牛肉汤店等着第一锅热气腾腾的煎饼。

余愿想睡懒觉,林琳便帮她打包带回当早饭。

余愿如往常一样洗漱,吃药,拆开林琳放在桌上的早饭。

这天她刚吃了一口早饭,旁边刷着手机的林琳忽然多愁善感地说:"余愿,明天就出高考成绩了。"

余愿也是在数着日子等高考成绩的,只是听林琳这么一说,心里那份迟钝的紧张感才被瞬间激活。

她咽下口中的食物,说:"我估分不高,500上下,估计能上个普通大学。"

那些重点名校,是她从来没想过的。

他们四个人里，只有她学文，林琳和两个男生都学理。

林琳把手机一关，丢在床上，仰面躺下："前几天只顾着玩，也没多想，今天微博上刷到那些转好运锦鲤的，我这颗心才又忽然悬起来了。"

余愿吃着早饭："别紧张，咱们可是拜了文殊菩萨的。"

与此同时，楼上的姜南发出一声鬼叫般的感叹："文殊菩萨我都拜了，这次总分必上580！"

陈知让似乎淡定得很，从早上起来就上手打游戏，忙着过新手任务到现在早饭都没顾上吃。

姜南回头，眼神带风地递过去一眼："你不紧张吗？"

"紧张啊，"陈某人连眼皮都没抬一下，手指操作着，张口就开始胡扯，"紧张得不行。"

姜南"啧"了声："我看你一点都不紧张。"

论起查分，陈知让这会儿有种"反正都已经考砸了，破罐子破摔它还能怎样"的摆烂心态，当真一点儿都没感觉，摆烂摆得心安理得，且舒服。

姜南看他一眼，又继续抱着手机发疯："这个锦鲤要转，这个高分喷雾也要转……"

高考出分的前一晚，注定是很多人的不眠夜。

夜幕降临，灯火相接，余愿在路口的小摊上买了两根煮玉米，又进了路边一家便利店随便买些零食。

她沿着货架边走边瞧，经过拐角时没注意，差点撞上人。

"抱歉。"她抬头，是陈知让。

他穿了一件宽松的T恤，墨绿色，在灯下衬得肤色越发白皙。少年

头发微湿，像刚洗完澡没等干透就出来了。

"这么巧。"陈知让也拎着个购物筐，里头堆着乱七八糟的零食，还有几瓶啤酒。

"林琳说她晚上睡不着，要等半夜查成绩，我下来买些吃的。"余愿顿了一瞬，问他，"你也等出成绩吗？"

陈知让拿了包薯片丢入筐里，语气随意："那倒不是，就是饿了。"

"马上出分了，你紧张吗？"陈知让松散地站着，似随口一问。

余愿有些不好意思地笑了："我的成绩跟你们几个学霸比简直上不了台面，就不说紧张了。"

运气好能五百分出头，正常发挥就四百大几。

她这样的分数在十四中已经算是中等偏上的成绩了，但放在成中，却是有些难以入眼。

在这个难忘的夜晚，余愿在房间啃着玉米，陪林琳看最近大热的偶像剧。

林琳看得心不在焉，无数次刷新网页，忽然挫败地说："你说陈知让这会儿紧张吗？"

余愿咽下嘴里的东西，就从超市见到陈知让那轻松的状态来看："他好像……一点不紧张。"

林琳想着，越想越忍不住要叹气："唉，真是人跟人不能比，他就算考砸了也是我遥不可及的分数。赵思婷这次是真要拿状元了。"

赵思婷漂亮，优秀，性格也好，再拿个省高考状元，简直是爽文女主角的开挂人生。

余愿没机会早些认识她，如果可以，她也想和赵思婷那样的人做朋友。

林琳半夜查到分数，614 分，算是满意。

余愿中规中矩，492 分。

楼上二位一个淡定到准时入睡,另一个心有余而睡意更足,没人跟他说话,他熬不住也跟着睡过去了。

第二天一早,姜南醒来眼睛都没完全睁开,全然凭借肌肉记忆点入网址,输入密码,然后在看清那几排数字后,整个人如弹簧一样从床上蹦起来。

580分整!

姜南叽叽喳喳像只树梢上的喜鹊,扇动翅膀把旁边还在睡觉的某人从梦中摇醒:"老陈,快醒醒,580分整!我说什么来着,那辆重机,必须是我的!"

陈知让蹙眉,还不自觉往被子里缩了一下,大半边脸都埋进了被子里。

这般强制开机,他却难得不恼,刚刚片段式光怪陆离的梦如同高考前那晚一样,他深陷其中难以脱身,实在算不上好梦。

姜南在边上说:"出分了,老陈,赶紧查啊。"

大约在姜南向各方报喜的叨扰声里又过去十来分钟,陈知让才懒洋洋地睁眼,慢悠悠地摸出手机,敷衍查分。

手机页面跳转,可能是今年判卷老师手松,也可能他瞎猫撞上死耗子多蒙对了几道,实际分数比他的估分要高,651分。

陈知让没什么表情地扫过一眼,搁下手机起身,自顾自走去卫生间,没听清姜南在后面说些什么。

卫生间的门关上,形成一道自然阻挡,他打开水龙头,掬了几把冷水扑在脸上,稍弯下身,双手撑着大理石台面,脑海中梦境反复,乱作一团。

——"陈知让,你怎么变成现在这个样子了?你太让我失望了。"

——"你是在跟我赌气吗?怪我影响你最重要的一场考试,就把我留给你的月牙玉坠也随手给了旁人?"

梦里,他母亲叶舒然大声斥责他,怪他把那条项链给了旁人。她是

那样的怒火中烧，与他记忆中那个温文尔雅好像从来不会发火，就算生气也只会不理人的软性子女人全然不同。

画面一转，是一群小孩在聊天。

——"陈知让，你妈妈呢？她是不是不要你了？"

——"你爸爸这么快娶新老婆，肯定也会很快就不要你了，到时候你就无家可归了。"

最后是余美丽的声音。

老太太硬气得很，跟人争执："你们不要我要，孩子以后由我养着，我们阿让哪里差了？"

陈知让轻喘着气抬头，镜子里的少年脸上的水滴顺着下颌往下淌，缓缓滑过喉结，沾湿了衣领。

姜南听见卫生间的门拉开，本想问问分数的事情，话到嘴边见陈知让那稍显苍白的脸色，不由得一顿："你昨晚没睡着啊？"

陈知让偏头看他一眼，淡声道："没有。"

"那你这脸色也太憔悴了。"姜南又仔细打量陈知让，确认没什么问题，"你考得怎么样？"

"还凑合，651分。"

姜南忽然觉得自己问这一句纯粹是自取其辱。

他和大佬的差距大概是，跟前这位哥就算实属罕见的跳水翻车，也比他高出个小一百分。

伤害性极强。

不过没关系，那辆心心念念的重机车兑换券他也还是稳稳拿到了。

陈知让从桌上装零食的袋子里翻出一个面包，红豆馅儿的，他不喜欢，这会儿凑合垫垫肚子。

他坐在床边有一眼没一眼地翻手机，现在早上八点刚过，成中班级群里已经炸了锅。

赵思婷不负众望，717分，不出意外的话，今年省状元应该就是她了。

昔日对手夺魁，他也是真心想说句恭喜。

余余余余余：查分了吗，怎么样？

余愿起得早些，捏着手机等到现在才发消息，怕太早会打扰到陈知让。

CZR：还行，651分。

CZR：你呢？

余余余余余：我分数不高，492分，也很满意了。

余愿对着手机再次感叹成中与十四中的差距，十四中的理科最高分，学校群里统计结果是553分。

手机振动一下。

CZR：吃饭了吗？

余愿看了手边刚喝完的药一眼。

余余余余余：还没。

CZR：出去吃，一起。

陈知让手里这面包看着还行，吃起来却干巴巴的，没水都咽不下去，里头还是他最讨厌的红豆馅儿，实在难吃。

姜南看他吃了一半站起来，也跟着直起身："你去哪儿啊？"

"这面包吃不下去，出去吃。"陈知让忽然不想让姜南跟着，回头，"要吃什么？帮你带一份。"

姜南神经大条，根本没发现这句话里的细枝末节："豆浆，再帮我带个饼吧。"

"行。"陈知让应了声。

林琳昨天为了查分等到很晚，这会儿还睡着没醒。余愿轻手轻脚地关上门，准备下楼跟陈知让会合。

在房门关闭的那一瞬间，她忽然觉得自己怎么那么像背着人悄悄约

会啊!

而且对方还是四人团体里的陈知让同学。

承受着这份背叛集体的负罪感,余愿几分钟后在楼下见到了他。他换了身衣服,黑色T恤,宽松休闲裤,头上还戴了顶黑色鸭舌帽,站在大厅低头玩手机的样子莫名散发着一种生人勿近的冷感。

余愿走上前叫他:"陈知让。"

一道软音打破了这份浑然天成的冷淡。

陈知让收了手机,偏头看过来:"想好吃什么了吗?"

开门见山,目的就是为了口吃的。

余愿刚刚脑子里那些关于"约会"的幻想瞬间烟消云散。

她发现少年肤色白皙到稍显病态:"你脸色看着不太好啊。"

陈知让半遮半掩:"可能没睡好。"

"某人昨天还说不担心成绩的。"

"是因为梦到了一些不好的事情。"

余愿默了一瞬,看着他,问道:"是害怕吗?"

她下意识地一问,以为他天不怕地不怕,会如往常那样漫不经心地笑着说怕什么。

此时少年却是微垂下眼,含混地"嗯"了声。这一声哑得难受,他是怕被人当成不要的东西。

在后妈的推托和陈疆阔默认的眼神里,是余美丽捡起了他这个别人不要的累赘,认认真真地牵着他回家,在那之后的日子里把他当作不可多得的宝贝。

"陈知让,不管你梦到什么,现在看到我,就不用再害怕了。"余愿又想起自己那个怪诞的梦,忍不住说,"前几天我还梦到我特别认真地教鸭子说话,可鸭子怎么可能会讲话呢?梦都是假的,不要当真。"

陈知让嘴角一扬,似被她逗笑:"你教鸭子说什么?"

余愿回想着那个瞬间，笑得眉眼弯弯的："我教它们说，陈知让，陈知让，陈知让……"

二人视线相接，又偏开头笑。

在清晨的阳光下，余愿红着脸，佯装坦然地指了个方向："陈同学，今天我请你吃早餐，这附近有一家早餐店。"

阳光的温度好像就在这片刻间升起，他轻轻点头："好。"

二人到店里，陈知让要了一碗馄饨、一份油酥饼，余愿点了一份加蛋的粉汤。

"就这些吧，再多吃不完了。"

"吃多少点多少，这个习惯倒是挺好的。"陈知让上次在牛肉汤店就注意到了，见她因为一个分量过足的菜煎饼而欲言又止，等林琳说出一人一半，她点头的样子分明是觊觎已久。

在外面餐馆吃饭，不少人尝两口觉得不好吃，直接剩下大半碗就起身结账走人了。除了老一辈爱惜粮食的习惯是刻在骨子里的，现在年轻人似乎很少在乎这个。

余愿想起老余同志说过的话，一板一眼地说："我爸说，不能因为现在条件好了就处处浪费，粮食总是最珍贵的，最不能浪费。"

陈知让的手搭在桌沿，指尖有一下没一下地轻敲着，略有些心虚地别开眼，轻咳了声。

余愿同学教训得是。

出门前撂在桌上的那大半个红豆面包，他回去一定想办法吃完。

这会儿店里人不多，他们点的东西很快被端上来。

筷子筒在陈知让手边，陈知让帮余愿拿了一双筷子，递给她："你想好要报什么学校了吗？"

"之前想过几个备选，又觉得不太好，想再挑挑。"余愿接过筷子，

存有私心，没把话说得太满，"那你呢？"

"估计是东大吧。"陈知让不紧不慢地拿着汤勺在馄饨碗里拨了两下，"我这个分其实也有点儿尴尬，最顶头那两个学校够不到，再往下就是东大那些了。"

事实上，截止到高考前，东大就没出现在他的考虑范围内，他一心觉得自己就应该得到最好的。

余愿实话道："对我来说，你们提的那几个，全是我做梦都不敢想的学校。"

陈知让捏着汤勺，懒笑了声，说："余同学，你也不赖。"

他抬眸时，注意到余愿今天戴了那条项链，月牙玉坠，小小的，点缀在姑娘纤细的颈间，格外合适。

陈知让想到昨晚那个莫名其妙的梦，越发觉得离谱。叶舒然和余美丽一样，就算他小时候顽皮闯了祸，叶舒然也只会跟他讲道理，一遍又一遍不厌其烦地劝说，又怎么会斥责他呢？

上午的时间总是特别短暂，感觉还没做什么就一晃到了中午。

陈知让坐在房间的椅子上，没骨头似的往后靠着，一边拿着手机给余美丽女士报分数，一边时不时啃两口早上被他嫌弃地丢在桌上的面包。

姜南看见面包包装袋上硕大的"红豆"两字，若有所思："你不是最讨厌红豆馅儿的东西吗？"

陈知让不怎么挑食，唯独对红豆有点要求——红豆做粥能接受，但做成馅儿夹在各种东西里，他就不能接受了。

陈知让慢慢嚼着搁了一上午越发干硬的面包，重复了遍某人的话："不能因为现在条件好了粮食不贵就处处浪费，粮食是最珍贵的，最不能浪费。"

姜南挠了挠头："受教。"

不过，过他眼的东西只有不够吃的，还从没有吃不完剩下的。

一向是肉包子打狗，有去无回。

"我知道的。妈，我定了闹钟，一天三次吃药都有提醒，一次都没漏掉。"

晚上，余愿在房间给赵女士打电话。赵女士关于吃药的事情催得紧，生怕她玩疯了忘记吃。余愿连声保证，上次流鼻血的事情更是一个字都不敢提，隔着手机也难免心虚，转移话题："我爸呢？"

赵女士说："你爸回城南办些事儿，过几天才回来。"

忽然有电话打进来，余愿看了眼屏幕，匆忙道："妈，那先不说了，这里有烟火晚会，等下拍给你和爸看。"

赵女士："好，你们玩。"

电话结束，手机上除了刚刚的未接来电，还有一连串林琳发来的微信语音。

林琳："这个晚会说是八点，但现在刚刚七点半，烟花就开始了，你赶紧来。"

林琳："真的好好看。"

林琳："这块人特别多，如果来了找不到我们，你再给我打电话。"

余愿也回复一条语音："好，马上到。"

晚上七点四十五分，余愿赶得匆匆忙忙，满头细汗，随着耳边"砰砰"几声，亲眼见证到了这场盛大的烟火晚会。

无数烟花在天空绽放，宛如王母娘娘的金簪划破浓稠夜幕，留下了千万缕金银细丝。

空地中央燃起篝火，戴着民族头饰的小镇居民围着篝火跳舞，唱的皆是她听不懂的民族语言。

烟花在天上，篝火在地上，场面好生热闹。

余愿举起手机录了一小段视频，最后点击镜头反转，对着自己。

她在镜头前一向不自在，也不上相，却又不想白白错过了这番好风景。

她冲着镜头比耶，倏然，小小的方格里多出个人影。少年高高瘦瘦，嘴角轻扬看着镜头，也学她的样子，傻傻比出一个剪刀手。

她匆忙按了结束拍摄，回头看他："陈知让。"

"在自拍吗？"陈知让扬了扬下巴，懒洋洋地笑着看她。

少年双眸漆黑，看人时如一汪深潭，引得人不自觉沉醉其中。

余愿说："在给我爸妈录视频。"

对于自己的乱入，陈知让后知后觉，再开口时多出几分严肃："那我是不是……"

余愿摇头："没关系的。"

这段视频她大概不会发给爸妈看，只会自己悄悄留着，等下再拍些别的发给爸妈。

"快看那边！"一个小孩子举着彩旗带领着同伴，边跑边喊，"正义的勇士们，跟我冲啊！"

一群小短腿"勇士"倾巢出动，余愿还愣着没反应过来，手腕就被人拉了一把。

陈知让手掌炽热，紧紧握在她手腕上。

余愿能感受到少年坚硬的骨骼，连同那一小片肌肤都变得发烫。

夜空中烟花炸响，他松了手，在那点青春期男女触碰的别扭和不自在中，连同那句"小心"也说得弯弯绕绕、百转千回。

他偏开头，轻咳一声，故作镇定："那个……别被'勇士们'撞到。"

有风吹过，拂过夜幕下陈知让红了的耳朵。

好在人声鼎沸，暮色沉沉，无人看见，也无人知晓。

他在别人看不见的地方没忍住牵了下嘴角，反应过来后更有种无地自容的感觉。

陈知让,你这话稍微有点中二了啊。

遥塘夜里有点冷,余愿衣服没穿够,凑完热闹没跟林琳他们一起继续玩,早些回了房间。

手机里有赵女士的消息。

赵女士:余愿,这几天没有哪里不舒服吧?

赵女士:就不该让你去的,你走了,我和你爸在家天天惦记。

赵女士:早些睡觉,记得吃药。

余余余余余:妈,我好着呢,给你看我拍的烟花。

烟花视频发出,可能这个时间点房间网速不佳,好半天都没发送成功。

余愿忽然感觉鼻子里有股不对劲的热流,伸手碰了一下,一抹鲜红。

果然,人不能撒谎。

她又流鼻血了。

这次出血的时间比上次要久,余愿冲进洗手间不停地拿纸塞着鼻子,起初没太在意,直到看着纸张上不断扩大的血点,鲜红的血洇透纸背迅速从她指缝间渗出来,才心慌无措起来。

她匆忙打开手机,在通讯录里点到老余同志,又颤抖着找到赵女士,最后还是顿住了。

沾血的指尖在屏幕上划出斑斑痕迹,拨给林琳的电话响铃 45 秒无人接听,余愿犹豫一瞬,点到那个无备注的号码。

可能是空间上的距离足够近,能在这个时候给人片刻心安。

那头电话接起,在一阵窸窸窣窣的响动声里,少年的声音依旧沉磁好听:"喂?"

"陈知让。"她开口时声音是抖着的。

"嘀——嘀——"

耳边冰冷的仪器发出刺耳的机械音,像关不掉的闹钟,惹人心烦。

余愿躺在病床上,手背上还插着输液针,这会儿不能大动,只能这般百无聊赖地盯着天花板看。

她不想去回忆陈知让赶到时自己是如何狼狈的样子,在那般兵荒马乱的场景里,他不嫌脏地拿纸巾帮她擦下巴、擦唇边,仔仔细细,一遍又一遍。

少年的手骨节分明,沾上她的血便变得触目惊心,他却全程眉头都没皱一下,微垂下眼,一双漆黑清润的眼睛看着她,口中不停重复着说:"余愿,我来了,我来了……"

余愿轻轻合上眼,有点累,不再去想。她在医院注射完凝血因子,等挂完水,就差不多了。

老余和赵女士在接到医院的电话后,眼下估计在着急忙慌赶来的路上。尽管她已万般小心,却还是给爸妈添了麻烦。

卫生间水声淅淅沥沥,陈知让得空去洗个手,刚刚一直没顾上,这会儿手上暗红色的血迹干涸,得仔细搓洗才能冲掉。

可能因为先前的梦,再加上医院这样特定的环境,他也不可避免地多想,想那时的叶舒然。

——"阿让,妈妈估计要走了,你以后要听爸爸的话,不能调皮捣蛋。"

——"阿让,月亮会替我保护你的。"

那时叶舒然住在医院,身上还插着管子,见他来,强撑着半坐起身,温温柔柔地把项链戴在他脖子上。他懵懵懂懂地点头,也根本没想到那竟是自己见叶舒然的最后一面。

那天以后,他总是后悔当时没说叫她留下的话,好像只要他说了,妈妈就真的会为他留下。

等再长大一点,对生死有了更为清晰的认知,他又逐渐释然。那日他就算说出让她留下的话,也根本无济于事,什么都改变不了。

余愿爸妈匆匆赶来，陈知让回民宿帮她简单收拾了行李送过来。凌晨的医院，如初见时那般，那个纤瘦的姑娘被爸妈带走。

随着她的步伐，裙角微微荡起，让人一时忍不住多看几眼。

余愿有爸妈陪在身边，在这种时候陈知让似乎不应该靠近，只能这样看着她一步步走远。

当年那句没说出口让叶舒然留下的话，现在已经没机会再说。

陈知让不想再留下这样的遗憾，从口袋摸出手机，拨了个电话。

余愿手机振动，上头那一串无备注的号码却已经烂熟于心。

她脚步稍顿，接起电话。

陈知让开口，嗓音是熬夜过后的沙哑："余愿。"

余愿回头，隔着长长的走廊看他："嗯，我在。"

二人隔着一段距离，值夜班的护士拿着几张报表走过，遮挡一瞬视线，又重见明朗。

不同于初见，他们仿佛比之前多了一道看不见的关联，像是一条绕在指尖的细线。

陈知让原地站着，没越界一步，黑色帽檐遮着，看不清眉眼，再开口时，声音仿佛更哑了些："我们……还会再见的，对吗？"

余愿看着他，如做出某种承诺般点头："一定会的。"

在返回北源的车上，余愿戴着耳机，心不在焉地听 MP3 里那首《童话镇》。

这个 MP3 她本来打算充好电还给陈知让的，结果这几天没想起来，又着急忙慌连着行李一起带在了身上。

和来时一样，她不会调，就只能反复听这一首歌。

反复也行，她舍不得换。哪怕不是他本人，眼下只要是他的东西，

她也想这么退而求其次地与其多待一会儿。

昨天混乱结束后，她静静坐在陈知让旁边，顾不上自己领口处的血迹斑斑，想让他帮自己隐瞒："陈知让，我爸妈就快到了，估计明天一早就会回北源。虽然不是什么秘密，但我不想大家扫兴，我会编个理由，到时你不要戳穿我就好。"

叫人圆谎，她没敢看少年的眼睛，只两手握在一起，沁出细汗。

良久，陈知让才低低"嗯"了声。

这次出血非比寻常，回北源后老余和赵女士带余愿去医院重新做了检查，几项重要指标偏低，不出意外，直接办理住院。

余愿在回来的路上已经料想到了这样的结果。

这些年总是这样，上学，住院，又上学，再住院……

偶尔听说哪个大医院治疗效果好，就抱着一线希望去试，循环往复，没完没了。

余愿换上熟悉的病号服，轻舒口气，对着镜子把头发扎起来，再挂上一个看上去不那么难看的笑容，起身来回走着活动活动。

病号服袖子宽大，余愿往上卷了一截才显得不那么累赘，也尽量让自己看起来不那么病恹恹的。

病房门没关紧，透过门缝，余愿看见了门外的赵女士。

赵女士这人心急，跟人说着说着就红了眼眶："金医生，我们听说香港那边有办法，就想着……"

"没用的。"主治医生惋惜地皱眉，扶了下眼镜，"这种病，目前根本就治不了，就算去香港无非也是用些进口猛药和机器吊着命，能延长些日子。"

嗯，没用的。

余愿早就知道。

可赵女士和老余还是不死心，只要有一点盼头，哪怕到最后万不得已明知是用药吊着命,他们也会豁出一切,变卖一切能卖掉的东西,去等终有一天救命药的出现。

他们认为多活一天,就能再多等一天,想着万一就是在用钱买来的那段日子里,治病的良药出现了呢!

余愿不想再听,关好病房的门,重新坐回床边。

住院的随身行李里面,她带了那本日记。

翻到第一页上的照片,是她偷偷藏下的那张,关于芭蕾舞的回忆。

毫无征兆地,一滴咸涩的泪挂在了唇边。

这要她怎么甘心呢?

赵女士就在门外,她连哭都不敢哭得歇斯底里,害怕被人撞见,害怕赵女士担心。

所有人都在竭尽所能为了她治病而努力,她似乎不应该在这个时候表现出一星半点的难过,不应该叫自己的那点矫情在更大的是非面前作祟。

道理她都懂,可她每每想起来,还是觉得好不甘心。

余愿合上日记,原本想记录点什么的心情也没有了。

她从枕头底下拿出那个小小的MP3,插上耳机,播放的还是那首听了又听的《童话镇》。

余愿一走,旅游四人小分队变成了三个人,一行人坐车去了江城。

姜南今天一早就发现陈知让周身气压低得不行。

一般只有别人惹到他,或者他心情特别不爽才会这样。

姜南思前想后,也没能揪出半个罪魁祸首。

酒店订在江城市中心,经过一天舟车劳顿,办完入住手续,姜南已经累到不行直接往床上一躺,有些犯困地叫了声床边的人:"老陈。"

无人应他。

姜南又叫了遍:"陈知让。"

过了几秒,陈知让才回头,没什么表情地看去一眼,淡淡开口:"我先走了。"

姜南没反应过来:"去哪儿啊?歇会儿再去吧。你昨晚那么晚才回来,今天又坐一天车,不累啊?"

"回北源。"陈知让语气依旧淡淡的。

"不是。"姜南从床上坐起来,"你也回北源?这么突然?"

今早余愿在群里说家人催她回去到乡下住几天,陪老人过寿。

她那治了又治的血液病不是秘密,只是碰巧赶上在外面复发,她想着能瞒一刻是一刻,不想扫兴。陈知让那时在一旁默不吭声,如提前商量好的那样,不去戳穿她。

昨晚陈知让回去时,姜南已经睡得很沉,也省去一通解释。这会儿他编不出什么由头,只是重复了遍:"嗯,回北源。"

姜南满眼问号地看着他:"你回去干什么啊?你难不成也去乡下?"

这句话姜南没得到回应。

回到北源,连人带行李出现在省人民医院,陈知让也不知道自己一定要提前回来的理由是什么,就像被某件事催着,非做不可。

手机上发出去的几条消息都石沉大海,无人回复,他便一层层楼去找、去问。

不知在第多少次电梯门开,陈知让抬脚迈出去,这次总算没有扑空,走廊尽头靠窗台的角落站着一个姑娘,穿着病号服,隔着窗户看外面。

只一个背影,他也认得出。

陈知让拖着行李箱走出电梯,刚想出声叫她,却看到她肩膀在抖,依稀伴随着小声的抽泣。

余愿在哭。

沉闷的，压抑的，又怕人听见的。

陈知让的脚步声不轻不重，走至余愿身后，她也没有回头。

良久，他才清了清嗓子："你，还好吗？"

声音熟悉，那样淡淡的语调，余愿最不会忘。她愣怔地回头。

如她所想，真的是陈知让。

余愿不想让人瞧见她哭，匆忙擦了眼泪，努力挂上笑："我还好啊。"

没能像上回用"沙子迷了眼"那样的理由搪塞过去，本该在江城毕业旅行的人忽然出现在这里，陈知让来时带着些许凉意和风尘仆仆，余愿甚至不敢去细想其中缘由，眼角温热的泪就再止不住，大滴大滴地往下落。

陈知让抬手，微凉的指腹拂去她眼角的湿润。

他嘴角轻扬，漆黑的眸子看着她，一动不动，说话时还是那种磨人的懒腔，没个正经："是谁说沉默的眼泪和牵强的假笑都是无聊的大人才有的？"

这一刻，她的眼泪不听话，顺着脸颊往下淌。

余愿声音哽咽，又觉得抽抽噎噎像在卖惨，特没骨气。

她努力稳着话音，也要拼命把话说完整："陈知让，你就不能装作没看见我哭吗？"

像上次那样。

少年不解风情，微拧下眉瞧她，固执又认真："明明看见了。"

余愿摇头，拿袖口胡乱抹了把脸上的泪，想哭，却又想笑："你装没看见，我很快就能整理好情绪，你偏要戳破，我就像受了好大的委屈，再也忍不住。"

"那就哭，不要忍。"陈知让说。

这姑娘分明就是受了好大的委屈。

"陈知让……"余愿隐忍哭腔，这一声是破碎的。

好像从没有人告诉她，想哭就哭，不要忍。

也可能是她忍得辛苦，一向让人发现不了，根本没机会说出这句话。

余愿眼睛里起了层层水雾，在那模糊不清的瞬间，她似乎把陈知让当成了老余，没有半点脸红耳热的暧昧，她凑近靠在他胸前，只觉得满腹委屈快要压抑不住。

"陈知让，你说我做错了什么呢？为什么就非要我得这个病呢？"

"我其实会跳芭蕾的，我以前很厉害的，陈知让，我也有我的风光。"

渐渐地，余愿没有了半点忍耐，心想，丢脸就丢脸吧，反正今天也没什么面子可言了。

她哭得抽抽搭搭，肩膀颤动，滴滴眼泪像是都砸在了少年的心口上。

"陈知让，我不甘心。"

少年始终是那样站着，安静地听，像林子里木讷死板的梧桐树，如同在医院给她打电话那般，明明心中早已情绪万千，表面却未曾逾越半步。

陈知让只在她看不见的角度抬手，在空中顿住两秒，指尖微收，又一点点放下。

他没敢搂住她。

余愿的眼泪洇湿他的胸口，似普罗米修斯偷来的火种，悄然在少年心里烧起一片，如野火燎原。

日后每每回想，陈知让觉得那时的自己真是把握分寸把握得有点过分清明了。

余愿哭累了，各种琐碎的牢骚也冲着陈知让一通宣泄，最后擦干眼泪，忽然说："陈知让，我请你吃小蛋糕吧。"

医院门口的便利店，陈知让从货架上拿了两个小蛋糕。

跟某种玄学定律似的，他们两个但凡同时出现，货架上的芒果蛋糕就永远只剩一个。

陈知让默认让出那份芒果蛋糕，放在了余愿手边。

余愿咬着塑料叉，指了指他手里那份："今天我想吃草莓的。"

"好。"他又好脾气地换回来。

余愿这会儿冷静下来才想起陈知让昨天很晚才回去，午饭后看群消息他们已经到了江城，陈知让却又赶到北源医院。

粗略算算车程，他估计是一路风尘仆仆，一会儿都没闲着。

余愿看了他一眼，叉起蛋糕上的半颗草莓放进嘴里，强迫自己不再去想："昨天……吓到你了吧？"

陈知让默了一瞬："还好。"

气氛安静片刻，少年抬眼："你经常会出现那样的情况吗？"

"也不是。"余愿戳着奶油蛋糕，细嚼慢咽，"我这个病特别罕见，一开始被诊断为血友病，后来去了首都最好的医院，几个专家会诊后推翻了上家医院的诊断，说我这种情况不能算在血友病里。虽然都是凝血功能障碍，身体各个地方特别容易出血，但不能照搬血友病的治疗方法，情况比那个还要棘手。"

血友病本就难治，她这个大约是不治之症里的不治之症。

神仙难救。

就算这样，老余和赵女士也仍然不肯放弃。

两人吃完蛋糕，眼看又到了分别的时候。余愿其实很多次想问，问陈知让为什么提前回北源。

冥冥之中那个答案似乎已经呼之欲出。

但她最终还是没问，如果真实的答案将打破这点朦胧幻想，她宁愿这般不清不楚的，还能多做几日好梦。

分别时，余愿冲他挥手："陈知让，晚安。"

他站在那儿，明显也是欲言又止，最后点头说："嗯，晚安。"

陈知让到家时已接近晚上十一点,刚进门就闻到一股浓浓的鱼汤味,很鲜。这味道对于今天只对付吃了两口东西的人来说,当真是诱惑。

厨房里,余美丽听见声音出来,手里还举着个汤勺,见他一愣:"怎么这会儿回来了?"

"车票买错了,就提前了。"陈知让放下行李箱,纯粹胡说八道。

"那真是赶巧了,我在炖汤。这是81街菜市场你刘姨给的鱼,我说不用给,我不会做,拿回来也是白白糟蹋了,你刘姨不肯,把她做鱼的绝活都告诉我了,非让我拿回来试试。这不,怕鱼搁久了不新鲜了,我赶紧试着做了。"余美丽说着又转身回厨房,盯着"咕嘟咕嘟"沸腾的汤锅,关火,"正好,给你盛一碗尝尝。"

余美丽一边盛汤,一边唠叨:"在外面好好吃饭没有啊?别书还没读完,就又像去年一样小小年纪把胃搞坏。"

"吃了,顿顿都吃。"陈知让坐在椅子上,有些疲懒地靠向椅背。手机已经没电了,这会儿刚拿去充。

他看着端着小碗出来的余美丽,感觉她像深夜摇摇晃晃的烛火,给人一股暖意。

余美丽把汤碗放在桌上:"你尝尝。"

陈知让拿勺子尝了口,味道确实好,很鲜,鱼肉也嫩,刚刚好,没有半点腥味。

余美丽就坐在他对面,也没说给自己盛一碗,坐得端正看他吃,认真地问:"怎么样?"

像小孩要奖励一样。

陈知让点头,毫不吝啬地夸赞:"好吃。"

余美丽笑了,脸上皱纹又多了两道:"那以后我多买,给你也换换口味。"

又坐了会儿,余美丽才去给自己盛了碗,吃着吃着,没来由地多愁善感起来:"你马上也上大学了,以后奶奶都不知道做饭给谁吃。"

"以后放假我就回来,争取多吃,一天四顿。"陈知让喝完最后一勺汤,"奶奶,没吃饱。"

这句话听着多少有撒娇的意味。

今天这顿鱼汤得到认可,余美丽语气都轻快了些:"我给你盛,锅里还多着呢。"

鱼汤好吃,陈知让也是真有点饿,吃了三碗才算完。

余美丽深夜开小灶,这瓷碗里汤汤水水的东西喝下去整个人都很舒服,陈知让感受着眼前的片刻温馨,竟也想大方分人一半。

少年捏着汤勺,清了清嗓子:"奶奶,我新认识一个朋友,下次我叫她来家里,你能不能再做一次这个鱼汤?"

余愿费劲地在被子下翻到手机,才看见陈知让发来好几条消息,问她病房的楼层和房号。

时间是三个小时之前。

余愿握着手机,还记得少年来时周身的凉意。有些清醒过后,她觉得当面说的特难为情的话,这会儿倒是能大大方方地输入对话框。

余余余余余:抱歉,弄脏了你的衣服。

余余余余余:今天一时没控制住,还说了好多废话。我发的那些牢骚,你睡一觉就都忘掉吧。

余余余余余:谢谢你,陈知让。

今晚那些隐晦的、没说的、没问的话,此时都仔细敲在了对话框里。

余余余余余:陈同学,今天辛苦了。

消息发出,陈知让可能睡了,没马上回复,余愿等了一小会儿,把手机放在一旁。

鼻腔里又一阵温热,余愿匆忙拿纸挡着,还好,虚惊一场。

昨日陈知让不似她这般手忙脚乱，他拿纸巾细细擦掉她脸上的血污，力道适中，没让人觉得不舒服。他一眼看穿她的恐惧，说话笨拙又真诚："余愿，我来了。"

余愿把手里的空白纸巾捏成团放在一边，抬起病床自带的小桌板，铺开日记本，在台灯照出的那小片光亮下，握着笔，一字一句写得认真。

2017年6月25日

我不是紫霞仙子，他却踏月而来，当了一次我的盖世英雄。

陈同学，今天辛苦了。

第五章

余愿喜欢陈知让

In winter

这一晚余愿睡得很沉。夜晚，空荡荡的病房里，搁在枕边的手机兀自亮起，发出微弱的光。

CZR：不用这么客气。

CZR：刚刚喝了鱼汤，很好喝。我和我奶奶说交了个新朋友，她也很开心。

CZR：晚安。

是朋友吗？

就单单只是朋友吗？

余愿睡醒看着手机里这几行字，仔细推敲，莫非昨天那片刻恍惚的暧昧，都只是她自欺欺人的错觉？

思来想去，还好昨天没不识趣地问他为什么提前回来，不然她只会在他面前又一次下不来台。

面子彻底丢了个干净。

赵女士拎着几个打包盒进来，见余愿一大早就盯着手机不撒手，忍不住说："别一天到晚玩手机了。这是在楼下买的生煎和豆浆，你爸说好吃，我就多买了份。"

赵女士拆开包装袋，用手摸了下打包盒试试还热不热："医生来查房了没有？"

"还没有。"余愿摇头，放下手机。

可能是想让那句"朋友"彻底蒙尘，她放下手机还觉得不够，指尖一动，把手机塞进了暗无天日的被子里。

赵女士没发现她的小动作，把包装袋放到一边："正热着，你趁热吃吧。"

"好。"余愿应声。

这家铺子的生煎小小巧巧的，一口一个刚刚好。

余愿吃完等护士记录体温,听说查房的医生今天要开会,晚些来,赵女士接了个电话要先离开一会儿。她呆坐在病床上一个人闷得慌,耐不住走出病房,楼上楼下瞎转悠。

余愿下楼刚走出拐角,就听见人说:"赵主任有福气啊,女儿今年是省高考状元。有这么争气的闺女,我做梦都要笑醒,不像我家那两个臭小子,不服管教,扫帚都打断两个了,还成天跟倔驴似的,非要气死我才甘心。"

她偏头去看,几个穿白大褂的医生走在一起说说笑笑,其中一个拎着水壶的中年男医生旁边站着赵思婷。

赵思婷扎着利落的马尾,一身休闲装,简简单单就足够好看。

赵医生说:"哪有哪有,老李夸张了啊。"

旁边的医生起哄:

"到时候升学宴记得叫我,我得给思婷包个大红包。"

"哎,老赵,这几天是不是清北把家里电话都打爆了?闺女准备选什么专业啊?"

赵医生说话时脸上带着抑制不住的骄傲,打心眼儿里为自家女儿自豪:"选金融。本想让她学医,我怎么也能帮衬她些,但怎么劝,她都不听,非得选金融。唉,大人也不好管太多,随孩子心意吧。"

"赵医生真是好福气。"

一行人走过拐角,再看不见了。

不得不承认,余愿刚刚有那么一瞬间迫切地想成为赵思婷。

想听别人对老余同志说,老余,你好福气啊,闺女这么出息。

也想再看看爸妈为她骄傲,说起话来眼睛里有光的样子,而不是现在这般日复一日充满担忧、满是疲惫的模样。

赵思婷从医院出去,没走多远,迎面遇上陈知让。

少年穿着简单的T恤、休闲裤,松松散散地往医院走。

阳光穿过树叶间隙落在他身上,让人移不开眼。

赵思婷挥了下手:"你怎么来医院啊?"

陈知让看了眼医院,又移回视线,这个点儿路边早餐店正是热闹的时候。他漫不经心道:"来找人。"

"不急的话,咱们在旁边坐会儿,我这儿刚好有两罐可乐。"赵思婷提了下手中的袋子。

看出她明显是有话要说,陈知让没拒绝。

赵思婷在早餐店点了一份生煎,陈知让吃过饭了,只面对面陪她坐着,手边是她递过来的可乐。

赵思婷吃了两口生煎,还是那般熟悉的味道。因为这家的生煎好吃,她每次来医院找老爸都会买,有时老爸下班回家也会给她带一份解馋。

她咽下嘴里的东西,心想,有些事情,也该在这个夏天做个了断了:"陈知让,我不喜欢绕绕弯弯,有些话我就直说了啊。"

陈知让看着她,示意她说。

下一秒,赵思婷的声音在嘈杂的小店里响起,格外清晰。

"陈知让,我喜欢过你。"

少年微怔一瞬后抬眼,是冷静的,没有多余的情绪。

陈知让不是没当面听人说过这样的话,只是因为今天说这话的人是赵思婷,他认识赵思婷这么久,一直把她当朋友。

两个高智商的聪明人坐在一起,他那样的眼神,赵思婷一眼就明白他对她根本没意思。

从前,现在,以后,都不会有。

她故作轻松地耸了下肩:"喂,什么眼神啊?我喜欢你,你觉得很丢人吗?"

陈知让淡淡地说:"不是。"语气已经不自觉地比刚刚见面时疏离了几分，像是怕她误会。

"你知不知道你特像块木头？是不是脑子都用来做题了，在别的地方一点不开窍啊？"赵思婷向来直来直去，"但就是你这种迟钝的、木木的感觉特别吸引人。"

或许这就叫反差感。

赵思婷沉默一瞬，又说："陈知让，你知道成中有多少女生喜欢过你吗？远比你听说的还要夸张。"

这句话是不掺假的，像陈知让这样清风霁月的少年，谁会不喜欢呢？

就连她也难免落了俗套，忍不住想要靠近。

少年没有开口，还是那般懒懒地靠着椅背，他不知道这个时候该说或是该做些什么。

他向来分寸拿捏得当，不会模棱两可，也从不叫人无端陷入这种误会中。

赵思婷笑了，自顾自喝了一口可乐："哎呀，别这么看着我，也千万别有什么包袱，以后见面还是朋友。我这几天忽然想清楚了，我呢，之前可能不是喜欢你，我就是好胜，就是纯粹喜欢第一，谁让你永远都是第一。

"刚刚说喜欢你的话，你也别放在心上，都过去了。"

赵思婷性格争强好胜，本身也足够夺目，但成中总有比她更耀眼的存在，陈知让。

高中三年，她好像永远活在陈知让的光环之下，就连这次高考她铆足了劲儿考出了自己高中有史以来最高的分数717分，也还是没能超越陈知让在校期间最高分733分。

今年成中学生普遍发挥得很好，如果陈知让正常发挥，超过733分也说不定。

可能就像别人说的，陈知让得第一是实至名归，她得第一是偶然侥幸，

走了鸿运。

考前她向老爸打听治感冒效果最好的药,又专程买好给陈知让送去,是真心想让他赶快好起来。她和所有人一样,认为他就该拿这个威风凛凛的省高考状元。

但没想到陈知让会在高考上出现那样的失误。

就连赵思婷都为此不甘。

按照成中每年的成绩来看,陈知让今年估计都上不去光荣榜。

赵思婷为此感到唏嘘,也惋惜。

她偏头看着陈知让,忍下鼻尖的酸涩:"现在我是第一了,陈知让,我又赢了你一次。"

"恭喜,赵思婷同学。这句是真心的。"陈知让长相清隽,轮廓分明,一双漆黑的眼睛认认真真看人时说出这么一句话,根本不会让人怀疑是否真实。

他可以在自己名落孙山后真心实意地向她说恭喜,祝她往后风光。小肚鸡肠的向来都不是他。

赵思婷鼻尖更酸了些,这股酸涩一路绵延到心里。

直到最后,那罐可乐依旧完完整整地放在陈知让手边,他一下都没碰。

你看,说他木讷迟钝吧,他又总在个别时候过分拎得清。

在医院门口分开后,赵思婷去到成中附近小巷里的英才书店,略过一本本熟悉的题册,在角落一个不起眼的小货架上,找到那本狗血烂俗的少女漫画。

她抱有希望地翻阅,不经意间,一个卡片状的东西跌落。

上头油墨清晰,是她的字迹。

他是盛夏穿堂风,陈知让。

少年是盛夏穿堂而过的孑然清风,只是不曾为任何人驻足停留。

忽地,屋外响起一阵密密匝匝的雨声,赵思婷抬头望去,眼睛泛酸,他们的结局也如所有伤痛电影里的那样。

下雨了。

她关于陈知让的这段青春,结束了。

余愿这病罕见,每次查房时医生都带着一群实习生来来去去,年轻的实习医生低头认认真真地记着笔记,像在学课本上学不到的东西。

等这群人浩浩荡荡地走了,病房里又空空落落的了。这间病房只有她一个,旁边还有两张空床位。

余愿下床打开窗户透气。待会儿可能要下雨,窗户一开,就挤来一阵凉风。

干净清爽。

倏然,她听见有人叫她。

"余愿。"

不轻不重,语调疏懒。

"你怎么来了?"

余愿这会儿见到陈知让,脑子里又不可抑制地盘旋起那两个字。

朋友。

陈知让不紧不慢地走入病房,慢悠悠道:"在家闲着也是闲着。"

"妈妈,'好雨知时节'是什么意思啊?"门口进来一对母子,小孩拿着一本古诗画册,似看不懂,仰着头问。

"'好雨知时节'的意思就是好雨似乎会挑时辰,降临在这万物萌生的春天。"女人掂着包东西,和蔼可亲的,"待会儿就要下雨了,说明我们乐乐的病也会很快好起来。"

"可现在不是夏天吗?"小孩的求知欲很强。

女人也好脾气地解释："夏天的雨也挑好时辰啊。"

"哦。"

女人见病房里有人，跟他们两个打了招呼。她放下东西，蹲下身对孩子嘱咐："乐乐，你在这儿待着别捣乱，妈妈去办手续。"

乐乐爽快地答应："好。"

小孩的话只有三分可信度，女人看着他们两个，难为情道："麻烦你们看着他一下，别让他跑出去，我很快就回来。"

陈知让礼貌地点头："嗯。"

原本冷清清的病房，一下子热闹起来。

那个名叫乐乐的小孩看一眼他们，再看一眼画册，来回几次，放下书，满眼认真地望着他们："哥哥姐姐，你们结婚了吗？"

余愿呆呆地"啊"了一声，慢半拍地摇头："没有。"

乐乐一本正经地说："我妈妈说长大可以结婚的。"

余愿哑然，要怎么跟他解释"长大"和"结婚"完全是两个概念？

踌躇之时，身边的少年忽然开口，漫不经心的，嗓音倦淡："我们现在还不可以结婚。"

那……以后可以吗？

这个想法在余愿的脑子里破土而出，她又赶忙摇头，似要把这个大胆的念头给甩出去。

好在没人发现她这点动静。

乐乐又问："为什么？"

陈知让抬手，修长的指节点了点边上那本古诗画册："等你把这本书都看懂，就明白了。"

乐乐看着那本厚厚的画册，眉头一皱，小小的身子往后一仰，靠着柜子心生懊恼："那我什么时候才能看懂啊？"

陈知让笑而不语，一副没心没肺的样子。

余愿看得出陈知让故意逗小孩，小孩却不生气。

可能真有一种人是天生的老少皆宜，男女通吃。

赵女士接完电话回来，带余愿下去做检查。陈知让不好跟着，便准备等乐乐的妈妈回来，完成交接就回去。

怎料乐乐似乎很喜欢他，不怕生地抱着他的腿不撒手，缠着他给自己剥橘子。

小孩剥不开绿皮橘子，对陈知让来说倒是举手之劳。

陈知让一边剥，乐乐一边眼巴巴地看："哥哥，你好高啊，比我爸爸还高。我之前挑食，但妈妈说吃橘子能长高，你小时候也吃了很多橘子吗？"

少年劲瘦挺拔，懒洋洋地靠床站着，看着地上的小不点儿，语气不咸不淡，满嘴跑火车："我像你这么大的时候，吃橘子可以吃一卡车。"

乐乐惊叹："哇，怪不得。"

小孩就是天真，别人说什么都信。

乐乐翻了两页画册，看着书上的嫦娥，又说："刚刚出去的那个姐姐好漂亮，比书上的嫦娥还漂亮。等我长大了，我想跟姐姐结婚，到时候我一定要买最大最漂亮的戒指送给她。"

陈知让悠悠然地剥着橘子，挑唇笑着，看了他一眼："小不点儿，你想得美。"

乐乐丝毫没被打击到，生动演绎什么叫越挫越勇："那我得抓紧吃很多很多的橘子，长高点才行。"

隐约有雨滴打在玻璃上，发出轻微的声响。

"外面下雨了。"乐乐看着玻璃上的雨点，似道破天机般告诉陈知让，"这说明我和那个姐姐的病都会很快好起来的，我妈妈不会骗我。"

陈知让这时剥好橘子，回头望了眼淅淅沥沥的雨："嗯，我也相信，

都会好的。"

余愿每天在医院醒醒睡睡,一天输五瓶药,输液输到手背瘀青。

检查隔三岔五地做,硬性指标却还是迟迟不能达标。

只有在这种时候,才会觉得能跑能跳是求之不得的万幸。

陈知让常来,两个人什么也不做,就面对面坐着聊聊天。一来二去,就连老余和赵女士都跟他熟悉了,叫他"小陈"。

每次陈知让要走,乐乐都要抱着他的腿要死要活地哭号一番,两眼含泪委屈巴巴地说:"陈知让哥哥,你明天也要记得来看乐乐哦,乐乐会想你的。"

陈知让总会答应,还会变戏法似的从口袋里掏出糖果,把这家伙收买得服服帖帖。

北源的雨断断续续下了几天,今早总算雨过天晴,乐乐第 N 次跑到门口左瞧右看,又失落而返。

这眼看就到中午了,乐乐着急,按捺不住地过来问余愿:"今天陈知让哥哥怎么还没来啊?我给他准备了礼物的。"

余愿也不清楚陈知让今天为什么没来,不过这种事情本就随他意,可能有事在忙。

她没有哆啦A梦的口袋,也变不出陈知让,只能把话题扯远:"嗯……什么礼物啊?"

"巧克力。"乐乐指了指他的柜子,神神秘秘的,"我爸爸给我买的,我没舍得吃完,留了一盒。我最喜欢这个巧克力了。"

陈知让帮老太太送趟东西,不可避免地见到了陈疆阔。

两个人面对面坐在客厅里,只能干瞪着眼。陈知让盯着桌上冒着热气的茶水,半响才憋出一句:"爸,胳膊好点了吗?"

"好多了，石膏就快能拆了。"陈疆阔抬了抬胳膊，笑容里掺了几分不该有的客气。

没错，是客气。

这点别扭，陈知让见怪不怪。上次的事情他一直想问，只是没机会，现在面对面坐着，便顺口问起："那天你喝多了，我听见你说什么生意上的事。"

已经过去有段时间了，陈疆阔一下子没想起来："啊……那个啊，遇到点小问题。"

"解决了吗？"

"还没有。"

一问一答，气氛又陷入沉默。

因为陈知让这些年跟奶奶住，父子俩的关系实在是一般，陈疆阔一心只想着赚钱，但赚到了钱不会去花天酒地，都花在了这个家里。

陈知让也知道自己穿的用的都来源于陈疆阔。

他们之间也没什么特别解不开的矛盾，就单单是日久天长，比寻常父子要生疏些。

陈知让微弓着身坐在沙发上，端起茶杯，冷白指尖漫无目的摩挲过杯口，在这尴尬气氛里再找不出下一句能接上的话茬。

良久，陈疆阔开口："阿让，你是不是怨我？"

少年端着茶杯的手不自觉捏紧了些，表面还是那般无所谓地轻抬起眼："没有。"

其实怨过，只不过现在无所谓了。

在很小的时候怨过，在别人说"你爸爸很快就会不要你"的时候，在余美丽生气地说"你们不要，我要"，带他走时陈疆阔保持默认的时候，他真真切切地怨过。

他曾跟别人据理力争就算他妈妈不在了，陈疆阔也不会不要他，但

在那天晚上无言的默认里，都成了笑话。

陈知让后来长大些，似乎能明白一点陈疆阔的无奈。物质和陪伴，通常不能同时享受，况且其他人有的，余美丽也从没少他半分。

记不得从具体哪天起，他便不再怨陈疆阔，只是两个人不时常见，变得很难亲近起来。

陈疆阔喝了口茶，又放下，再拿起来，没送到嘴边就再次搁下，欲言又止，最终目光沉沉地看向陈知让："阿让，你后妈年轻时做过手术，不能生育。"

陈知让微怔一瞬，下颌收紧成一道利落的线条。

"这事儿我和她结婚之前就知道。"陈疆阔说，"这也是我答应你妈妈的，只要你一个儿子。你妈当初跟我结婚后把家里打理得井井有条，却从没跟我要过什么，我按月把工资打到账上，她也很少花，唯独最后在医院那几天跟我说，让我能不能别再要孩子。她怕大人一碗水端不平，怕留下你一个人受委屈，怕没人给你撑腰。我答应了。

"后来我娶了你后妈，虽然没有孩子，但正赶上那几年生意不好做，每天瞎忙，越赚不着钱越忙，顾不上家里，不知道你们相处不了，也还是让你受了委屈。唉，本末倒置，没好好完成你妈最后的心愿。"

陈疆阔叹了口气，沉默地喝完了剩下的半杯茶。前妻所托，他口口声声答应的事却办得一塌糊涂。

陈疆阔现在回想，又有种难以弥补的无力感："你奶奶说带你走，我当时也确实顾不上公司、家里两头跑，就只能睁一只眼闭一只眼，默认让你跟了老太太。

"一晃眼这么多年，你也长大了，咱们父子不亲近，这也怪我。

"我那天跟刘总谈事情，喝多了说些胡话。生意上的事情，你不用担心，你记得爸这辈子就只有你一个儿子就够了。"

陈知让默不作声，手里那杯端了好半天的热茶已经一点点凉了。他微垂下眼，再开口时嗓音淡淡的："你可以为了任何东西去做那些事，但不用为了我，真没必要。"

这是实话。

陈疆阔可以为了钱，为了权力，为了任何东西去阿谀奉承，去放下身段、脸面做小伏低，但千万别为了他。

这么些年，他印象里父亲的存在感低到可以忽略不计，如今忽然一道以爱为名的沉重枷锁套在他身上，他受不了。

一个人成长的过程就那么几年，错过了就是错过了，用不着弥补，何况都算不上亏欠。

不管陈疆阔是道德感泛滥嘴上说说，单纯胡扯有多么心爱这个儿子，还是真心实意善心大发想实实在在为儿子做点什么。

恕他只是个普普通通的凡人，一下子接受无能。

余余余余余：在干什么？

余愿发给陈知让的消息，很晚才得到回复。

CZR：刚从我爸那儿出来就下雨了，在书店门口避雨。

余愿拿起手机刚要回他，乐乐就抱着一盒巧克力过来，似在内心做了某种艰难取舍："余愿姐姐，我忍不住了，陈知让哥哥再不来，我真的忍不住要吃掉了。"

余愿看了眼手机，擅自替陈同学拿了主意："不用等他。今天下雨了，他应该不会来，确实也很晚了，乐乐就吃掉吧。"

乐乐能忍到现在已实属不易，这会儿听陈知让不会来，犹豫一会儿，小手还是打开了盖子，抓了一些巧克力放在她床边："余愿姐姐，那我分你一些，再给陈知让哥哥留一些。你吃完记得别把糖纸扔掉，我爸爸妈妈说这个糖纸有魔法，在上面写愿望都会实现的。"

余愿随手拿起两颗巧克力，淡金色的糖纸在灯下闪着细细的光，很

漂亮。她故意说:"真的假的?"

乐乐怕她不信,又去翻出一个旧的巧克力盒过来,里面攒着很多糖纸,糖纸上的字迹歪歪斜斜,勉强能辨认。

——想吃超大碗的冰激凌。

——想去游乐场。

——想不再吃药。

——希望陈知让哥哥明天还来看我。

....

乐乐捧着一盒子宝贝,一本正经地冲她点头:"余愿姐姐,是真的,这里面的愿望有一大半都实现了。"

余愿这个年纪已经很难再相信虚无缥缈的童话,几乎下意识就想到八成是乐乐的爸妈看到了这些愿望,然后一件件帮他完成的。

他爸妈才是他的许愿神啊。

只是她什么也没有说,没忍心打破这份天真的幻想。

余愿拿手机给巧克力盒子拍了张照片,给陈知让发过去。

余余余余余:某人今天没来,着实是错过了好东西。

余余余余余:不知道看见之后会不会后悔到痛心疾首啊?

消息发出,陈知让大概没看到,迟迟未有回应。

可能人闲了真的容易出事,余愿情愿在今晚相信糖纸能拥有魔法,在吃完一颗巧克力后认认真真地拿出笔,在那张淡金色的糖纸上写下几段话。

2017 年 7 月 4 日

我想和那个少年一起在屋檐下躲雨,看秋天的落叶、冬天的雪。

今年,明年,年年。

如果我还可以有好多个春天。

写完最后那个句号时，如同天神听到了她的祷告，病房门"吱呀"一声打开。

余愿回头，刚刚没回消息的人出现在病房门口。少年挺拔俊逸，黑发乱糟糟地垂在额前，如初见时那般，他身上随处可见被雨淋湿的狼狈，连同那双清润的眼睛都染上几分潮意。

乐乐刚刚被父母带出去了，这会儿只留了一床的玩具和零零散散的巧克力，不然当即要抱着他喊"陈知让哥哥"了。

余愿踢开被子下床，本以为今天见不到他，这会儿心里小小的雀跃难以抑制："陈知让，你怎么来了？"

陈知让嗓音倦淡，勾了下唇："怕错过了好东西后悔到痛心疾首。"

那条消息，他看到了。

少年神色如常，就垂眼间那点微小情绪，被余愿细心捕捉到了。

他似乎情绪不高。

余愿身上的蓝白条纹病号服松松垮垮的，她朝他走近，问与不问在脑海中混战八百个来回，最终佯装随意地开口："陈知让，你今天不开心啊？"

少年没所谓道："没有。"

余愿不信，他分明就有。

她从衣服口袋里拿了几颗巧克力出来，摊开掌心："陈知让，要不你也吃颗巧克力吧，这糖纸可能真的有魔法。"

入夜，陈知让睡前看着丢在桌上的那几颗巧克力，脑子里全是那个姑娘掏出这些东西时笑眼盈盈的样子。

她说："陈知让，吃完别把糖纸扔掉，在上面写下愿望都会实现。"

陈知让觉得挺有意思，拿起一颗巧克力拆开放入口中，口感浓稠丝滑。

他冷白的指尖捏着那张淡金色的糖纸对着光看，平平无奇。

他身为坚定的唯物主义者，压根不信这东西能有魔法。

下一秒，陈知让从笔筒里抽了一支笔出来。

万一写的愿望都能实现呢？

他其实不怎么爱吃巧克力这种东西，这会儿却一颗接一颗，一次性吃了个够，每张号称能拥有魔法的糖纸，都被他写上了同一个愿望：

　　——愿余愿无灾无病，身体健康。
　　——愿余愿无灾无病，身体健康。
　　——愿余愿无灾无病，身体健康。
　　…………

余愿这次住院的时间比以往都要久，久到七月已经过了大半，林琳和姜南都已经玩够了回来，她匆匆离开那日随口扯的谎，也再瞒不住。

成中今年升学成绩又创新高，清北录取人数首次突破百人。截止目前统计，985名校录取率高达71%，600分以上高分段400余人。

余愿在手机公众号上看到成中的喜报推文，难免为这一个个令人惊叹的数字咋舌，底下配图是百日誓师时的那张照片，为首宣誓的少年干干净净，矜傲孑然。

她指尖触碰屏幕，默默点了保存。

不知道为什么，她就是很喜欢这张照片，可能就是因为没亲眼看到才越瞧越喜欢。

陈知让被东大法学系录取。

余愿经常会想如果她没有生病，如果她还能在舞台上大放异彩，陈大律师和余大舞蹈家，听起来该有多么般配。

手机振动了一下，知乎弹窗跳出一个新话题：青春里喜欢一个人是种怎样的体验?

余愿本想划走,却还是犹豫着点了进去,潦草翻看两页,然后略显心酸地留下一条回复:胆小者的喜欢,大概是只敢在他看不见的地方空有一腔无能孤勇。

ID 名为"余愿喜欢陈知让"。

意外的是,这条评论短短一上午就成了高赞热门。

1.2 万的点赞,着实高到出乎余愿的意料。

她看着点赞数量不断增高,担心再这样下去会被熟人看见,万一再传到陈知让耳朵里……

不太好吧?

姜南躺在陈知让家的沙发上刷知乎,还一边吃薯片一边看电视,恨不能一心九用。

刚不小心翻过去一页,看见一个什么"余愿陈知让"的 ID,又想着退回去重新看看,结果来回翻了五六遍,找不到了。

可能是看错了吧。

电视机里播放着《人民的名义》。

这部剧其实上了有段时间了,不过那时候正百天冲刺,班里大部分人没顾上看。

陈知让在边上开了罐可乐,发出"呲"的一声:"你录到那个学校,你爸怎么说啊?"

姜南一个理科生被录到一所正儿八经的体育大学,又阴错阳差将在里面学习四年的网络与媒体。

难免让人怀疑他是用脚填的志愿。

姜南咽下薯片,清清嗓子模仿他老爸的口吻:"我爸说,哎哟,不错啊儿子,能上大学了,有空去练练车。"

之前那辆心心念念的重机车他老爸已经兑现承诺给买回来了，但他没考证不敢上路，这附近也没什么空旷的地儿让他练，只得空留郁闷。

姜南拿薯片做割脉状，无奈仰天长叹一口气，忽然想到什么，侧头看陈知让，语气多了几分严肃："哎，老陈，我听林琳说余愿那个病，是真没法治吗？"

虽然现代医学已经很发达，但有些没办法的事情是真没办法。

陈知让拎着可乐罐的手顿了一瞬，指尖用力，红色易拉罐发出一声轻响。

"嗯。"

那一声不情不愿，似从胸腔里发出来的。

纵使姜南这般大大咧咧，谈到生离死别也会心情沉重。

可能会像余愿说的那样，运气好的话，吃一辈子药也不会有什么大事。

运气不好的话……

陈知让没去想过。

在遥塘那个乱作一团的夜晚，是他第一次直面余愿的病，是那样地让人手足无措和猝不及防。

他不知道余愿从小到大究竟经历过多少次那样的突发情况。

在疾病面前，说再多的话好像都显得多余。

姜南瞥了眼电视，刚刚一会儿没看，眼下已经接不上剧情了，他索性把手枕在脑后，贴着沙发躺下："老陈，你喜欢她吧？"

空气中飘浮着可乐的清甜，这句话无人应答。

是喜欢吗？

陈知让回想起和那个姑娘见面的种种，没底气说出一个准确的答案。

但至少在他的认知里，那个姑娘已在不经意间成了他这几个月里最最浓墨重彩的一笔。

陈知让那时没搭理姜南抛出来的问话，后来好像又随口扯了些闲篇揭了过去。

直到当天晚上一个人闲下来，他又"口嫌体正直"地点进知乎搜索：喜欢一个人是什么感觉？

相关话题和回复众多，陈知让一口气把最后一个帖子看到底时，已经接近凌晨两点。

他要的标准答案依旧没能找到。

他轻叹口气，放下手机，准备出去洗漱。

房间灯光大亮，他经过时眼角余光被书架上的一抹金黄吸引，随即偏头去看。

那上面每一张写着"愿余愿无灾无病，身体健康"的淡金色巧克力糖纸都被他叠成了纸飞机，一排六只，整整齐齐地趴在书架上，像蓄势待发，随时能飞进拥有魔法的童话森林里。

陈知让看了一整晚的热帖，也大多都是迅速扫过，唯独对一句话印象深刻，用在此刻又颇为应景。

△胆小者的喜欢，大概是只敢在他看不见的地方空有一腔无能狐勇。

他当时有留意发布这条评论的作者。

不过很不巧，对方设置为知乎匿名用户。

余愿喜欢陈知让。

余愿无数次看着手机里这个ID，又忍不住轻叹口气。

光偷偷摸摸改个ID有什么用？去发给他看，说给他听啊！

可她又不敢。

余愿握着手机反复开关屏幕，头脑一热点进微信陈知让的对话框，横冲直撞地输入"余愿喜欢陈知让"。

下一秒，姑娘细白的指尖硬生生悬在屏幕上，那个瞩目的发送键是

怎么也摁不下去。

她最近在医院,消磨大把的时间频频回想自己是从什么时候开始喜欢陈知让的。

一经回想,似乎他们之间的每一个瞬间都是喜欢的节点,但又都差点意思,不足以让人单拎出来作为那个唯一的初始。

整个过程像生病一样,伴随着头脑眩晕的飘飘然,等身体慢半拍地察觉这种病症叫作喜欢却为时已晚,无药可医。

余愿盯着对话框里的那一行字,最终又一股脑地尽数删除。

嗯……表白也不是这样的,别大半夜吓到陈同学。

余愿那晚是这样安慰自己的。

七月底,北源迎来难得的好天气。

和好天气一起到来的还有个令人高兴的好消息,那就是指标合格,余愿终于可以暂时出院了。

赵女士一大早忙着办理出院,叫老余帮她收拾东西,两个人大包小包地提着,架势看着像搬家。

隔壁床的乐乐还没能出院。余愿走时,乐乐被爸妈带去做检查了,只空留那堆了半床的汽车玩具。

两人同病相怜,乐乐被确诊为血友病 A 型,不过比余愿好些,余愿甚至都不能被正式列入血友病案例。

余愿走时留下了一盒巧克力,是乐乐最喜欢的那个牌子,吃完还能获得很多张号称拥有魔法的糖纸。

老余和赵女士把余愿手里的东西都接过去,不让她拎,怕累着她。

余愿拗不过,只能笑着说:"爸,妈,我哪有那么娇弱,都躺一个月了,也该活动活动。"

老余脸上也难得见了笑容:"有爸爸在,就由爸爸拎着。"

一家人挤在出租车上，趁着这片刻放松说说笑笑，一路到了小区门口。

余愿推开车门下车，阳光透过树杈照在地面落下点点光斑，她看着脚下，脑子里忽然萌生了一个念头：

在这个风和日丽的日子里，我要去见他。

陈知让坐在操场观众席上，随意敲着腿，手里拿了根狗尾巴草，百无聊赖地折着玩。

阳光不算刺眼，照得人暖洋洋的。

少年无所事事地抬眼，底下姜南骑着辆重机车压弯，伴随着阵阵轰鸣声，轮胎在一片荒芜里荡起尘土飞扬，颇有种末日游戏的味道。

今天这地儿姜南能找着也是难为他了——一个大概在他俩出生前就废弃了的小学，操场两边杂草丛生，姜南放不下他那宝贝机车，带出来练练。

搁在旁边的手机响了下。

余余余余余：陈知让，你在哪儿？

陈知让看着屏幕，好半天才想起这地儿的名字。

CZR：辰星小学。

余愿到的时候也还是这场景——底下是场机车轰鸣的末日游戏，上头偌大的观众席就只坐着陈知让一个人，他一身黑衣黑裤，只有裤子上两道潮牌串标做点缀。

陈知让屈着腿，侧头看余愿。

少年脸部轮廓清晰硬朗，见人走近，似心情不错地扬了下眉："出院了？"

"嗯。"余愿点头，身后两只手纠结地搅在一起。

可以出院后，第一时间就来见你了。

可能是她心怀不轨，总是心虚地错开些目光，半寸又半寸，最终归

处是满是尘土的地面。

他脚边有一个脏兮兮的小花篮，风吹日晒，沧桑程度看着和出土文物差不多了。

陈知让可能当真无聊，身旁那一块草皮都快给他薅秃了，揪下来的狗尾巴草被他折成了一篮毛茸茸的小兔子。

余愿脑子里唯一出现的词是"心灵手巧"，转瞬又觉得这个词跟他实在是对不上号，指了下那个篮子，说："你还会折兔子？"

"老太太教我的。"陈知让手上慢悠悠地折着根草，下巴朝旁边点了下，"坐吧。"

余愿坐下，两个人刚好隔得有点远，她又小有心机地往他那边挪了点。

陈知让看她一眼，问道："想学吗？我教你折。"

那样漫不经心的，是跟亲近的人才会有的语气。

"好啊。"余愿说。

她左右看看，附近的这片地已经被陈知让薅秃了："这边没有狗尾巴草了。"

"我这儿还多。"陈知让从另一头揪了根草给她，一套动作利落，且无情。

少年的手清瘦骨感，就算这会儿捏着两根野草，余愿也觉得是那般赏心悦目。

今天日头刚好，一点儿都不晒，照在人身上暖暖的。

余愿接过那两根毛茸茸的狗尾巴草，仔细跟他学着一步一步折兔子。

很多年后，陈知让回想起这一天都忍不住吐槽自己："陈知让，你无不无聊啊？"

但是当时压根没人觉得无聊，两个人还折得乐此不疲，这大概就是十八岁青春独有的魅力。

就算是一起干特没劲的事，但只要那个喜欢的人在身边，就看什么都有趣。

姜南骑车骑爽了才停下，拎着瓶水上来，看着台阶上两个"无趣之人"，以及那一篮草兔子，沉默一瞬，说道："哎，我说，光天化日的，你们俩这是幼儿园做手工呢？"

余愿刚折好一只，技术不精，没"陈师傅"的手艺好，只能在手里这儿揪一下那儿拽两下地垂死补救，直到看着勉强像个样子了才说："姜南，我学会了。"

姜南喝了口水，指向某人："我小学就会了，也是和老陈学的。"

这种无聊又没用的技能在上小学的姜南眼里简直酷毙了好吗？他死缠烂打追着求了陈知让好几天才勉强答应教他的。

大概是奶奶带大的孩子多少会些"手艺活儿"，陈知让不仅会用狗尾巴草编兔子，还会正儿八经的竹编，算得上半个手艺人。

余愿看着自己手里的这个"畸形兔"，忍不住笑了："不过我这只兔子好像脑袋有点大，站不稳。"

"那给你我这个。"陈知让的动作自然到理所当然。

他折的这只兔子头和身子比例刚刚好，也立得住。

余愿捧在手里夸赞说："陈师傅好手艺。"

她长相偏邻家妹妹，温温软软的，尤其笑起来更是没半点攻击性。

很难想象这样的姑娘无聊时的想法竟然是去染一头蓝色的头发，去喝到烂醉夜不归宿，去做一切离经叛道的事情。

姜南站边上接了通电话，接连"哎哎哎，行"了几句，挂断后翻了翻聊天记录，似在找什么东西："老陈，我爸在这附近，叫我去补几个证件，我的车你骑回去，停你家楼下就行，我晚上过去找你。"

"陈师傅"沉迷于做手工，头也没抬地应着："行。"

姜南走后，这地方就显得更空旷了点。

陈知让瞧着手里那只大头兔子,应该是不小心弄折了狗尾巴草,怎么瞧怎么古怪。

他把兔子虚握在掌心,偏头看了眼跟前的姑娘,忽然想起什么:"余愿,你为什么叫这个名字?"

他之前就想问的,一直没问。

"我爸妈给我起这个名字,是希望我一生顺风顺水,心中大愿终能实现。"余愿说完,也难免觉得这名字跟她自身一点都不符合。

可能是名字起得太大,偏又身弱压不住,才在长大后事事不顺。

之前有个算命先生是这么说的。

陈知让没想过还有这一层解释,他第一次听到这个名字,下意识觉得挺不吉利的,余愿,余生仍有愿。

他当时还想谁家给姑娘起这么个糟心的名字。

有风吹过,卷起地上的一个垃圾袋,它"艰难困苦"地翻了两圈,接连荡起小片尘土。这场面实在算不上浪漫。

陈知让抛了下手里的车钥匙,率先起身:"怎么样,现在无聊吗?陈师傅带你再做点儿离经叛道的事。"

机车轰鸣声里,余愿成了末日游戏的女主角,黑色重机车穿梭在无人的道路上,路两旁是一排排高耸的梧桐树。

阳光下,树荫里,她捏着一点陈知让的衣角,肆意感受这夏日清风。

车开出这条长长的梧桐大道,路边人群渐渐熙攘起来。

陈知让逐渐放慢车速,最终在一个卖花的小摊贩前停下。

摊主拿了束花,招揽生意:"帅哥,买束落新妇吗?"

余愿看见桌上的木牌上写着"新上市北源落新妇,20元一束"。

她没细想陈知让为什么停车,刚想说不用,陈知让就从口袋里摸了二十块钱出来递了过去:"我要一束。"

可能刚刚吹了风脑子不太清醒，全程短暂又过于梦幻，余愿直到拿着那束花才后知后觉，这算不算是陈知让送她的第一束花？

是花店里很少见的，落新妇。

花束用绿色丝带系好，余愿指尖细细勾缠，在看清上面的字后，如同某种预兆般，心跳逐渐加快。

"陈知让，你知道落新妇的花语是什么吗？"

答案印在丝带上，她明知故问。

陈知让平日里说话懒懒散散的，没个正经，此时开口却是沉了几分调子，偏偏这个问题的答案，他不论怎么说，都似绵绵情话。

"我愿清澈地爱着你。"

余愿只觉得脸颊发烫，心跳更快了。

陈知让分明知道落新妇的花语，为什么还要送她啊？

难道陈知让也喜欢她吗？

余愿不敢再往下猜。

没有回应的喜欢可以随时打退堂鼓，可一旦有了回响，哪怕是模棱两可，一星半点，也再难忍住。

也正是这点回响叫人辗转反侧、寝食难安。

余愿在房间把那几枝落新妇小心地插进阔口花瓶里，虔诚祈祷它能多活几天。

花瓶摆在左边，右边，都不满意，最终和陈知让给她的那只草兔子整整齐齐摆放在正中间。

余愿拿起那只狗尾巴草兔子正瞧反瞧，又倏然重重躺回床上，手中的草兔子随之坠落，在被子上弹起，又落下。

宛如某种心跳节奏的重演。

空荡荡的房间里，独有少女的回音。

"陈知让,我喜欢你。"

喜欢你喜欢得睡不着觉。

在七月末的夏天,她收到陈知让送她的一束落新妇,怎么看,这一天都应该浓墨重彩地记上一笔。

翻开日记本,她用自己那没什么美术天赋的画技笨拙地画了一束落新妇。

2017 年 7 月 29 日

余愿喜欢陈知让。

陈知让也可以喜欢余愿吗?

第六章

我想,我们大概要一辈子

余愿折的那只呆头呆脑的狗尾巴草兔子,陈知让拿回家放在了书架上,和那六只纸飞机放在一起,排成一排。

放了一堆教材杂志的红木色书架刚好空出中间一格,这里原本放了个存钱罐,去年不小心碰碎了,就一直空着,如今摆上这几个不怎么洋气的小玩意儿,倒也自成一派。

"老陈,你家可乐没有了啊?"姜南在外面喊道。

陈知让慢悠悠地从卧室晃出去,看见姜南扒着冰箱门,眼神仔细搜索,最终毫无收获地关上门:"真的没有了,早知道我刚上来带几罐。"

陈知让下巴朝边上扬了扬:"下面柜子里有,不冰。"

姜南顺手打开柜门,里面还有七八罐可乐。他拿了罐在手上感受一下温度,然后整整齐齐地摆进冰箱里。

"算了,还是放冰箱冰镇一下等会儿喝。我刚来的时候还看见你奶奶,小区广场舞的队伍发展得好快,不仅人多了,还有统一的中国红队服,特热闹。"

"你下次来,运气好的话能看见七种颜色的队服。"陈知让懒洋洋地靠在沙发上,漫不经心地瞧了眼电视,里面播放的是《甄嬛传》,华妃赏夏常在一丈红那集。

不得不说,姜南同学跟余美丽的眼光是真能看到一起去。

一阵门锁转动的声音后,余美丽穿了一身靓丽的"中国红"进门,手里抱了两颗看起来造型和颜色都稍显怪异的菜。

姜南也没见过,目光黏在上面移不开:"奶奶,你买的什么?"

"广场舞队里头的老赵给的,南方老家那边带过来的特产,做酱菜特别好吃,人亲自去山上挖的,咱们这边可买不着。都是难得的好东西,我特意早回来,洗净了腌上。"余美丽一边往厨房走,一边说,"这周末我再去买条鱼,炖鱼汤。小姜,到时候你来,大家一起才热闹。"

"好嘞,一定记得来。"姜南笑着保证。其实就算奶奶不说,他也老往这儿跑。

余美丽一手好厨艺，不论荤素，就算是几根胡萝卜，也能就着下两大碗米饭。陈知让爷爷在世的时候，是村里办红白喜事有名的做饭大师傅，老夫妻俩在厨艺上都颇有造诣。

余美丽都走进厨房了，又退出来半步，说："哎，阿让，你上回跟我说新交的朋友，周末也一起叫上。"

姜南慢半拍地问："谁啊？"

陈知让语气淡淡的："余愿。"

姜南"哦"了声，眼神随即由平淡转变为八卦，最后老神在在地看了他一眼："老陈，你不对劲。"

高考结束的假期大多数人用来旅游，或者打暑假工。前者余愿小小体验了一把，以惊险结尾；后者爸妈不肯让她去，怕她再出事。

一个人成天无所事事，便忍不住想东想西。

周末，余愿趁天气不错，出门去成中附近的书店逛逛，看能不能挑一两本书回来打发时间。

那日陈知让送她一束落新妇，便再无下文，像说书先生吊足了人胃口般忽然一拍板，悠悠然说欲知后事如何，且听下回分解。

唉，陈知让，你到底是不是喜欢我啊？

余愿的那点孤勇，已经在这般辗转反侧中蹉跎了个干净。

想问，又畏首畏尾，担心太急会吓到他。

不问，心情又像一条弹簧绳，一端被他随意拉扯着，半点不由人。

那句话怎么说的来着，当遇到事不知道该怎么办的时候，就先冷静冷静，找点事做，忌冲动。

余愿在心中默念三遍，莫着急，莫冲动，慢慢来……

到达成中附近的英才书店，余愿抬眼望了下门牌，轻舒口气走进去。

书店里，教辅、少儿图书、天文历史等各自分区，余愿胸无大志，兜兜转转来到漫画区。站在成排的漫画书前，她停顿一瞬，似带有目标

地找到那本花裙子封皮的少女漫画，轻轻抽出来拿在手上潦草翻阅。

漫画还是那本漫画没错，但里面的书签不见了。

那张写着"他是盛夏穿堂风，陈知让"的书签，她那日明明仔细夹好了的，可现在里外翻了三遍都没找到。

不知是丢了，还是被书签的主人拿走了。

虽然余愿只是一个不经意间发现秘密的旁观者，却也难免有那么一瞬觉得心里空落落的。

夹在少女漫画里写着少年名字的书签，陈知让千百次与其擦肩而过，却从来都吝啬多瞧一眼。

他不会看见，也不会知晓。

现在书签不见了，她无意间撞破的秘密，就更不会有人知道了。

无疾而终，潦草收场。

大概是提前预料到自己的结局也会如此，出于同病相怜的心理，余愿把漫画书又小心翼翼地放回去，展平书角，生怕折起一点。

也算是给别人的这段故事留下最后的体面吧。

希望到时她也能这般体面。

余愿走时买了一本《病隙碎笔》，因为里面有句话她很喜欢。

人有一种坏习惯，记得住倒霉，记不住走运，这实在有失厚道，是对神明的不公。

仔细想想，她这段时间也不全是倒霉，遇见陈知让，算是这个夏天于她而言的一种幸运。

就算他们的故事最终成了烂尾的篇章，无疾而终，至少这段回忆是幸运的，永远都是。

CZR：今天有空吗？中午要不要来我家吃饭？

余愿刚走出书店，手机里收到信息。

你看吧，今天还是比较走运的。

似觉得忽然来这么一句显得唐突，陈知让又紧跟着补了一句。

CZR：姜南也在。

余余余余余余：好啊。

当然好呀，除了拿快递那次待了五分钟不到，她还没真真正正观察过陈知让的家呢。

CZR：嗯，我等你。

余愿收起手机，脚下的步伐都轻快了些。

嗯，我等你。

多好的一句话。

余美丽穿着围裙，看着汤锅冲外头喊："阿让，我炖着汤走不开，今天天气好，把窗户都打开透透气，都大开着，一会儿客人来了空气也好些。"

"成。"陈知让应了声。

余愿到时，站在门口小有心机地对着手机整理了一下头发，又清了清嗓子才伸手规规矩矩地敲门。

很快，里头一阵趿拉拖鞋的脚步声由远及近，门"咔嗒"一声打开。

门内，陈知让穿了一身宽松款式的运动装，戴了副笨重大黑框眼镜，看着有点呆，是让人一眼看着就觉得"这人读书应该很厉害"的样子。

余愿第一次见他戴眼镜，觉得稀奇："你近视啊？"

陈知让笑着点了点头，往边上让了半步："嗯，还有点儿散光。刚在看电视。"

余愿进门，正想问他在家看什么剧这么认真，连眼镜都戴上了，电视机里一句台词就适时飘了出来——

"臣妾要告发熹贵妃私通，秽乱后宫，罪不容诛……"

是看《甄嬛传》啊。

陈同学当真是深藏不露。

余愿没忍住小小牵了下嘴角。

老太太从厨房出来瞧了眼，热情招呼道："阿让朋友来啦？先坐着看电视吧，饭马上好，再炒个热菜就齐了。"

余愿乖乖地说："谢谢奶奶。"

余美丽匆匆打过招呼又进了厨房，看得出是个十分和善的老太太。如陈知让每每提起的那样，奶奶就是有种无名的魅力，让人自然而然觉得松弛和自在。

姜南这种熟客更是早已把这儿当家，手边虾条、薯片吃个不停，余愿过去坐，他还大方分来两包。

没多会儿，伴随着阵阵饭菜香，余美丽完美收锅，冲外面喊："阿让，和小姜把这几盘菜端出去，都端着边儿，小心烫手。"

"来了。"陈知让放下瓜子，拍了拍手起身。

姜南也一同跟着过去。

余愿正愣愣想着要不要过去帮忙，刚走两步，就见旁边房间门口的地上有只很小的纸飞机，像糖纸叠的。

应该是被风吹掉，落在这里的。

余愿弯腰捡起来，本无心乱动，只是手里一捏，纸飞机就散开了一半，露出了里面的字。

字迹大气卓然，洋洋洒洒：愿余愿无灾无病，身体健康。

瞬间，心中某处的高墙坍塌。

余愿抿唇死咬着那三分理智，不然她一定会忍不住笑出声来。

陈知让，我不信你对我没感觉！我不信我不信！

陶锅和瓷盘相碰，发出不小的声响，陶锅里汤水漾出，姜南急急忙忙道："没烫着吧？"

"怎么了？谁烫着了？"余美丽洗手刚洗一半，听见声儿手心手背三两下往围裙上一蹭，慌慌张张地出来，"哎呀，我都说了端着边儿端着边儿，多大孩子了也不小心点，快去用冷水冲冲。"

余愿顾不上细想，顺手将那只纸飞机揣进口袋，跟过去看。

陈同学被余美丽接连骂了三遍"笨手笨脚"，进厨房及时冲了冷水，右手虎口处也还是红了一片。

厨房里还有菜没上桌，余美丽把他们几个小辈撵出去，自己端了剩下的两盘菜，忍不住念叨："让你们做点事还不够我操心的，我就收拾一下，一眼没看着就能把手烫了。"

餐桌上三人落座，余愿和陈知让面对面坐着。陈知让也不吭声，认命听着。

老太太进进出出地忙碌，唠叨他好几句才算完。

余愿拿着筷子，有一下没一下地扒拉着米饭。不论有意无意，她的目光总能落在陈知让手上。那双手骨节分明，修长好看，她也忍不住在心底小小"啧"一声。

陈知让，小心点呀，让那双手受伤，简直是暴殄天物。

可能见余愿吃饭慢吞吞的，余美丽热情地帮她夹菜："这个酱菜配上这个萝卜一起吃才好吃。"

"谢谢奶奶。"余愿笑着点头，这声"奶奶"越叫越顺口。

饭后一碗汤，余愿喝着小碗里的鱼汤。虽然今天有长辈在，她吃饭时连句话都不敢跟陈知让说，但在这片其乐融融的氛围里，依然有点贪心地想，她下次还要来，下次还要叫"奶奶"，说"奶奶好"。

感觉这样，她和陈知让的距离就又更近了一点。

那只纸飞机被她放进口袋带走，她直到回家也没机会开口问。

要问吗？

余愿洗漱完毕拿着手机反复斟酌，最终小心翼翼地发去一句话。

余余余余余：在吗？我有事问你。

句号结尾，寻常中带着那么一点严肃。

CZR：等我一会儿。

余余余余余：好。

她会等的，正有大把时间，不怕等不到。

余愿铺平那张淡金色的糖纸，反复地瞧，心里琢磨着等下要怎么问。

直接拍照发过去，问陈知让写这话什么意思？

像刑讯逼供。

问你喜欢我吗？

突兀又莫名其妙。

陈知让口中的"一会儿"足足有二十分钟之久，余愿看一眼糖纸，再看一眼手机，心想，陈知让该不会忙忘了吧？

倏然，那个千盼万盼的微信头像弹出，是语音通话。

余愿手忙脚乱，在一阵头脑风暴下，仅存的理智让她反锁房门，插上耳机，才徐徐按下接听。

等下的谈话内容，她生怕泄露出去一星半点。

她握着手机没说话，此时大脑一片空白，完全不知道该说什么。

陈知让也没说话，像还在忙，余愿在耳机里能听到那边柜门关闭，走动，拿东西等一连串细碎响动。

最后是闭门的"咔嗒"声为结尾，那人才懒懒问了句："喂？"

"我在。"余愿讷讷点头，没胆量"刑讯逼供"，只能没话找话，"你刚刚在做什么？"

"洗澡啊。"

伴随着一阵像是翻被子的窸窸窣窣，陈知让语调疏懒，略带一点漫不经心的尾音，让这句话听起来更像是致命毒药，通过耳机蔓延开来，无声荼毒着她的四肢百骸。

余愿揪着床上的粉红色兔子玩偶，毛绒兔耳朵被她搅在手指上，呼吸都不顺畅了："洗澡还回我消息。"

她是紧张，说出口却听着像嗔怪。

一股后知后觉的羞怯刚涌上来,耳机里的少年淡淡开口,似嗔怪他也全然接着那般:"嗯,怕你等得着急。"

余愿嘴角忍不住上扬,她没半点刑讯逼供的本领,对方几句话就将她轰炸到脸红耳热,节节溃败,兔子耳朵都险些被她揪掉。

余愿,别问了,这还问什么呀?

答案还不是昭然若揭?

他肯定是喜欢你呀!

她的耳机接触不太好,轻微的电流音里,陈知让低笑一声:"怎么了?刚不是说有事问我?"

"不……"她磕磕巴巴,心里乱作一团,经不住他这般"穷追猛打"。

陈知让,你别笑啊,我都快没脑子思考了。

不如她意,陈知让又笑了声:"又不问了?"

陈知让的嗓音带着轻微的哑意,沉沉懒懒的,透过耳机传过来。

余愿暗自攥拳,拎着兔耳,暗呼佛祖救命。

情人眼里出西施,这还不是情人,就已出西施了。

余愿深吸一口气,心一横,问吧,答案就在今晚了。

"陈知让,今天我在你家捡到一只纸飞机。"

指向性太强,是没人再可以继续装傻的程度。

余愿停顿一下,又说:"我不小心看见里面的字,有我的名字。"

一张祝身体健康的糖纸,无半点你侬我侬的暧昧,偏偏是她告知那糖纸有"魔法"在先,陈知让写祝愿她的话在后,机缘巧合又落回她手中,怎能让人不去多想?

余愿攥着兔子玩偶的手心出汗,再次鼓足了勇气:"如果你不解释,我就要大言不惭,当真觉得你也喜欢我了。"

一个"也"字,就把自己出卖了个干净。

她一口气说完,对面的人没说话,只能通过耳机听见他轻浅的呼吸声。

余愿一颗心"怦怦"直跳,思绪在安静的空间里肆意发酵。

他怎么不说话了？还是她太唐突了吗？她说这些不讨人喜欢了吗？

预料到开口即是暗恋的失败，在他看不见的角落，她如过山车般的情绪也一点点慌乱起来。

他不吭声，电话也不挂断。余愿自是舍不得挂，就这么等着，固执地等一个最终答案。

大概过了有五分钟那么久，手机那头的少年才再度开口，沉沉道："方便吗？下楼，篮球场见。"

打字聊天，语音电话，见面。

今晚她好像才是被"刑讯逼供"的那个，一鼓作气发表完"临终感言"，终赴刑场。

"好，篮球场见。"

从家走到小区篮球场，距离不过两百米，在这短短的距离之间，余愿已经幻想过一万种可能。

所以，有没有那么一点希望，她能美梦成真？

篮球场上空空荡荡的，长椅上坐着一个少年——陈知让穿着黑色T恤、黑色休闲裤，一个人待在那儿。

余愿走近，陈知让示意她坐。

一张平平无奇的长椅，余愿硬是坐出了种壮士断腕的风范。

跟前的少年抬手，递过来一把金灿灿的东西。

陈知让掌心摊开，是五只巧克力糖纸叠成的纸飞机，和她捡到的那只一模一样。

余愿愣愣地看了他一眼，伸手一只只拿起，展开，看到每张糖纸里写着同样的祝愿，都是愿她身体健康。

"我不知道。"陈知让声音有点沙哑，他清了下嗓子，说话不疾不徐，"我不知道该怎么说。上学时只顾读书，也没喜欢过谁，做这种事情是第一次。

"我从不信鬼神,也没法像乐乐一样去相信这糖纸真能有魔法,但那天晚上,我就像是着魔了,写了一遍又一遍,还嫌这糖纸不够,想再多写几遍。

"我知道落新妇的花语,但是那个花挺小众的,市面上很少见,脑子一热就买了。我赌你不知道,只是没想到你会突然问。"

他注视着余愿,一动不动:"我承认我对你的感觉很不一样,和你在一起很自在,也很舒服,但我目前不清楚这种感觉能不能叫喜欢,也不想白白枉费你一番心意。"

面对这份感情,陈知让难得拖泥带水:"等我几天。十天内,我给你一个准确的答复。"

况且告白的话也理应由他来说。

他向来做事过分有分寸,余愿听到这样的回答,竟不意外。

她捧着一手金灿灿的祝愿,点点头,说:"好。"

"陈知让真这么说啊?啊,他该不会吊着你吧?"林琳有些不满,又觉得哪儿不太对,"也不会啊,之前向他表白的女生他都直接拒绝了,拒绝得表面委婉,实则压根不给人留半点念想。"

这大概就是学霸的说话艺术。

余愿懊恼地扑进被子里,把脸结结实实地埋进去:"我也不知道,现在我脑子里简直一团糨糊。"

一个小时前为爱冲锋,一个小时后旗帜倒地,勇士解甲归田。

已经东窗事发,她也就破罐子破摔,告诉了林琳。

林琳也是个恋爱经验为零的菜鸟,在一旁分析说:"不过就十天的话……好像还好。"

但是对此时关系将破未破的人来说,这十天未免太过漫长。

林琳掏出手机一阵翻找:"不行,我给你问问姜南,旁敲侧击一下。"

"别。"余愿抬头,又拒绝不了诱惑地补上一句,"问他可以,可千万别暴露是我。"

林琳比了个手势:"放心,我绝对不说。"

林琳:喂,姜南,跟你打听个事儿。

姜南秒回消息:哟,稀客啊。还有啥事是你这城北小灵通不知道的?

林琳:说正经的。陈知让最近有没有喜欢的女生?或者心动对象?

姜南站在小吃摊前,刚想说没有,前面小吃摊摊主问:"要辣吗?"

姜南点头:"要,多加。"

这么一打岔,姜南偏头正好瞧见自今儿晚上出门就魂不守舍的陈某人,难不成真的是坠入爱河了?

姜南间谍似的瞧陈知让一眼,继而给林琳回消息。

姜南:等我打探一下。

老板把蘸好调料酱的烤串递过来:"加辣的烤串好了。"

"谢谢。"姜南接过,端着盘子优哉游哉地去后面坐下。

姜南这种人神经大条,今天发现陈知让的状态有点不太对劲,但也没说什么,心想他可能是没睡好,但现在再加上林琳的话这么一推敲,就显得十分可疑了。

姜南故作随意地开口:"哎,老陈,刚有人问我。"

陈知让偏头看他一眼,示意他继续说。

姜南:"你最近不对劲啊,老陈,是不是看上谁了?"

"谁问的?"陈知让嗓音淡淡的,又总能一针见血地问到重点上。

姜南不能把林琳供出来,故意诈他两句:"就是五班那谁呗,说上次看见你和一个姑娘在街上。"

陈知让"哦"了声。

姜南觉得他越发可疑了。

自己随口一诈,难不成真有?

陈知让从盘子里拿了一根串,动作慢条斯理的:"是余愿吧。"

听到这个答案,姜南意外,又不那么意外。

上回姜南就问过，但最后被陈知让这个糊弄学大师给糊弄过去了，也没听见句准话。

这会儿他忍不住又问："你真喜欢她？"

陈知让沉默一瞬："我不知道。"

高考前在医院的那晚，他靠坐在椅子上本就没睡，除了病房里后妈一口一个"白眼狼"的谩骂，另一道陌生的声音他也一字不落地全听到了。

说什么余愿才十八岁，说什么卖掉房子去香港治。

只凭这只言片语，陈知让也大概能猜出对方绝不是感冒发烧这样的小病。

刚见两次面，他就把母亲留下的月牙玉坠给了她。当时多深的感情谈不上，更多的是把高考失利的怨气无能地宣泄在那个梦里，继而牵连在这个玉坠上。这么多年，母亲叶舒然从没来过他的梦里，高考的前一晚是第一次。

叶舒然在梦里斥责他、责备他，说着一些他根本就没做过的坏事，他百口莫辩，而且梦里的叶舒然说什么都不信他。

那日在烧烤摊他也是回想起医院的那天晚上，而且那时余愿刚好十八岁生日，穿了一身浅色的裙子，纤细瘦弱，皮肤白皙，病态犹存，似橱窗里出自大艺术家之手的展品，仿佛一碰就会彻底碎掉。

他不能说没有一点怜悯。

就比方说在放学回家的路上偶遇的流浪猫，它胆小怯怯地蜷缩在角落，不声不响，就足够惹人怜爱，让人想掏遍身上所有口袋把它喂饱，好让它安然度过一天。

后来他偶然发现自己跟她相处起来很舒服，是一种自然而然的融洽、自在。

每次分开他就已经在心里暗暗期待着、盘算着下次的见面，再见面时又忍不住想靠近她，不受控制地被她身上的某种东西所吸引，像以身试毒，次次深陷。

那种妙不可言的感觉，绝不仅仅是巷子里喂猫那三分淡薄的怜爱。

姜南不解："什么叫不知道啊？喜欢就告白啊。"

在姜南的世界里，任何事情都是一条直线，他也是头一次觉得陈知让做事这么畏首畏尾、磨磨蹭蹭。

陈知让以前根本不是这样的。

姜南摇头，唯口中美食不可辜负："这家还挺好吃的，再点些？"

"随你。"陈知让淡淡回了句。

姜南吃完盘子里的最后一串，抬头瞧他一眼，得，这哥又魂不守舍了，顶着这么一张脸，整什么单相思啊？喜欢谁看上谁，还不是手拿把掐？

姜南又去摊位前点了些烤串，等候时间去旁边买了几份小吃，拎着大包小包回来，说："老陈，你有时候就是太死板了，认死理儿，不是所有事都得先写个'解'字才算对的。"

自那天微信通话结束，余愿和陈知让的聊天记录就定格在那里了。

一条8分54秒的通话记录，余愿翻着手机看了一遍又一遍，都快盘包浆了。

余愿没主动找陈知让说话，陈知让也默不作声，再没发来半句。

难不成就这么结束了吗？

虽然这样的结局她早有预料，预料中自己会像电影里的成年人一样坦然接受、体面结束，等到未来某天和他在街角相遇，自己还能大方得体地跟他打个招呼，说，嗨，陈知让，好久不见。

可现实中，她自私又小气。

没半点大方，也没半点坦然。

余愿有些无力地关掉屏幕，沉沉地呼了口气。今天已经是第四天了，这种七上八下惴惴不安的心情让人没办法思考任何事，提不起精神。

林琳端了一杯热牛奶进来，稳稳放在书桌上。跟姜南打听那事儿也没个结果，她忍不住八卦："余愿啊，你和陈知让这两天有进展吗？"

余愿轻叹一声,摇头:"没有,自从那天以后,他好像就消失了。"

消失得无影无踪,仿佛那日所有的事都是她大梦一场,辗转反侧的到头来只有她一个。

这点小小的不平衡让她别扭又拧巴,却说不上在拧巴些什么。

林琳想了下,说:"那个……你不知道啊,陈知让这两天病了,在医院?"

余愿半撑起身,蹙了下眉:"他怎么了?"

"胃病吧。姜南也没说清楚,好像是。"林琳小声试探,趁热打铁,"要去医院看一下吗?"

余愿咬了下唇,别扭道:"我不去。"

她其实是想见他的,想见他想得不得了,心里却又有点生气,气自己没骨气。

余愿啊,陈知让都不理你,你还担心他担心得要命。

这点脾气上来,就偏要在这个时候强硬一回,说不去就不去。

幼稚得要命。

医院走廊上冷冷清清,陈知让虚倚墙站着,微垂下眼,漫不经心地撕掉手背上的输液贴,对折一下,扔进垃圾桶。

姜南在旁边看着:"怎么样,今天还疼吗?"

陈知让语气淡淡道:"偶尔疼,好多了。"

今年大概流年不利,在医院进进出出的,流程熟得跟回自己家一样。

"这边。"姜南忽然朝前招手,喊了一声。

陈知让不紧不慢地偏头,见林琳走过来,他几乎是下意识往她身后瞧了一眼。走廊人影错落,他想见的那个姑娘没来。

似乎不意外,余愿生气了。

陈知让这次来医院是那天和姜南吃完东西,半夜挂的急诊。

寻常胃病而已,三五天就好了,算不上什么不得了的事,也不是故

意要瞒着余愿，只是好巧不巧卡在这个时间段，他去敲开那个对话框专程告知一遍好像有点莫名其妙。

于是就这么半推半就，一拖再拖，聊天记录至今停留在那个晚上。

他无意之下的冷处理，惹得那个没脾气的姑娘生气了。

林琳走近，陈知让没遮没掩地问了句："她在家吗？"

"啊？"林琳一时没反应过来，愣了两秒才说，"余愿啊，我出门的时候她还在家来着。"

"谢了。"陈知让点了点头，迈开长腿自顾自往前走。

姜南跟了两步："哎，老陈，你去哪儿啊？"

林琳忙拉住他，生怕他跟去坏事："你跟着去干什么？别捣乱。"

陈知让越走越远，过了拐角，身后的声音就再听不到了。

他对余愿的感情是什么呢？

陈知让自认他那三分怜爱还不至于泛滥至此。

今天早上他推开窗户，清晨阳光洒在草坪上，散发出阵阵青草香，一眼望去，连人都没几个。就这么一个平凡又无聊的早晨，他看着某棵草尖上蝴蝶轻盈落下，又振翅而飞，在那个瞬间，他忽然想，如果余愿也能看见草尖上的那只蝴蝶就好了。

那大概是他见过花色最漂亮的一只蝴蝶。

少年后知后觉，内心早已被一种浓烈的、炽热的、前所未有的感情占据。

那只草尖上的蝴蝶，胜过彼时所有爱意。

他喜欢那个姑娘。

连他自己也不知道是从什么时候开始的。

余愿百无聊赖到去浇花打发时间，但这花浇得心不在焉、三心二意，因为她手机全程放在视线之内，生怕错漏了什么重要消息。

满阳台的绿植，水珠细细打在叶子上。

她还是不放心，调高了手机音量。

万一陈知让给她发消息呢？

万一……

大概是心软的神听到了她不厌其烦的碎碎念，手机一阵响，微信猝不及防弹出一条语音通话。余愿瞥见陈知让的微信名，动作依然如上次那般手忙脚乱。

她接听，手上还零星沾着几滴水。

听筒里，陈知让的声音一如往常，透着淡淡的哑意，此时稍显病态："余愿，可以见一面吗？"

自己是如何说好，又是如何飞跑下楼的，余愿已经不记得了，只记得自己微喘着气，从楼下开门出去，就见陈知让站在门口，似等候多时。

她抿着唇，一字不发，忍住没问他生病的事。

傍晚绿化带两旁的路灯已经接连亮起，四处将暗未暗，也能说将明未明，这般朦胧的氛围和他们之间的关系适配度达到了百分之百。

两人面对面站着，余愿不去看他，只稍低着头。

良久，陈知让叫了声她的名字："余愿。"

她抬头，有风吹过，灯光勾勒出少年英气的眉眼，愈显精致。

陈知让嗓音沉沉，漆黑的眼睛看着她，一字一句，似某种承诺："我喜欢你。"

安静一瞬，他又道："陈知让喜欢余愿。"

余愿被巨大的惊喜砸中，一时间只动了动唇，说不出话。

陈知让开口时嗓音生涩，又字字认真："余愿可以和陈知让在一起吗？"傍晚的清风里，少年身形高瘦，可能这辈子都还没说过这么肉麻的话。

余愿心里已经至少点了一万次头，心跳加速，耳边轰然，开心到话都说不好了，声音有些发颤："好啊，我们在一起吧。"

陈知让,我们在一起吧,我们一直一直在一起吧。

落新妇书签的下一页,余愿挥斥方遒,恨不能昭告天下。

2017年8月7日

余愿和陈知让在一起了。

我想,我们大概要一辈子。

"真的啊?陈知让这朵高岭之花终于被人给摘了。"林琳听到这个消息后发出一连串的哇哇鬼叫,激动到捶床,"之前我们以为他不会谈恋爱呢!"

"不知道你见过他戴眼镜没,特笨的一个大黑框,他除了在学校天天挂着那个眼镜,出了校门基本不戴,不然桃花估计还得更多。之前有人跟他表白,他就这样扶一下眼镜。"林琳清了清嗓子,一本正经地模仿他,"他说,这位同学,不好意思,我没有谈恋爱的想法,大概未来十年都不会有。

"一板一眼,戴着那个眼镜特像书呆子。"

余愿上次见到也是这种感觉,不过要她选的话,觉得陈知让还是不戴眼镜更好看一点。

嗯……戴也好看,他怎么样都好看。

余愿想着,嘴角就忍不住扬了下。林琳在旁边笑道:"哎哎哎,恋爱的气息杀到我了啊。"

余愿抱着那只粉色玩偶兔,暗自感叹他们在一起这件事真是像做梦一样,美好到一点都不真实。

但陈知让又是真真切切地说喜欢她。

那天晚上,余愿照例给桌上的插花换水,落新妇已经枯萎,有几朵被制成了书签,但剩下的她也舍不得扔,总想着再放两天。

摊开的日记本里夹着两张淡金色的糖纸,曾几何时,她一边不屑于相信扯淡的魔法,一边又乐此不疲地在上面写字。

一张是:2017年7月4日,希望陈知让说喜欢我。

另一张是:2017年7月4日,希望上一个愿望快点实现。

神啊,居然真的实现了。

这天晚上,百年难得一遇的事情还有一件。

陈知让在晚上十点钟忽然发了条微博动态,一条吉他弹唱的视频。这几百年不发动态在各个社交平台销声匿迹的人忽然开始上才艺,很难不让人以为这是孔雀开屏的求偶期。

底下评论也炸翻了天。

姜南:嗯?

林琳发了个"笑而不语"的表情包。

我是水一方:学神开窍了?怎么回事啊?

欧皇附体(好运版):是陈知让啊?没露脸我还以为谁呢。

小草快长大:纯路人,这声音还挺好听的。

余愿在这条视频发布半个小时后,从林琳转发来的微博链接点了进去。如果不是扫到了上头的两行配文,她还以为误点进了某音乐博主的教学视频。

视频配文为:胆小者的喜欢,大概是只敢在他看不见的地方空有一腔无能孤勇——知乎匿名用户。

那一刻,如雨打浮萍,在她心底泛起点点涟漪。

那是她写下的评论,陈知让看见了。

视频开始自动播放。

屏幕里,陈知让不露脸,穿了件白色T恤,镜头只照到一把吉他和他的手。那双手腕骨凸出,指节清瘦,轻按在一把纯黑色的吉他上,光看着都是种视觉盛宴。

曲子的旋律她再熟悉不过,是那首听了又听的《童话镇》。

被她塞在枕头底下只会单曲循环的 MP3，她至今都没顾上还。

视频先是两句纯粹的吉他弹奏，而后少年沉沉懒懒的音色流出，随着伴奏低吟浅唱。

总有一条蜿蜒在童话镇里七彩的河，
沾染魔法的乖张气息却又在爱里曲折，
川流不息扬起水花又卷入一帘时光入水……

陈知让没有高深的弹唱技巧，明明是首欢快的曲子，被他这般漫不经心淡淡地弹唱，让人听出几分难得的悲凉。

余愿躺在床上看着这段视频，抱着被子忍不住扬唇，笑得有点花痴。

听完一遍，还要再听一遍，还不够，再来一遍。

来回滑动进度条五六次后，像被人抓包似的，微信上弹出条消息。

CZR：还不睡？

余愿依依不舍地从微博切出来。

余余余余余：准备睡了。

余余余余余：我刚刚在看你那条微博视频。

看了好多遍。

不出意外的话，以后还会看更多遍。

CZR：看到你点赞了。

余愿的微博名字和微信一样，五个"余"，一长串。

余愿刚没注意到，可能是手滑，不小心点到的。

不过这个赞，陈同学也是全凭实力所得。

余愿切回微博里点了个关注才彻底退出，一头扎进微信里。

余余余余余：你还会弹吉他啊？

CZR：会一点，好长时间没碰过了。

余愿抱着被子翻了个身。

怎么办？她好像更喜欢了。

陈同学魅力值 UP。

余余余余余：你刚刚有没有看到，下面有条评论说你孔雀开屏。

对方毫不遮掩地发来一句：我就是啊。

他就是在孔雀开屏。

这四个字，让手机这边的余愿忍不住笑着咬了下手指。她已经能脑补出陈知让那副漫不经心的样子——点点下巴，懒散承认，我就是啊。

余愿裹着被子笑得像个痴汉，想在被子里捧着手机疯狂打字跟他聊天，聊一天一夜都不算够。但念在陈同学还算半个病号，她不好拉着他陪自己继续唠嗑，于是恋恋不舍地敲出下一句：收到。陈同学也早些睡吧，休息好才能快点好起来。

CZR：嗯，就睡了，晚安。

余余余余余：晚安。

晚安，陈同学。

晚安，陈知让。

感谢你今天说喜欢我，余愿也喜欢你，很喜欢很喜欢。

八月，余愿被录取到东城交通大学。

她填报志愿时小有心机，私下仔细算过哪所学校距离东大最近。她的分数不上不下，不存在半点优势，就想离陈知让更近一点。

当时没敢奢望他们会在一起，心想距离近一点，哪怕是偶遇陈知让的概率也会大一些。

大学新生八月底陆续开学。姜南虽然也考到东城，却依然觉得分别在即，舍不得北源的一切，表现在行动上就是经常赖在陈知让家，多吃几口余美丽女士做的饭菜。姜南从小就没有奶奶，自初中后，便把陈知让的奶奶当作自己的奶奶一样。

余美丽边看电视边择菜，动作麻利："吃的东西，外面卖的肯定不

如家里好,我去菜场都挑最新鲜的买,别说饭店用什么食材,现在让你们这帮孩子去买菜,新不新鲜估计都看不出来。"

这说的是现代人的通病,读了好些年书,却不识五谷,放在超市货架上的物品或许能认得,如果是长在地里的,便一问三不知了。

陈知让在旁边帮忙,手上刚择了两根,就被老太太叫停:"哎,这个根是能吃的,叶子不吃。"

他反倒只留了叶子,把叶子之外的东西全扔了。

跟前这一筐在他眼里全是绿叶子菜,分不太清。

老太太笑着怪他:"你洗洗手旁边坐着去,照你这么择菜,午饭都要吃不上了。"

陈知让不是什么大少爷,但这些生活中琐碎的细活余美丽也根本没让他插手过。用他后妈的话说就是,他从小到大被老太太惯得不像话,不是少爷也生生养出几分十指不沾阳春水的金贵少爷病。

老太太轰他走,忽然想起什么,说道:"刚刚我回来碰见上次那个姑娘了,她说'奶奶好'。还是姑娘嘴甜,当年就想要个孙女来着,舒然生怀你的时候,都说是个女儿。"

余美丽:"你小时候也长得像姑娘,秀气。"看他一眼,"长大了就不像了,这会儿站起来更是比我高一个头。"

小时候参加六一活动被迫穿演出服的照片简直是黑历史,陈知让无奈道:"奶奶。"

老太太没搭理他,接着一边择菜,一边说:"还是姑娘好,我就挺喜欢那个姑娘的。"

陈知让还没告诉老太太他和那个姑娘在一起了,事发突然,也怕老太太一时间接受不了。

当天晚上,陈知让就十分"不学好"地和余愿在小区里散步。

路灯昏黄,照得两个人的影子拉长,缩短,再拉长。

两个人挨得很近，近到偶然几次碰到对方的胳膊。这点若有似无的肢体触碰，让两人脑子里几乎是同时冒出一个念头：

要牵手吗？

余愿偏头去看，陈知让干咳一声，喉结轻滚，又别过眼去。

多少是不自在的。

余愿又看向前头，步伐很慢，视线又逐渐落回地面，试探地叫了他一声："陈知让。"

"嗯。"他应着。

好巧不巧，二人手背碰到，这次陈知让顺势牵上了余愿的手，动作自然。

好像理所应当就该这样。

这条路寂静无声，但毕竟在余愿家楼下，林琳和余愿的爸妈随时都可能出现。

余愿用另一只手暗戳戳指了指上面，明知故问："陈知让，你不是最有分寸了吗？"

陈知让微垂下眼，低笑了声："余愿，我其实最没分寸了。"

余愿眨了下眼睛，像听到什么匪夷所思的事："你还没分寸啊？你大概是我见过最有分寸的了。"

成熟得体的大人她或许见过很多，但十八岁的年纪，能做到像陈知让这样的，真不多见。

陈知让唇边勾起抹笑，整个人懒懒散散的："从前可能是装的，装习惯了，成了刻在骨子里的本能反应。我小时候比较皮，就是那种人见人烦又不服管的熊孩子，被人推来推去当累赘，我就总想着以后要学乖一点，有分寸点，别讨人嫌，怕兜兜转转，自己又成了没人要的东西。"

"怎么会呢？"余愿摇头，停下脚步，认认真真地看他，"陈知让不会没人要的。"

"你知道上一个说这话的人是谁吗？"

"谁啊？"余愿不解。

陈知让笑了下，语气漫不经心："我奶奶。"

他小时候顽皮，不懂事，长大后却十分懂分寸，知进退，人与人之间的那条线，他把握得比小学生桌上的"三八线"还要分明。

那年从陈疆阔那儿离开的晚上，余美丽牵着他的手走了一条好长好长的路，道路弯弯曲曲，他一路磕磕绊绊，那条回家的路，他走了整整十一年。

还记得刚到余美丽那儿时，夜里他不小心打翻了两个花瓶，玻璃碎裂，一地狼藉。

老太太过来只让他赶紧站远些，别划伤了手，然后拿着扫帚弯腰收拾，最后蹲在地上用胶带仔仔细细黏了两遍，确保没留下一点能伤到他的东西。

当时陈知让站在旁边心虚地小声问："奶奶，你怎么不骂我？"

"小孩不都这样，马虎大意着磕磕碰碰就长大了。两个花瓶又不值钱，我是你奶奶，我不惯着你谁惯着你？"

陈知让半懂半不懂，刨根问底："如果过几天发现我说话很烦，奶奶也会不要我吗？"

老太太笑他："说什么呢？我们阿让不会没人要的，就是多说话才好，奶奶爱听，不嫌烦，小孩子像个闷葫芦才没意思呢。"

陈知让那么厉害，也会有害怕的事情吗？

那天他没所谓的几句话，余愿接下来的几天还会时不时想起。

她之前从没想过，像陈知让这样万众瞩目闪闪发光的存在，居然私底下会有那般消极的想法。他表面没心没肺地笑着讲出来，不咸不淡，却让人心疼。

林琳拿了罐香草冰激凌，用勺子狠狠挖了一大勺，塞进嘴里："我之前倒是听姜南说过，也不是什么秘密。陈知让现在的妈妈是后妈，爸是亲爸。他亲生母亲出车祸受伤，伤得很重，在医院治了半年多，人还是走了，挺可惜的。"

林琳说着，忍不住叹了一口气："唉，第二年他爸就再娶了。后妈年纪小，陈知让不认她，又处处顶撞她，两个人根本处不来。再后来，陈知让就一直在奶奶家，已经很多年了。"

余愿听着，默默点头，"哦"了一声。

怪不得陈知让总提起他奶奶，但从没听他提起过他爸妈，可能"爸妈"这两个字已经在他生活中渐渐淡去，或者是刻意回避不去谈起。

林琳又舀了勺冰激凌："这些事儿吧，你要是问他，他应该也会告诉你的。"

余愿开了一瓶豆奶，指腹摩挲着吸管，安静一瞬才说："我就是……有点不想问他。"

她就是知道陈知让什么都会说，所以才不想问，不想一遍遍地让他想起那些糟糕的烦心事。

余愿之前不知道这些，还以为陈知让从小是在那种特别幸福美满的家庭中长大的，以为他一直在家人庇佑下无灾无难顺风顺水，才能养成那样坦荡自信的性格。

可能余美丽是真的爱他，把生活亏欠他的，都成倍成倍地补给他，用爱精心雕琢，当真把他养得很好。

虽然只见过两次，余愿也真心感谢陈知让的奶奶，感谢她没在那个时候不管不顾，感谢她让陈知让这些年有人可依。

吃过午饭，余愿给陈知让发消息。

余余余余余：陈知让，你在干什么？

陈知让回复很快：整理东西。

余余余余余：要不我过去找你吧？

CZR：行。

他们住得近，余愿走过去也就五分钟不到。算起来，这是她第三次去陈知让家。

陈知让奶奶不在家，就陈知让一个人屈着腿坐在几个大箱子中间，手边堆着一大堆高中的教材和学习资料，纸箱子里的东西满满当当，多到快要掉出来。

陈知让不太讲究，就大剌剌地坐在地上。

余愿也学着他坐下，随手拿了一本蓝皮的习题在手上翻看，里面勾勾画画，没太多空白，题目他几乎都做过。

她又翻了另外几本，大差不差。

"这么多题，你都做过啊？"

林琳桌子上也有一大堆习题，但眼下看着陈知让的这些，一摞摞在地上堆着，冲击力还是更强一些。

陈知让不紧不慢，三五本一起往纸箱里放："那会儿头铁，想拿状元。早知道是这种结果，我就趁早歇歇了，给我累得够呛。"

可能"状元"这种东西他命里没有，强求不来。

他整好一箱，把那些零碎的物件往旁边一推："不过还行吧，东大法律系，还凑合。"

余愿："请问未来的陈大律师，有什么想说的吗？"

陈知让笑了："还没有，走一步看一步吧。"

余愿手边的小纸箱里是几本笔记，本子不厚，她拿起来看，里面内容简明扼要，应该是些经典题型。她一个学文科的也看不懂，只觉得这是陈知让的东西，她就挺好奇的，想多看两眼。

余愿翻着笔记本，再次感叹陈同学的字也写得赏心悦目："这写得挺好的啊，扔了多可惜。"

陈知让往这边看来一眼，随口道："那几本留着，给一个同学，他对成绩不满意，复读了。"

余愿"哦"了声，蹙眉："男生女生啊？"

话里话外藏着那么点她自己都没察觉的醋意。

陈知让被她这掉进醋坛的样子惹笑，好声好气地说："男生，三班王宇航。姑娘谁叫这名字？"

余愿眉头展开，佯装大气："成吧。"

刚刚陈知让当垃圾一样推到旁边的杂物里的，有个银灰色DV机，余愿目光扫见，顺手捡起来："这个也不要了吗？"

看着九成新，外观完好，上面连划痕都没有，应该没怎么用过。

陈知让没再整理其他箱子，坐着歇会儿，捞了个指尖陀螺在手上有一下没一下地玩："有年过年，超市购物满288元抽奖送的，姜南拿着玩了两天，好像说是坏了，免费的东西也没人修，就一直放着没管。"

刚刚那堆东西里还有报废的耳机、记不得在哪儿玩剩下的游戏币、散落的扑克牌，零零碎碎的，都没什么用。

余愿按了下DV机的开关，本没抱多大希望，但意外地开机了。

她简单调试，里面第一段视频就是陈知让，她一眼认出是成中高考百日誓师的那天，应该是姜南录的陈知让带领宣誓的另一个视角。

余愿把机子拿在手上晃了晃："你不要的话，这个能给我吗？"

他点头，笑了："怎么不行？"

余愿："充电器这些东西还在吗？"

"应该在，刚刚还看见了，不知道放哪个箱子里了。"陈知让左右看了眼，几个大箱子都塞满了，这找起来还真不容易。

"那我找一下。"余愿随手扒拉个箱子，挺认真地找着，"这不是还能用吗？扔了浪费。"

陈知让只是散漫地勾着唇笑，任命般听着教训。

上次余愿说不能浪费粮食，这次说不能浪费东西，小余老师，受教了。

他可能真是被老太太惯坏了，不少坏毛病。

陈知让笑着看了她一会儿，动身帮她找。东西密密麻麻地码着，随意抽掉一个就有可能"山石崩塌"，两个人一起费了好大劲才从箱子底

下找着。

陈知让看余愿拿着充电器接口往机子上撑,忽然说:"你和我奶奶真挺像的。"

"嗯?"余愿正忙着,没工夫想他的话是什么意思。

"就喜欢收这些没人要的东西。"

他是,他抽到的这个 DV 机也是。

充电器接口成功插进去,适配成功,余愿才后知后觉地反应过来,陈知让这句话平平淡淡,又带有不可忽视的心酸。

她拿着 DV 机,表情逐渐变得严肃:"陈知让。"

"怎么了?不是这根线吗?"陈知让眉心微蹙一下,确实过了有段时间了,他也记不清是哪根线。

余愿抬眼,一双清澈的眼睛看着他,固执更正:"你不是没人要的,这个机子也不是。陈知让在我这儿天下第一最最好。"

她执着、较真,偏要一字一句地更正他说的话。

陈知让被她这样看着,忽然眼眶有点发酸,他刚刚就是忽然想到,随口一说,没想到她这么大反应。

少年沉默一瞬,微垂下眼,又别过脸去,半晌才含糊"嗯"了声。

余愿语气重了几分:"陈知让,以后你再说这样的话,我会生气。"

她装凶最不像,没半点杀伤力,反倒像只炸毛的猫。

陈知让好生应着,把她的毛捋顺:"好,以后不会了。"

沉默了一瞬,他又说:"不让余愿生气。"

从前的事他已不再去想,这么些年,说到底也没有谁是亏欠他的。

老太太爱他,余愿也是。

他有时候想想,觉得特知足。

余愿这一趟算是没白来,收获颇丰,白捡到一个宝贝。

百日誓师的视频,DV 机里录了得有五分多钟,比她之前看过的那段时间要长。

余愿拿回家反复看了好多遍,看不够。

余愿,什么是爱?这就是爱呀。

在以她为名的童话里,陈知让是唯一手持权杖的国王,不用争夺王冠,就已足够威风凛凛。

余愿把 DV 机放进抽屉。抽屉里空空荡荡,没几样东西,陈知让上次送她的那串白玉菩提还老老实实躺在里面。

珠子莹白好看,她伸手拿起来。手串突然断裂,珠子散落四处,滚落在桌面、地毯上,弹出"砰砰"的响声,仿佛一首混乱的交响乐,又似风雨来临前,天神恩惠,用来警醒世人的不祥预兆。

2017 年的夏天,北源下了好多场雨,让人一出门就会弄脏鞋,打湿头发,接连的阴雨天惹人心烦。

"怎么又下雨了?今年怎么回事啊,往年下几场意思意思就得了,今年怕是要发水灾。"

林琳一语成谶。当天中午,微博和当地公众号连发几条暴雨预警,提醒人们减少出行。

有些地方的积水已经淹没了共享单车的轮子,执勤交警轮番上阵,冒雨在各个路口维持秩序。

豆大的雨滴打在窗玻璃上,模糊成一片。余愿在家刷着朋友圈,看这两天不少人在吐槽北源的雨。她在城北还好一点,城南有些地势低的地方当真有被淹的危险。

雷声轰隆,余愿越看手机,越觉得心里闷闷的,好像有种不好的预感,会有什么糟糕的事情发生。

余愿刷新两下,点进那个黑漆漆的头像。

余余余余余:陈知让,你看北源公众号了没?好大的雨。

CZR:刚看,这两天还是少出门。

余美丽在厨房叫他:"阿让,这个汤好了,快来尝尝,喝一碗。"

陈知让一边应着,一边拿上手机起身,慢悠悠地往厨房的方向走。

余美丽早晨跟菜市场的刘姨又学了一手鱼汤新做法。

早上还只下毛毛雨,撑伞能出门,结果她刚没回来没多久雨就大了,下得没完没了,丝毫没有停下的意思。

老太太帮他盛汤,说:"幸好我回来得早。外面雨下这么大,今年还是多注意些。都说好雨知时节,但下得像今年这么反常的,肯定不是什么好兆头。"

陈知让看着手机,对老太太的话左耳朵进右耳朵出,只敷衍地点了点头。

余美丽看他懒懒散散混不在意,拿筷子敲他:"别不当回事。奶奶这辈子还从没见过哪年雨是这么下的,天像漏了一样。有些老话能传下来,还是有道理的。"

陈知让吃痛地收了手,不得不拿出几分认真:"好,遵命。"

淡青色的瓷碗里,汤和鱼肉各一半,余美丽细心,知道他懒,不想挑刺,都拣肉最肥刺少的部位给他,只想他能多吃两口,不然他挑两下刺就会没耐心地搁下筷子说饱了。

陈知让拿汤勺尝了两口,中肯道:"奶奶,这个比上回的还要好。"

余美丽笑得弯了下眉:"好吃就行,我还怕做不好。你刘姨是卖什么会什么,闲着没事就琢磨鱼怎么做好吃,下回我再去学一手红烧的,老是炖着吃太寡淡。"

81街菜市场的刘姨跟他们家其实没亲戚关系,单纯是老太太心热交的朋友,这么多年一来二去也就熟了,陈知让叫对方"刘姨"。

陈知让开玩笑说:"刘姨这个手艺,转行去开饭店也行啊,什么也不卖,就卖鱼,生意肯定差不了。"

老太太进厨房盛汤,又在果盘里拿了颗冬枣吃,跟他闲聊:"谁说不是呢。不过你刘姨这两年手上没余钱,顾不上瞎折腾,就想着趁鱼档生意还行多赚些钱，给儿子贴些钱买房娶媳妇。现在房价贵，只涨不跌，你刘姨家里三个儿子，眼看着都到了年纪，老大已经二十九岁了，今年又过去大半，一晃眼就三十，她也是心里着急。"

余美丽说着说着，端着碗出来，话题又落回陈知让身上："就是不知道我们阿让以后找个什么样的姑娘。家里房子倒是不愁，但也不能委屈了人家姑娘，奶奶有时候闲了瞎想想，不知道能不能等到那一天。"

虽然她身体还算硬朗，平时也没小病小痛的，但毕竟上了年纪，还能活十年二十年这种大话，谁也不敢妄言。

老太太想看陈知让长大，毕业后找一份稳定的工作，不需要大富大贵，余生不愁吃穿就行，再遇到一个真心喜欢的人，恋爱，结婚，一家人热热闹闹，好让她抱个重孙。

人活这么大岁数，已经别无所求了，只要小辈们过得好，就什么都好。

陈知让在手机里和余愿聊着天，停顿一瞬，说："奶奶，我已经找到心仪的姑娘了。"

老太太惊讶得张了张嘴，没想到他平时闷不吭声，办起事来倒是利落："谁啊？"

陈知让捏着汤勺，慢悠悠地在碗底搅了两下："就是上回来咱家吃饭的那个姑娘。"

余美丽："她呀，我看行。那姑娘懂礼貌，说话也和和气气的，看着让人就喜欢。"

"之前一直没说，是怕奶奶接受不了，觉得我不学好。"陈知让喝了口汤，解释。

听到他这理由，余美丽笑话他："奶奶才不是老封建。再说我像你这么大的时候，早就嫁给你爷爷了，姊妹里有些更早的，到你这么大孩子都生了。"

老太太又说："等不下雨了，下回赶上趟还叫她来咱家吃饭。"

陈知让嘴上应着，一心二用，手里时不时回着余愿的消息。

CZR：手串是断了吗？下次我见到漂亮的，再买一串。

那条菩提手串断得蹊跷，余愿明明安安稳稳放在抽屉里没人动过，但她一拿起来就散了一地。

那天余愿开着手机照明，蹲在地上东一颗西一颗地捡了好久，有些掉进犄角旮旯里的，好半天才够出来。

最后捡齐了数数，不幸中的万幸，一颗没丢。

余余余余余：不用买新的。我爸喜欢收藏这些，我改天向我爸要根好绳子，再穿一遍就好了。

余余余余余：陈同学，浪费这毛病得改改。

陈知让唇边漾出抹笑，漫不经心的。

CZR：好好好。

老太太看他这副表情，问："这么开心啊？谁表扬你了？"

陈知让关了手机，欲盖弥彰："没有。"

是挨批评了。

北源接连四天暴雨，终于在第五天停住了，但一眼看过去还是阴沉沉的。

八月中旬，随着几场暴雨气温骤降，余愿如约见到陈知让时。陈知让倚着电线杆，站得松松散散，时不时低头点两下手机。

少年身形高瘦，但又不显得瘦骨伶仃，穿着藏青色卫衣、灰色休闲裤，没半点花哨点缀，简简单单。

可能是八月下旬就要开学，离别将至，也可能是她最近总是心慌意乱、惴惴不安，陈知让就这么站着，她也想再多看两眼。

过了几秒，她才叫他："陈知让。"

陈知让回头，笑了。他根本什么都不用做，余愿只要看到他就觉得心安。

二人去了成中附近一家新开的奶茶店。店内都是圆桌，他们面对面坐着。

余愿打开手机,屏幕还停留在出门前和他的微信聊天页面。她看着这漆黑的头像,忽然想到什么,问道:"陈知让,你怎么挑这么一个黑漆漆的头像啊?"

少年,远山,落日,就是他微信头像的全部构成元素。

少年奔赴远山,落日将坠山头。

"随便挑的,看着顺眼。"陈知让见他跟前的桌角上有个二维码,没仔细看就拿手机扫了,"可能是当时想去看山,而且得是最远最没人的地方才行,越是无人静谧,才越有山的感觉。"

余愿:"你去看过吗?"

陈知让瞧了眼手机:"还没。"

店里网速不佳,进度蓝条卡在一半,迟迟不动。

余愿托着下巴,也是无聊:"最远最远的山……那西藏够远吗?"

"差不多吧,最好再远一点,远到世界尽头。"

陈知让半开玩笑,懒懒散散,等待手机上进度条的耐心消耗殆尽,退出重扫了一遍。

"去那么远的地方做什么?黑漆漆的,不无聊吗?"

"可能觉得放松吧,没人认识我,山高水远,活得自在。"陈知让手机"嘀"了一声,成功跳转,他视线落向屏幕,话题也随之翻篇,"这个码好像不能点单,是店里的抽奖,奖品是两个兔子钥匙扣。"

余愿看了眼他那头的二维码一眼,些许期待:"抽到了吗?"

这种点击抽奖,陈知让一般都懒得参与,转盘转来转去最后只会落在压根用不到的东西上,而且还只给个五元代金券。

他正准备退出,听余愿问才顺手点了下。几秒后,不出意料,屏幕上出现一行字和两排夸张的礼炮:恭喜用户"CZR"获得价值1999元超新智能电动拖把8.8元代金券。

陈知让淡声说:"没。"

最近北源接连暴雨，天空终于勉强放晴，余愿太想借点好运用来冲淡心底的不安。

她把手机递过去，跃跃欲试："陈知让，帮我也扫一下。"

陈知让接过手机："锁屏密码。"

余愿："0807。"

陈知让扫完递过来，随口问："为什么是0807啊？"

余愿双手托腮，笑得眉眼弯弯："因为八月七日那天，陈知让说喜欢我。"

2017年8月7日。

她一定会记得这一天，一定会永远永远记得这一天。

第七章

她死于 2018 年春

那两个兔子钥匙扣，余愿也没抽到。

越是想找点什么来证明好运，就越是什么都事与愿违。

陈知让扫码不成，起身去前台点单。余愿悄悄举起手机，拉近镜头，放大，对焦，对着他拍了一张。

奶茶店侧面是大面的玻璃窗，那点阴沉沉的室外光落进来，悉数洒在他身上。

陈知让微垂下眼看着甜品单，瘦长指节轻叩在上面，整张脸处在半明半暗的光影中，周身轮廓愈加分明。

画面充满黑与白的拉扯。

单从美学上讲，是一张成功的照片。

余愿放下手机："陈知让。"

等陈知让回头，她补了句："我还要一块芒果蛋糕。"

起初她说喜欢吃芒果是半推半就，她也不清楚自己是从哪个瞬间开始真正喜欢上吃芒果的。

就是忽然好喜欢，和喜欢陈知让一样，好喜欢好喜欢。

这种感觉一日多过一日。

陈知让过来时端了两块蛋糕，一块芒果蛋糕，一个是给自己的红丝绒。

真让人怀疑他俩是不是不能一起逛街，但凡两个人同时出现，"芒果蛋糕只剩一个"的玄学定律在任何地方都适用。

"又只剩一个啊？不过这回你可以吃两口我的。"余愿拿叉子大方分他一半，稳稳放进他的盘子里，"你好像很喜欢芒果。"

他承认说："不只是芒果，芒果做成任何东西我都喜欢。"

"你还挺专一。"余愿咬着塑料叉，甜甜的奶油充斥味蕾。她忽然问了个特矫情的问题，"那我变成任何样子你也都会喜欢吗？"

话一出口，她就想紧急撤回，因为觉得自己有点作。

陈知让却点头，没半点犹豫："会，我都喜欢。"

余愿那点小心思被满足，忍不住笑着低下头，表面仍佯装淡定地"哦"

了一声。

陈同学似乎一向很专一。

那天分开的时候，余愿走到小区楼下，牵着陈知让的手，有种名为"舍不得"的情绪在夜晚肆意滋生："陈知让，你马上就开学了，我比你晚些，得九月了。"

他语调松散，没什么起伏："等你开学了，带我去你学校逛逛。"

余愿脚步逐渐放缓，盯着光秃秃的地面，闻言有些失神。

他们俩的学校其实挨得挺近的，余愿之前用百度地图算过车程，从她学校到东大，打车也就十分钟不到，路边扫辆共享单车都能骑着过去。

这距离比十四中到成中的距离近了不知道多少倍。

临近开学，余愿这两天却总是没来由地心慌，舍不得跟陈知让有任意一点时间上的分别。

她说不上自己在怕什么、恐惧什么，就只是不明所以地七上八下。

陈知让见她停下，顿了一瞬："怎么了？"

余愿望着少年清澈的眼睛，倏然踮脚，猝不及防地在他唇边吻了一下，蜻蜓点水，随即抽离。

陈知让的目光落下来，她又匆匆别过眼，耳根发烫，有些不好意思。

"外面花花世界迷人眼，怕你去了东大遇到优秀的女生太多，没几天就忘了我，给你留个提醒。"

"忘便忘了吧。"他站姿懒散，语气漫不经心，让人分不清真假。

余愿抿嘴，瞪他。

见她当真，陈知让牵了下嘴角："我女朋友是个醋精，送人两本不要的笔记都要吃醋，我怎么敢忘？"

从他下午隐约察觉到余愿这份突如其来的敏感，再到现在，连同他也隐隐不安起来。

明知两人的学校相距不远，以后有的是时间见面，但就是不舍得，不想让仅剩的时间白白浪费。

陈知让的头发被风吹起，瞳仁漆黑，一动不动地注视着余愿。他轻轻偏头，手托着余愿的下巴，一吻覆上她的唇，带着青涩的试探。

风声窸窸窣窣，路灯淌下遍地金黄。

那一瞬的柔软触感勾起二人心跳加速，呼吸在狭窄距离间此起彼伏。

余愿的脸颊烧红一片，低着头化身鸵鸟，声音小到她自己都快要听不到："喂，陈知让，这在家楼下……"

他懒笑一声，嗓音有些倦淡："我上次就说过，余愿，我其实最没分寸了。"

他懂得分寸，也偶尔失控。

余愿便是他分寸之外的难得失控。

八月下旬，林琳和陈知让先后开学。

余愿在成中附近遇到过一次姜南。

余愿那天去英才书店买了两本网上很火的言情小说，闲暇时翻着看看，回来不可避免要路过成中。虽然这不是她的母校，却也让她忍不住驻足。

成中今年的升学大榜就架在大门内，只隔着铁栏杆，一眼望去，清北录取名单两块大板才勉强写完，剩下的都直接归于那71%的985升学率里。

榜首的名字是赵思婷。听林琳说，赵思婷和附中另一名学生并列第一，一男一女，两个同分状元。

余愿站在门口看了又看，不免又一次为陈同学感到惋惜。

她和这群学霸有着云泥之别，差之千里，只能在心里羡慕。

但陈知让不同，他明明应该考得更好的。

他也配得上最好的。

至少他陈知让的名字应该出现在这张熠熠生辉的红色升学大榜上，而不是被归入一个笼统的概率，充当看不见的分子。

忽地，旁边有人叫她："余愿。"

余愿回头，是姜南。

姜南笑着问："你还没走啊？几号开学来着？"

"我得九月十号了。"余愿说，"你呢？"

"我明天就走。咱都在一个地方，等到那边咱们叫上老陈还能一起玩。"姜南瞄了眼旁边几米之外的便利店，又看她一眼，"咱进去坐会儿吧。"

刚过午后，日头正足。余愿点点头："好啊。"

便利店里温度适宜，这个时间段没什么人，店员任由他们两个吃饱喝足出门遛弯的不买东西干坐着闲聊天。

姜南有话说话，不拐弯抹角："刚看见你在成中门口站了好久，是在想陈知让吧？"

也就当事人不在身边，余愿才敢叹声气："嗯，觉得他实在可惜。"

姜南说："我也是。"他越想越气，"陈知让就高一时轻松点，中规中矩按部就班。你是没见过他后面那两年拼到什么地步，整个人跟不知道累一样，在学校卷，出了校门继续卷，每天只睡四五个小时，学校、家里两点一线，整日做卷子刷题，没一丁点儿娱乐，我偶尔说个网上的热梗，他也完全不知道是什么。要不是我常死皮赖脸缠着他，家里还有他奶奶这个大活人在，我都担心他高考完变成原始人彻底不会说话了。

"成中保存的考试最高分是陈知让高三有次模考考出的733分。就这种700往上的变态分数段还能高出第二名整整30分，一战封神的成绩至今无人打破。虽然成中卧虎藏龙，但在成绩这方面，就没人不服他的。"

余愿心口就像被什么东西触碰了一下："陈知让好厉害，也真的好辛苦。"

那人洒洒脱脱，从没说过一句辛苦。

她却总是在这些细枝末节里心疼他。

之前余愿一边上学，还要时不时请假看半个月病，医院、学校两边走，她有时觉得自己大概是这个世界上最辛苦的学生。

其实想想，她娱乐追剧一样没落下，连今年高考前那两档大热选秀节目她都隔三岔五地看了几期，在学习上下的功夫还不够陈同学的一半。

姜南也在成中，在他看来，满分750分，能常年稳定在720分左右的人简直是变态。

陈知让就是其中一个。

陈知让脑子够聪明，也肯吃苦，做事说一不二，执行力强。更难得的是，他为人正直，没什么歪门邪道的想法。

身为陈知让多年的好友，姜南叹了一口气，说："陈知让，他真挺不容易的。"

两个生活"不容易"的人在一起，似乎更容易惺惺相惜。余愿尽己所能去一点点抚慰满身疲惫的陈同学。

在见不到面的这段时间里，她也偶尔打电话向他发发牢骚，经常一个电话打得忘了时间。

"陈知让，我还有好几天才开学，我还是头一次这么想开学。"

陈知让在学校超市里走走停停，添置生活用品，语调都跟着透出股闲散慵懒的劲儿："是迫不及待地想体验大学生活，还是想我啊？"

"都有。"余愿揪着玩偶耳朵，在手指上绕圈，"好像想你更多一点。"

陈知让听她声音不对，在洗漱用品的货架旁站定，没再往前："余愿，你今天怎么了？说话有气无力的。"

余愿抠着手机壳，百无聊赖："可能是下午和爸妈逛超市，买了好些东西，走累了吧。"

新生入学琐事很多，陈知让听了两个讲座，这会儿连晚饭还没顾上吃，看了眼手机屏幕，已经晚上十点了："确实也不早了。那明天聊，早些休息。"

余愿："嗯。"

通话结束，余愿想出去简单洗漱下就去睡觉，下午从超市回来就感觉有点不舒服,这会儿猛地站起来,更是一阵猝不及防的头晕目眩。

她手撑着桌子想缓一下,非但没半点好转,反而胸闷难受,呼吸也跟着越来越急,强烈的窒息感让人喘不上气。

这般反应怕是又要倒霉,她强撑着身体跌跌撞撞地走去门边,用尽最后一点力气推开房门。

在意识消散的瞬间,她依稀看见爸妈慌慌张张地朝她跑过来,一遍遍叫她。

"余愿——"

"余愿——"

"余愿——"

最后一声,是陈知让的声音。

也是错觉。

刀刃刺破指尖,两点殷红的血滴下来。

陈知让蹙眉,从旁抽了两张纸包着。

新生入学需要填写的资料很多,他刚在打印店取了一寸蓝底照,白边多了些,就想着回来动手自己裁一下,新买的美工刀过于锋利,不小心刺破了手。

没来由地,余美丽那日的话倏然浮现。

——"今年的雨下得这么反常,肯定不是什么好兆头。"

——"天像漏了一样。"

陈知让这般想着,有些出神。

"裁什么呢?"室友秦子文探头过来,见他这阵仗,忍不住说,"这个用剪刀好剪一些,我有。"

陈知让沉默一瞬回过神时,秦子文已经去拿了剪刀过来,桌上还多出一枚创可贴。

陈知让看着他,客气道:"谢了。"

桌上的资料表已经差不多填完，就差照片没贴了。秦子文瞥见，说道："这么巧，你也是北源的啊？我也是，今年省状元李志祥就是我们附中的。"

另一个同分状元是赵思婷。

陈知让淡淡"嗯"了声，撕开那枚创可贴，贴得敷衍了事。

秦子文问："你哪个高中的啊？"

"成中。"陈知让说。

秦子文点了点头："成中厉害啊。那你认不认识那个赵思婷？附中这一年年被你们成中那几个拔尖的学生甩得连车尾灯都看不着，今年我们竟然有个同分状元，我们还私下说成中现在是不是没一个能打的了。"

没想到在这儿还能听见赵思婷的名字，陈知让点了点头，不咸不淡地说："认识。"

秦子文刚来学校也是两眼一抹黑，另两个室友一个一身奢侈大牌，豪车接送，一个干瘦阴郁，看着都不太好说话，看来看去就这个室友瞧着还算好接近。

于是这边话茬一打开，就收不住了。

"我见过赵思婷一次，没印象了，就记得人还挺漂亮的。"

"你们成中还有个叫陈知让的，说是考砸复读去了？去年多校模拟联考他不是考了733分吗？那分真不真啊？我当时看见那个成绩表都惊了，第二是我们学校的李志祥，703分，高出整整30分。每次多校联考这个陈知让都是第一，这哥们儿高考干啥去了，怎么考砸了？"秦子文一通输出。

陈知让默默拿剪刀减掉一寸照的白边，默不作声地贴到资料表上。

不声不响，安静得诡异。

秦子文忽然觉得气氛不太对，刚刚瞥过这室友的资料表，这会儿才后知后觉，隐约察觉到什么："你叫什么来着？"

三张照片依次贴完，陈知让回头看了他一眼，说："我叫，陈知让。"

四目相对，尴尬在这一瞬间蔓延。

秦子文一分钟内把这辈子所有的窘事都想了一遍，都不及此刻尴尬的一半。

他干咳了声，眼睛往四处瞟，最后稍显尴尬道："那个……啊，不好意思啊。"

"这不也有学上，没去复读。"陈知让说。

他本意是想说没事，结果这么一找补，似乎更尴尬了。

广为流传的733分多少掺了些运气，考那么多次试也就那一次考了那么高的分。

秦子文干巴巴地笑下，说："也是，东大也还凑合，还凑合。"

宿舍门被人推开，那个阴郁哥板着脸进来，径直往桌上撂下几张资料表，就上床休息去了。

秦子文没再吭声，总觉得那阴郁哥的表情充满了对这个世界的不满。

他安安静静地坐回自己的位置上，拿出手机调至静音。但不说话会憋死，他跟人远程吐槽时打字手速快到出现残影。

秦子文：志祥兄，你知道我刚刚有多尴尬吗？

秦子文：你猜我室友里那个正常人是谁？

秦子文：你绝对猜不着。

秦子文：是陈知让，就成中那个陈知让……

秦子文：我觉得我已经没办法在这个宿舍待下去了，太尴尬了，我受不了了。

李志祥：他？你室友？他不是复读去了吗？

李志祥：是同一个人吗？

秦子文：你快闭嘴吧，哪儿听来的假消息！我当人家的面说出这句话你知道我多尴尬吗！！！

三个叹号，以表心情。

李志祥：想加一下大神的微信，可以推给我吗？

不出所料,余愿又住院了。

以前半年才会来一次,这回刚出去一个月,就又住进来了。

很巧,还是上次住的那个病房。

隔壁床的乐乐已经出院,住进来的是一个四十多岁的男人,一口外地方言,偶尔跟余愿说两句话,余愿要连蒙带猜听好几次才能懂。

眼下这种情况上不了学,陈知让那边想瞒也瞒不住。次日通电话时,余愿坦白从宽:"陈知让,我跟你说件事啊。"

"你说。"他那边很安静,应该是在宿舍。

"我,可能要办休学了。"余愿站在走廊尽头,漫无目的地望向窗外,握着手机的指节不自觉收紧。

听筒里,陈知让的声音立马紧张起来:"你怎么了?"

"就……又住院了。"余愿也身不由己,她尽力平复情绪,没露出哭腔,"我爸妈的意思是带我去香港那边试试。城南的房子已经卖掉了,去香港的手续也已经办齐,只是家里东西还没搬,我爸早上说,等我好些,月底带我回城南一趟,把重要的东西带走,其余的就找人清出去。"

她的声音越说越小,特没底气:"去香港的话,指不定什么时候才能回来。"

可能一两个月,也可能一待小半年。

她不知道。

过了好一会儿,陈知让问:"确定什么时候走了吗?"

她摇头:"还没有。"

"确定时间的话,记得提前告诉我。"陈知让说。

余愿的眼睛有点热。可能和陈知让这种聪明人待久了,她一下就听出他话里的意思。

陈知让要回来找她。余愿的呼吸声有点不稳,她隔了会儿才说:"陈同学,你不上课了吗?"

手机那头,他语气重了几分:"余愿,你重要。"

陈知让寻常懒散，从没用这种强硬的、不容置喙的语气跟她说过话。

余愿缓缓呼出一口气，答应他："好，我会提前告诉你的。"

末了，她又说："陈同学，我也在想你。"

少年嗓音沉沉："我会去见你。"

余愿热泪盈眶，一秒都挂不住，大滴大滴地往下落。

她好像忽然明白林琳说陈知让这人有点儿轴是什么意思了。

外面有雨打在玻璃上，余愿匆忙关了窗。

今年北源的天气像是乱了套，降温、骤雨，严丝合缝地过渡到这个初秋。

晚上，余愿偶然在病房柜子顶上发现一本古诗画册，上面已经落了灰，她拿下来轻拍两下，觉得眼熟，应该是乐乐落下的那本。

她上手翻页，里面第一首诗就是杜甫的《春夜喜雨》。

好雨知时节，当春乃发生。

下面释义为绿色字体标注：

好雨似乎会挑选时辰，降临在这万物萌生之春。

余愿从前讨厌下雨天，可能是因为在今年北源的烦扰雨季，她遇见了一个很好很好的人，于是转变观念，爱屋及乌。

她喜欢上了2017年的每一个雨天。

余愿这次还好，不算太倒霉，应该月底就能出院，便和爸妈商量，说过完国庆节再走，理由是她想好好休息两天。

其实还有一层理由，免了陈知让请假麻烦，赶着国庆假期过来也不误事。

城南的房子这几个月只有老余同志偶尔回去办事才顺带着打扫打扫，他们这次回来，估计也是在这个房子里住的最后几天。

余愿重新躺在自己那张熟悉的小床上，心里还有些不舍，忍不住假设要是自己没生病就好了，这样爸妈也不会手头拮据，不得已把这套房子卖掉。

以后要是回来，他们一家人估计只能住去更偏一点的老房子里，那是爷爷奶奶留下的，只有六十多平方米。

要不是地段太差，差到实在卖不出去，估计那一处现在也是别人的家了。

床上的玩偶、桌上那些从精品店收来的奇奇怪怪的宝贝，余愿哪一样都不想丢掉，又不能全带走，最后收拾行李时只纠结犹豫着挑了最最喜欢的装进箱子里。

除了自己的一些零碎，她整理出一块黑色的卡西欧手表。

是余愿高一那年在学校捡到的一块表，一块男生的表。

高一还没文理分科，她物理小有优势，有几次得了高分，那时物理老师点名要她参加一场物理竞赛。其实大家心知肚明，那种竞赛通常都是成中学生用来练手刷战绩的，她这种"菜鸟"去了也是陪跑。

余愿这么想着，便没什么顾虑地答应，权当体验。

考点设在十四中，余愿的本校。对这次竞赛，她本就松懈，考试那天又正巧雪天路滑，交通拥堵，她差点迟到。

她前夜追剧，没顾上事先了解考场，赶着考试快开始才在教学楼里上下飞奔。在楼梯间转角，她慌慌张张地撞到了人。

她冒冒失失，顾不上看人就连忙道歉："对不起，对不起同学……"

少年很高，戴着眼镜，似是被她撞疼了，手捂了下鼻梁，眉心微蹙，虽是不悦，却还是礼貌地点了点头："没事。"说完便与她擦肩而过，径自上楼。

北源的冬天很冷，楼道里冷风裹挟，少年经过的瞬间，余愿隐约闻到一股淡香，清冷似竹林。

她怔了一瞬，回头，人已经走远。

余愿呆呆挪开脚步，脚下发出一声轻响。她低头，见地上掉着一块黑色的手表。

应该是他的东西。

余愿捡起手表，几步追上去，可走廊里已经空荡一片，再不见人。

考试即将开始，余愿捏着手表，又找不到人，只得暂且放在身上先去考试。

等考试结束，余愿又拿着手表在撞到他的地方等，等了很久很久，等到全部考生走完，校门将要封锁，她也没再遇见那个少年。

他可能那天没走这边楼梯，也可能经过了，人潮拥挤，没注意到她。

余愿离开时把手表放在十四中保安室，说是个男生丢的，他个子挺高，戴眼镜，如果有人来要，就把手表给他。

保安大叔说"好"，随手将手表搁在了桌上。

那天余愿到家无意间照镜子，见额头上撞出一道红痕，白天有刘海儿遮着，看不出来。

那个少年戴着眼镜，镜架搭着鼻梁，估计也被她撞得不轻。

次日周一返校，那块黑色的卡西欧手表无人来问，余愿又把表放去了十四中失物招领处，留了班级电话，还说如果他回来找，或者这块表因为被她撞掉摔在地上有什么破损，她可以照价赔偿。

她填完联系方式离开失物招领处，已经默默做好了一番牺牲钱包的心痛准备。

不过一周，一月，半年，一年，两年……

那块表始终在失物招领处放着，无人来领。

直到毕业前夕，失物招领处的老师给她打电话，说是这里钥匙、饭卡各种物件太多，这种太久无人认领的，叫她拿回去，只留下联系方式即可，万一有人来认领，也能联系上她。

那块表在失物招领处放了两年多,等再到余愿手上时,它早已电池耗尽,不再走了。

表盘里的时间永远停留在九点四十五分。

那少年长什么样子,余愿已经记不得了,或者说,当时就没看清。

2014年正流行大框眼镜,学校戴眼镜的十个有七个都是那样的款式,少年被撞到,又伸手碰了下鼻梁,这样半遮半掩的一瞬,只凭那双眼睛,也让人觉得他应当面容清俊。

遗憾的是,模糊一眼,没能看清……

余愿把手表连同从失物招领处领走的证明单,一起放进行李箱。

旁边房间的赵女士在跟人打电话:"你介绍这人放心就行,我听她小姨说最近金价又涨了,就想着找个靠谱的地方把这些卖了。"

通过这只言片语,余愿记起赵女士有一个红匣子,里头放着好几样金首饰,全是当年外婆给赵女士准备的嫁妆。

从她记事起,赵女士就舍不得戴,说是怕丢了,又喜欢得紧,总是时不时拿出来擦一擦,擦亮又放回去,开玩笑说等以后余愿结婚,这些也算到嫁妆里。

如今在卖掉它们的前一晚,电话结束后,赵女士最后一次拿出来,在灯下用绒布仔仔细细擦了一遍又一遍,然后再一件件放回匣子里。

她见赵女士坐在床边,有些出神地盯着那个盒子,看了好久。

去香港之前,余愿又见到了陈知让。

赶着国庆假期,陈知让从学校回来,直接乘车到了城南。

相比之下,主城区的城北建设更好一些,城南这边都没什么娱乐的地方,连商场里都见不了几个人。

虽然没落,却也是余愿从小到大生活了好多年的地方。

陈知让这次回来没带什么行李,就随身背了一个双肩包,里头放了证件和充电器。

他里头穿着白色卫衣，外面是棒球服，扣子没扣，随意敞着。

余愿见到他第一眼就觉得不愧是陈知让，任何时候都十分养眼。

两个人一同漫无目的地压马路，路过十四中。今年十四中的光荣榜直接摆到了校门口，其中录取最好的学校也只是个211，和成中的大榜相比，确实不够看。

余愿挨着马路牙子走，偏头看他："陈知让，城南是不是特无聊？连好点的锁奶茶店都不往这边开。"

陈知让也看她："你无聊吗？"

余愿摇头："不无聊。"

少年笑了一声，很轻："我也是，见你怎么会无聊？"

上回薅狗尾巴草折兔子也挺无聊的，却乐此不疲折了一篮子，如果能一直做这些毫无意义无聊到爆炸的事情，想来也是幸福的。

余愿没能如期上大学，总归有些遗憾。东城交通大学虽不如陈知让他们的学校好，但也是她花了好大力气才考上的。

"陈知让，大学怎么样啊？东大校园很漂亮吧？我看好多人开学都发朋友圈了，也没见你发。"

"不习惯发朋友圈。还行吧，成天忙忙碌碌都没怎么细看。"陈知让说，"昨天跟室友去你们学校吃过一次饭，食堂进去右手边第一家的煲仔饭不错。"

陈同学嘴挑，虽然什么都吃，但从他嘴里能听上句好的，已经算挺高的评价了。

余愿勾起唇，笑得很开心，说："那等我去了，第一顿就吃那家的煲仔饭。"

国庆假期七天，陈知让每天早上醒来，饭都顾不上吃就匆匆出门往城南走，车程将近两个小时，赶着傍晚七点多钟再坐两小时车回去。

他们两个这般如胶似漆的，见了面倒也没做什么惊天动地的大事，

就面对面聊聊天，饭点再从小巷子里挑个饭馆，保证每顿不重样，都是余愿手握选择权。

陈知让很喜欢，也很享受这种感觉，慢慢去感受她这些年的生活，去吃她吃过好多次还赞不绝口的小馆，以及偶尔听她吐槽哪家店又贵又难吃，老板还特别凶，趁早倒闭了才好。

分开的那天，恰是黄昏时分，一片霞色裹着细碎光亮夹在云层里，柔柔地铺满了天空。

路灯亮起，墙上杂乱的电线正如他们此时的心情，两人都心知肚明，在此一别，下次见面不一定是什么时候。

灯下的脚步不自觉放慢，变得拖沓，到最后没人说话，只静静地走着，感受着对方轻浅的呼吸声。

快到家门口时，陈知让脚步停下，注视着余愿。姑娘眼睛里映着细细的光，依稀可见隐约的水汽。

少年倾身下来，随之而来的吻比上次要重了些。遥远的汽车鸣笛夹杂着风声在耳边呼啸而过，他烦透了这种不知归期的离别。

余愿稍仰起头，青涩又笨拙地回应着这个吻。她也跟陈同学学得越发没分寸了，在她家楼下也敢这般大胆。

等这个吻结束，在二人乱掉的呼吸声里，陈知让声音很低，带出些哑意："余愿，我等你回来。"

安静几秒，他没听见回答，眉心皱了一下："要回来。"

余愿稳着呼吸，看向他："好，我答应你。"

十月中旬，香港的气温仍旧在 30℃ 左右徘徊，余愿从入秋的北源来到这儿，一下子像掉进了蒸笼。

她穿着秋装，没走几步身上就出了层薄汗，就算这会儿脱掉繁重的外套，只剩半袖 T 恤，也总感觉空气黏腻，让人难受。

这是余愿第一次到这个想象中金光闪闪的地方，没感受到小说电影里的纸醉金迷，反倒是觉得这地方极为割裂。

那头车水马龙，摩天大厦，老余同志拎着大包小包，带头在各种小路之间穿梭，最后找到了一处价格便宜的落脚地，不夸张地形容，像鸽子笼。

房子破破烂烂，好在设施俱全。这还是赵女士提前托她在香港的舅舅帮忙找的，不然他们一行人初来乍到，估计得花更多的钱才能租到这样的地方。

赵女士和老余进屋后忙着打扫，收拾东西。

天气闷热，又走了好远的路，余愿有些头晕，想去床上躺着休息一下。

这老房子隔音效果聊胜于无，她躺下，面朝着墙，甚至能听见隔壁夫妻在吵架。

一口粤语，她听不懂，只能凭借语气和夹杂的打砸声，感觉到吵得还挺凶的。

房子很小，卧室和洗手间之间不是承重墙，而是后改造的隔断，她就这么躺着，时不时闻到一股酸臭味。

余愿明白他们一家人在这寸土寸金的地方有个屋子落脚没露宿街头已经很不错了，爸妈也是因为她才不得已来受这份苦，她说不出半句怨言。

接受吧，习惯就好。

余愿闭着眼睛躺了一会儿，觉得闷，又热得睡不着，起身想出去活动活动。

老余在后面喊："余愿，别走远，等一下我跟你出去买饭。"

她轻声说："嗯，我就在门口。"

余愿出门，正碰上隔壁吵完架摔门而出的男人。男人叼着烟，瞪着眼，穿了件黑色坎肩，斜眼看她。

余愿默不作声，别过脸去。男人嘴里念了句什么，走开了。

听语气不像好话。

余愿淡淡呼了口气，拿手机给陈同学发消息。

余余余余余余：我到香港了。

余余余余余余：一切都好。

陈知让应该在忙，等了一小会儿也没回复。

老余拍了拍手上的灰，侧身出来："走，爸跟你吃点东西去，回来给你妈带一份。"

老余领着余愿在附近走了两圈，最终挑了个看着不太贵的小店进去，点了两碗车仔面，一碗四十八元。

这般高昂的物价还是让余愿愣怔一瞬。在她印象中，通常只有旅游景区里的饭才卖到这个价格，来这儿却成了寻常价。

余愿今天多半是有些中暑，胃口不佳，一碗面吃一半就吃不下去了，又想着老余付钱时蹙眉的瞬间，她磨磨蹭蹭硬是吃完了。

老余回去给赵女士带了一份面，余愿和爸妈简单说了几句话，就回了卧室。

赵女士打开那份面，随口问："这面多少钱？"

老余回答："四十多。"

"这么贵？你不会挑便宜的买吗？"

"这儿都是这个价，去哪儿挑啊？"

赵女士吃了几口，把筷子往碗里一戳，想起什么说："咱们城南的房子要是再跟那人掰扯几天，起码还能再多卖十万块。那人也是看咱们急着转手，压着价不想给钱。我是看余愿今年身体明显不如去年了，人也又瘦了好多，才不想跟他掰扯，少就少些，不想再拖下去。"

"现在说这些有什么用，卖都卖了。"老余扬了扬下巴，"先吃饭吧。"

"我意思是大钱攒着让余愿看病，咱们就是来治病的，什么都能省唯独药钱不能省。你闲了就多逛逛，看平时吃饭这些花销能不能有更实惠的。"赵女士看着手里的面，菜品和口味都一般，一时间被这物价轰炸到消化不了。

老余说了声："知道了。"

一门之隔，余愿在里头听得清清楚楚。

她事先预想过到这边治病，生活上肯定处处拮据，如今听见了，看见了这实实在在、真真切切发生的一切，还是有些手足无措，现实比预想的还要糟糕。

闷热的房间、黏腻的空气、灯泡上飞着的蠓虫、卫生间时不时散发出来的阵阵酸臭，任何一样都足够让人抓狂。余愿缩在床上，眼眶泛酸，可能是她性子矫情吧，她一点都受不了这地方。

富人的天堂，穷人的地狱，她算是成了后半句的主角。

手机振动一下。

CZR：刚刚在路上，到宿舍了。

CZR：香港怎么样？

陈知让总能适时出现，在闷热里送来一缕干爽清风。

余愿盯着手机，还没回复，他便弹了个视频电话过来。

余愿这次没任何犹豫地点了挂断，她害怕让陈知让看见她身后这让人难堪的一切。

虽然看到了也不会怎么样，陈知让不会因此笑话她、瞧不起她。

但她不想，这些所有所有的窘迫，她不想让那个少年看见一星半点。

一点也不行。

余余余余余：我爸妈在，不好意思打视频。

她扯谎。

CZR：那边热不热？

余余余余余：挺热的。我还是喜欢北源，北源过完国庆已经能穿两件长袖了。

CZR：也是。家里老太太说北源的山茶花已经快开了，往年十一月才陆续开始，今年可能气候反常，开得早。

北源花市一直很有名，城北的红山茶尤其出圈。

余余余余余：说起来我还没好好看过城北的山茶呢，可能小时候看

过，早就忘了。

　　CZR：不着急，年年能一直开到四五月，回来一起看。

　　陈知让应当是懒散地稍抬着下巴，慢悠悠地说不急，余愿，等你回来一起看。

　　余愿想着，忽然也不管不顾了。

　　余余余余余：陈知让，我刚刚出去吃饭，跟人学了一句粤语。

　　CZR：哪句啊？说来听听。

　　余愿按着语音，像模像样地模仿刚刚车仔面店里播放的某部港剧的片段："我好中意你。"

　　她顿了一瞬，又说："我好中意你，陈知让。"

　　少年在电话里淡笑一声，学她说话："我也中意你。"

　　从初来乍到，到学会几句粤语，再到彻底接受这个地方，余愿用了足足两个月时间。

　　大医院人多，床位紧张，余愿被安排在走廊的一张钢架床上，白天在医院，晚上回那个"鸽子笼"睡一觉，状态时好时坏，每天浑浑噩噩。

　　在医院同样没有床位的还有一个被大家称为"张姨"的女人，同是北源人，住在城北，一口北源方言出现在粤语中特别明显。

　　张姨人特别热情，身材丰盈贵气，手腕上戴了个翡翠镯子，总说余愿太瘦了，笑她姑娘家家身材太柴了不好看，要她多吃点。

　　平日里，孩子们送来的水果零食，张姨拆了就会往余愿手里塞："你就是得多吃，看着胖些家里大人才不心疼。"

　　余愿起初拒绝几次，张姨执拗得很，非得余愿收下才罢休，于是后来再给，余愿就收着，笑着说："谢谢张姨。"

　　那些东西吃下去到底让余愿长胖没有，余愿不知道，张姨隔三岔五就说胖了胖了，长肉才好，有效果，鼓励她得接着吃。赵女士见了她又总唠叨，说余愿，你怎么又瘦了，给你买的那些营养品有没有按时吃啊？

余愿不仅吃了，还吃两份，赵女士给一份，张姨再分她一份，但补来补去，收效甚微。

余愿整日在医院待着也没什么娱乐，便买了一沓信纸，店里最便宜的那款，偶尔闲了就写写信。

她没指望寄出去，就似写日记一样，写写生活琐碎，写写今天又是第几次想起陈同学。

如果以后的以后，有人偶然发现这些信，拿在手上翻看，看完估计会说这女生好无聊。

每封信的开头都是"致陈知让"。

有天，张姨手里揣了几盒点心，路过瞧她一眼："写给男朋友的啊？"

"没有。"余愿不好意思地用胳膊挡，笑了笑，"闲着无聊，瞎写写。"

平时余愿总不好意思收东西，这会儿张姨也学精了，趁没人，悄悄往她这儿塞。

"我那会儿特别想生个女儿，结果两个都是儿子，自己没有，看别人家闺女就稀罕得紧。我第一天见你就喜欢，又都是北源的，在这儿遇见可不容易，姨也没什么能给你的，看你多吃些就心里高兴。"

余愿不好辜负，每每收下，吃得很认真。

一晃便是2017年年底，到了跨年这一天。

张姨最近身体好些了，上午被家里人接去跨年，走时还给余愿留了个红包，没多少钱，图个好彩头。

余愿自从在北源晕倒那次开始，爸妈一边遵循医嘱给她调养，一边什么好药都给她用上。她听话照做，身体却一日不如一日，偶尔照照镜子，瘦到自己都心下一惊。

之前觉得女孩子瘦点漂亮，如今她却想长胖点，尤其在每次接陈知让的视频电话的时候，这种想法更是发疯似的生长，她不想让他看出来。

跨年夜，陈知让又给她打了视频电话。

余愿对着玻璃找了好几个角度才磨磨蹭蹭戴好耳机，点下接听。屏

幕里他穿着黑色卫衣,坐在沙发上,姿势慵慵懒懒的,还能隐约听见些电视机的嘈杂声。

镜头里所有物件都是那么熟悉,余愿仔仔细细看过,没漏掉任何一帧。

"陈知让,你这么快就回家了?"

陈知让笑了声,声音还是那般懒散:"刚到。下午考完最后一门,买了最早的机票回来了。"

回家陪老太太跨年。

余愿爸妈下去吃饭,这会儿角落里冷冰冰的钢架床上铺着薄薄的被褥,就她一个人捧着手机,时不时无聊地望两眼窗外的月亮。

前两个月她还说运气好的话,赶着十二月底就能回北源,甚至已经脑补了一番她要如何和陈知让一起度过跨年的这一天,行程安排得满满当当。结果事实浇人一盆冷水,按照她目前的状态来看,一时半会儿还走不了。

耳机里,陈知让忽然叫她,声音有些沉:"余愿。"

余愿的视线从月亮移回屏幕,呆呆地说:"嗯?"

余愿正对着屏幕,陈知让才看清这姑娘,一股心疼又无力的感觉爬上心头,闷得慌:"你又瘦了些。"

她刚刚东看西看,甚至偏出屏幕,就是不想让他看清。

她越是这般欲盖弥彰、遮遮掩掩,陈知让就越难受。

余愿摇头:"没有吧?旁边张姨今天还说我胖了些呢。张姨也是城北人,陈知让,你说不准还遇到过。"

她很会转移话题。

屏幕外,一道声音传来:"阿让,你刚进门就在跟谁说话?"

是陈知让的奶奶。

镜头晃了一下,余愿看到了那个和善的老太太。她似乎从小到大都很讨老人家喜欢,这会儿见到人,笑得很甜,说:"奶奶好。"

余美丽跟她打招呼:"你也好。"

老太太笑着说了两句，又去忙活炖汤了。

在刚刚镜头晃动的那一瞬，余愿看见了桌角上的一包东西，最上面是一张通行证。

陈知让不声不响，提前置办好了一切。

余愿这半年泪点都变低了不少，此时呼吸声乱，怕是等下又得哭了："陈知让，你办通行证干什么？"

少年隔着屏幕看她，那双漆黑的眼睛一动不动："我说过，我会去见你，随时。"

之前陈知让也说要来见她，余愿总是守口如瓶，丝毫没透露自己在哪儿，为的就是打消他这般冲动的念头。

他一个学生，来回一趟得花不少钱。

余愿当下却想自私一回，捧着手机，哭腔尽显："如果到过年还回不去，我就给你发地址，陈知让，你来见我吧。"

他声音很淡，又重如千斤："好。"

这天晚上，余愿拿出了最后一张信纸。

致陈知让：

2017 年 12 月 31 日。

陈知让，我刚刚在电话里不敢和你说，只敢在这里写写，我的身体其实一天不如一天。

我不太想让你见到现在的我，我想等好一些，吃胖点，穿上在香港买的新衣服，漂漂亮亮去见你，才不会让人觉得我受了好多的苦。

你每次说我瘦了的时候都蹙眉，估计你自己都没意识到。

我知道你心疼我，可我偏偏不想这样，我想你每次跟我说话的时候都高高兴兴的，见我就笑。

陈同学，别皱眉，你笑起来更好看。

在我休学的这段时间,有时候挺不放心的,不是怕你三心二意,而是怕我们的感情被遥远的距离生生磨灭,也怕你被学校繁重的事情压着,累到不行的时候便不再想跟我通电话,还怕你下雨天没带伞,只能淋得一身狼狈,怕你没好好吃饭,胃痛也只会一拖再拖,忍忍就算。

这个月,病友群里的朋友相继走了四个,我每每看到,也一阵后怕。

陈知让,如果,我说如果,如果有天我真的不在了,你可千万别学电影里那样苦苦守着我一辈子,三五年就差不多了,然后拾掇拾掇心情,挑一个风和日丽的天气忘了我。

我隔壁床张姨的手机铃声是那首《富士山下》,每次她非要等唱完"谁能凭爱意将富士山私有"这句才肯接电话,我跟着听多了,也觉这歌词写得真对。

陈知让,我小气得很,如果我在的时候,绝对说不出这样的话,恨不得将你牢牢霸占,你多瞧别人姑娘一眼我都要吃醋。

但如果我走了,至少在我的视角里,我和我喜欢的少年相爱了一辈子,很知足。就是想来有点可惜,我这一辈子未免太短。

如果真有下辈子,不管你是谁、在哪里,我都一定会去找到你。

但愿那时候我们都能活得久一点。

陈知让,我们要一直一直在一起。

这里物价好贵,这也是最后一张信纸了,可能舍不得太快用完,啰啰唆唆写了一大堆,一不小心还写得像遗书似的。

最后,趁着跨年许个愿吧。求神仙保佑,求神能听见我的祷告,保佑我爱的少年余生无灾无病,身体健康。

因为生病真的太苦了。

最后的最后。

陈知让,新年快乐。

2018年1月末，余愿在医院卫生间忽然呕血，痛觉密密麻麻地传遍四肢百骸，大片猩红铺上白色瓷砖。那恍惚的一瞬间，她忽然想起很多年前，老余将她抱过头顶架在肩上骑大马，那时也是这样大团大团的红色，是城北正盛放着的红山茶。

那日百年难有动态的人发了条朋友圈，照片里山茶花接连成片，赶着年根绽放得热烈又喜庆。

CZR：北源的山茶花开了。

余愿情况不好，于一天后醒来。

这一天里发生了好多事，医院下达了病危通知，老余同志一夜白头。

余愿睁眼看到的，除了冰冷的天花板，还有老余白了大半的头发和赵女士哭红的眼睛。

她想说话，但嗓子生疼，出不了声。

只是这么干看着，余愿也想象得出这一天里没半点好事，眼睛不自觉跟着湿润了。

看着老余同志白了的头发，想着赵女士来之前细细擦了好多遍又毅然决然卖掉的嫁妆，她忽然忍不住想哭。

之前老余在城南一个钱少事儿也少的事业单位工作，每天摸鱼喝茶，闲暇用来盘盘手串，悠闲自在，肚子上养出一圈中年男人的肥膘，如今再看，老余都清减了不少。

一头白发黑发混在一起，苍老了许多。

余愿攥了下被子，下意识想忍，但忍耐失效，眼泪如洪水决堤，止不住地往下淌，细细密密地渗入她耳边的发丝里。

老余弯腰，瞬间慌了神："怎么了？叫护士吗？是哪里又开始疼吗？"

余愿努力张口，尝试几次才说出句完整的话："爸，我们回家吧。"

这句话她刚到香港的时候就想说了。

出机场扑面而来的黏腻气息她适应不了，穿街走巷走到中暑费好大劲才找到的"鸽子笼"，每日睡觉辗转反侧都能闻到那股隐隐约约的厕所味儿，甚至在那样小的卫生间里洗个手，转身都会不小心碰到淋浴头开关。无数次冰冷的水浇身，她又无数次仓皇关掉，顶着一身狼狈从里头走出来，仰头，灯泡上还是那几只飞来飞去笑话她的蠓虫，鼻息灌满那股挥之不去的酸臭味。

她不止一次地讨厌这个地方，别人的极乐所，是她难以脱身的地狱。

她从没机会体验过这地方的半点辉煌。

老余同志的眼睛也湿了，泛红，是熬夜熬出来的血丝："说什么呢？咱就是来看病的。"

"爸，我想回家。"

她声音嘶哑，又有新的眼泪落进耳畔的头发里。

老余红着眼睛看了她好久才下定决心，勉强答应："好，等你好些了，咱们就回家。"

和小时候说等你考90分就带你去游乐场一样，是带有条件的鼓励。

2018年2月15日，余愿一家赶着除夕回到北源。

她答应的事情，从不失约。

城南的房子卖掉了，林琳的爸妈也都赶着回来过年，房子不再空闲，他们拖家带口也不好再去挤。爷爷奶奶留下的那一处六十多平方米的小房子倒是收拾得干干净净，只是没通暖气。

北源冬天的气温零下，最近又接连大雪，赵女士怕余愿这身子受不住冻，在附近为她租了个条件不错的宾馆，说等开年天气暖和些再叫她回去住。

快到北源，余愿才在手机上告诉陈知让，她回来了。

陈知让问她要了地址。

北源的大雪厚厚实实地铺了满地，压弯了路边劲韧的雪松。

出租车缓缓驶向城郊的老社区,在导航上的定点位置停下。

老余先下车去后备厢拿行李,念叨着:"雪下这么大,待会儿走路可要小心。"

赵女士说:"那宾馆幸亏离咱家房子近,走路三五分钟就到了。"

在爸妈的说话声里,余愿按下车门把手,透过车窗看见路边站了一个人,有些突兀。

陈知让清瘦挺拔,肩宽腿长,将身上那件黑色大衣穿得利落有型,里头是件连帽卫衣,是少年感和成熟气质的交替。他就那么愣愣站在大雪天里,也不知道找个暖和的地方躲躲。

余愿的眼眶又红了。

她下车,刚走一步,他便主动走过来。

余愿看着他,眼睛湿润:"你傻呀……"

"我想见你。"陈知让还是那样直截了当,淡笑一声,"来不及去车站,也才刚到。"

赵女士和老余提着东西,眯着眼睛,依稀认出是他:"余愿,小陈,你们赶紧找个暖和的地方待着,外面太冷。"

"好。"余愿回头应声。

老余和赵女士走远后,他们两个在附近找了一家奶茶店。这儿从里到外的装修都像极了绿野仙踪,店面很小,奶茶纯粹就是勾兑的,没半点真材实料,几块钱一杯,当糖水喝。

店里老板娘支着手机看剧,一只胖橘时不时走来走去,在人腿边蹭几圈,"喵喵"叫着撒娇。

雪天,店里没人,老板娘似乎也没想着在这恶劣天气里做生意,看了会儿剧,干脆抱着猫走了,说等下他们离开的时候记得把门搭上就行,不用锁,待会儿有人接班。

人一走,暖烘烘的小店里就只剩下他们两个了。

余愿双手捧着奶茶杯,借点温度:"陈知让,我这衣服好看吗?在

香港买的。"

一件白色冬装，帽子上还压着一圈毛领，挺简单的款，但穿在她身上尤为合适。

"好看。"他点头，实话实说。

没有应有的寒暄，陈知让只是在看她，看得仔仔细细，生怕这姑娘像抓不住的蒲公英，下一秒就随风飘走了。

余愿不习惯被他这样看着，别开眼。她这几个月瘦了很多，好在冬装厚实，不至于让人一眼瞧上去就觉得她瘦得可怜。

老板娘这杯奶茶做得很烫，温度透过纸杯，带给人一身暖意。

余愿眼睛里浮现出氤氲雾气，忽然问道："陈知让，你说人死后会去哪儿？"

陈知让只是看她，没说话。

他似乎误解了她的意思。

余愿笑了笑，没想把话题聊得过于沉重："我昨天又做梦了，梦到我在一个没人的小镇上，环境就和这家店里差不多，房子的屋顶又高又尖，我蹲在地上教鸭子讲话，那里的鸭子配合我说，陈知让，陈知让，陈知让……"她忽然想起什么，看向他，"哎，那个MP3我还没给你，总是忘。"

"你拿着吧，我也用不着。"余愿要是不提，陈知让都想不起来这回事了。

"那里面就一首歌，都听腻了。"

"右下角那个键，长按才能调。"

"我回去试试。"

非得是什么惊天动地的事情才能让人牢牢记住吗？

余愿觉得不是，就这么一人一杯明知道是勾兑的奶茶，时不时当糖水喝两口，也能你一句我一句聊一个下午，仿佛有说不完的话。

陈知让出来后，家里就只有老太太一人，他得回去陪老太太守岁。城南地方偏，时间一晚就不好打车，余愿带他去公交站，能直接坐到成中，再下车走几步就到了。

下午已经逐渐停歇的雪，这会儿又飘飘而落，漫天飞舞。

除夕晚上七点多钟，街上没几个人，人们大多在家里围在一起吃年夜饭，等着看春晚。

滚滚车轮在雪地上留下一道道错综复杂的黑印子，昏黄的灯光笼罩下来，柔柔倾泻地在他的发梢上。

陈知让的肩上落了白雪，余愿替他拍掉，似不忍让他沾半点风雪。

她看着跟前的少年，眨了下眼，眼睛里藏着细细的光："陈知让，说爱我吧，我想听。"

"我爱你，余愿。"

少年说得认真，没半点被强求的犹豫。

雪落无声，缠缠绵绵的吻融进了寒冷的冬夜。风刮在脸上是疼的，彼此的呼吸却又喷洒着灼灼热气，口齿交缠，心跳怦怦，他们相拥在一起，像末日之下的两个亡命之徒。

除夕夜，宾馆里，赵女士和老余送来一大桌年夜饭。

老余同志那花白的头发一直没顾上去染黑。

余愿跟风拍照发了条朋友圈，配着短短的一行字：我还想要好多个春天。

恰逢来年大雪，春风晚来。

姑娘不知道，那日写下这句话的时候，她就已经没有下一个春天了。

年初九，余愿再次住进了城北省人民医院。

余愿每次住院，情况一次比一次更糟，这回更是下床都要人扶着，得偶尔体力好些才能勉强走路。

她不时靠着病床把玩那个 MP3，右下角的按键长按，能找到那三个模式，按了却不顶用，可能是真的坏了。

余愿把它揣进口袋,轻舒口气望向窗外。

医院里也种着成片的红山茶,往年这时候应该是山茶花开的旺季,这会儿树上却只剩零星几朵,丧头耷脑,感觉经不住下一场寒风。

今年北源气候异常,干预了花期。

眼看着进了三月,非但没开春,还又接连下了几场大雪。

陈知让3月15日开学,余愿每天都会到窗边往底下看一看,心想这雪什么时候才能停,想让他上学路上好走些。

赵女士红肿着眼睛,分明是在外面偷偷哭过,又擦干了眼泪,扯出一抹笑进来,说:"余愿,今天想吃什么?我下去买。"

她随口答道:"生煎。"

其实不想吃,就是想让赵女士找点事情忙活,想让赵女士觉得她胃口好。

3月8日那天晚上,陈知让在楼下简单吃了晚饭上来,电梯门开,前头空荡荡的走廊里,余愿背对着他,面朝着窗户。虽然四下无人,她也动作不大,畏手畏脚。

几个算不上规范的动作,还断断续续的,但他认得出,那是芭蕾舞步。

是本该属于她的风光。

陈知让走出电梯口,直愣愣地傻站了好久。最终是余愿回过头,看着他笑:"早听见电梯关门了,没听见走动声。"

陈知让只是笑了笑,不应声,鼻尖一酸。

余愿有点不好意思:"你都看见了吧?跳得不好看。"

她现在稍有不慎,各处关节随时都可能出血,她不敢大动。刚刚那一幕要是被赵女士看见,肯定要急白脸骂她一通,骂到她下次再也不敢才肯罢休。

"好看。"陈知让说。

他顿了一瞬,又重复了一遍:"真的好看。"

可能人与人的分别早有预兆，余愿这一整晚视线都黏在陈同学身上下不来。她的目光一寸寸描摹过他的发梢，他的眉眼，他的鼻梁，誓要将他牢牢记住。

她想再看一眼，再多看一眼。

再看一眼陈知让。

那天夜里，余愿铺开那本日记，写了最后一页。

2018年3月8日

爸妈，还有陈同学，不好意思啊。

我也想再看看春天的，但我可能真的撑不住了。

眼泪咸涩，滴在本子上，她往前翻阅，细细看过上头的每一页。

2017年6月5日

我不是紫霞仙子，他却踏月而来，当了一次我的盖世英雄。

2017年7月29日

余愿喜欢陈知让，陈知让也可以喜欢余愿吗？

2017年8月7日

余愿和陈知让在一起了。

我想，我们大概要一辈子。

....

她越看越觉得难过，觉得就连余愿这个名字也让人难过，余生有愿，她第一次讨厌这个名字。

一本日记，余愿含着眼泪，不甘心地撕碎这充满遗憾的一切。

夜里一阵寒风，吹落了树上摇摇欲坠的红山茶。

余愿于2018年3月9日上午9点45分确认死亡。

同时窗外骤雨，夹杂着还未褪去的寒风打在玻璃上，雨雪更替，春天到来。

她死于北源的第一场春雨来临时。

赵女士在抢救室门口哭得说不出话，老余红着眼睛，固执地拦着医生不让走："金医生，你试试，你们再试试，她还不到十九岁。"

拉扯，悲怆，场面一度兵荒马乱。

混乱结束后，陈知让安静地坐在医院走廊的椅子上，杂乱的雨声压弯了少年的脊梁。他低头，姿势定格了好久，坐到肩背僵硬。今日滴水未进的胃里一阵翻搅刺痛，他也默不作声，不去搭理，像个毫无知觉的机器，被人随手搁置在这儿，忘了带走。

去年高考前夕五月的夜晚，医院初见，他和余愿两个人并排坐在这张椅子上，姑娘声音怯怯的，找他搭话。

他偏头看去那一眼，仿佛还在昨天。

转眼就只剩下他一个。

他在这把椅子上从上午坐到夜间凌晨，反复回想那个雨夜的点点滴滴，动都没动一下。跟前人来人往，他看得见，却听不见任何声音，如同身边在上演一场默片。

这样的状态维持了好久。

直到窗外雨声渐小，空旷走廊里，他隐约听到有人在说话。

"妈妈，'好雨知时节'是什么意思啊？"

"'好雨知时节，当春乃发生'，意思是一场好雨会挑时辰，降临在这万物萌生之春。"

寒假结束，开学前一天，林琳约陈知让在小区便利店门口见面。

她来时红着眼，递给他一袋东西，什么也没说，又撑上伞，匆匆忙忙走了。

纸袋里的东西零零散散，是几样余愿生前的物件。

她的手机、被人从中间撕掉还剩半本的日记、一本古诗画册、从他那儿捡走的DV机，还有一块用纸潦草包着的手表，黑色的卡西欧手表。

陈知让捏着那块表，觉得眼熟，下意识翻到侧面瞧了眼。那里有一处划痕，不明显，仔细看像个"川"字，外面那张纸是十四中失物招领处的存放证明。

黑色的卡西欧是他的表。是他高一那年丢了的表。

高一时，在十四中考点有一场物理竞赛，那天大雪，交通拥堵，他前一晚被姜南叫去打台球，第二天晚起路上又耽搁，司机操着一口方言骂骂咧咧吐槽这雪天，一脚油门接一脚刹车，他没吃早饭，一个多小时的车程让他坐得有些反胃。

在十四中教学楼里，他正上楼，被一个冒冒失失的姑娘撞了个满怀。

笨拙的眼镜架搭在鼻梁上，被这么一撞，鼻子都擦破了皮。

一场不需要舞刀弄枪的考试，他却破了相，丢了表。

那天回去后，老太太见他鼻梁处透着血丝，还笑话他是去考试的还是去比武的。

陈知让被老太太养得花钱大手大脚，只觉得戴了挺久的卡西欧是块旧表，丢便丢了，也懒得去找。

后来他觉得手上空荡荡的，戴习惯了手表的地方空着别扭，于是去买了两块更贵的表，买来又觉得累赘，戴着不舒服。

从前那块旧表整日戴在手上没觉得稀罕，丢了都懒得找，终于在原表停产，又找不到替代的时候越想越觉得可惜。也偶尔想着，要是下回再遇见那个冒冒失失留着齐刘海儿蘑菇头的姑娘，他一定要问问她有没有看见一块黑色的卡西欧手表。

物理竞赛本就是成中学生用来刷战绩的主场，全校女生又被校规要求统一剪成不过耳的发型，他几乎下意识就把那个姑娘当作成中学生，于是在丢表两个月后，才不紧不慢去校广播站播了两条寻物启事。

想来荒唐，这块表放在十四中失物招领处放了两年多，他在成中广播站没太走心地播了两句问有没有人在物理竞赛那天捡到一块黑色的卡西欧手表。

原来他们最早的初见不是在盛夏的医院，而是2014年冬，那个荒诞的下雪天。

余愿的手机还剩一点电，勉强能开机。手机屏保是他，照片黑白分明。弹出一条扰人的知乎推送，他想划走，但可能是手机屏幕上沾了雨水，也可能是手机旧了，她舍不得换，过于卡顿，画面接连跳转到她的知乎主页。粉色的熊猫头像下面有句高赞热评：胆小者的喜欢，大概是只敢在他看不见的地方，空有一腔无能孤勇。

ID名为"余愿喜欢陈知让"。

手里卡西欧手表的指针早就不走了，永远停留在9点45分。

日记被撕毁，只剩一半散页。

2017年6月6日

如果世上真的有神，这次，请神明眷顾我。

2017年6月14日

我在球场一眼就看出他满心心事，也想学老余安慰人那样，局促又蹩脚地拥抱一下他，在他耳边说没事，总会有天晴的。

可思来想去，还是没敢。

2017年6月25日

我不是紫霞仙子，他却踏月而来，当了一次我的盖世英雄。

陈同学，今天辛苦了。

2017 年 8 月 7 日
余愿和陈知让在一起了，我想，我们大概要一辈子。

2017 年 10 月 15 日
到香港了，吃了一碗难吃的车仔面，住的这地方好破，都不好意思让陈知让看见。

2017 年 10 月 19 日
做了些检查，情况不太好，我偷偷听到四千元一支药，一次打两针，好贵。

2017 年 10 月 30 日
治疗真的好疼。
再也不要生病了。

2017 年 11 月 7 日
看到朋友圈有人拍北源的红山茶，等我这次治疗结束就回去看。

2017 年 11 月 20 日
张姨又给我塞东西了。这个点心真好吃，是在当地的铺子买的，可惜回去就吃不到了。要是陈知让在就好了，一定分他一半。

2018 年 3 月 8 日
爸妈，还有陈同学，不好意思啊。
我也想再看看春天的，但我可能真的撑不住了。

好辛苦啊，下辈子，再也不要来这个世界了。

最后那行字被画掉，补了句：

算了，下辈子还来，我要早点找到陈知让。

从余愿去世那天起，陈知让表面没什么变化，只是话少了些，心里那根紧绷的弦已然在这几天里逐渐拉到了极限，此时轻轻一拨，断了个彻彻底底。

陈知让拎着这袋东西回家时，老太太正做好了午饭端出来。他像往常那样去端碗，拿筷子，却忽然发现自己吃不进任何东西，看着满桌子菜，没半点胃口。

他硬吃下几口，不到半分钟便起身去洗手间吐了个天昏地暗。之后的一个小时里进出洗手间六七次，连口水都喝不得。

余美丽见他脸色难看，也实在是折腾，忧心忡忡地站在洗手间门口，说："阿让，穿件外套，奶奶陪你上医院看看吧。"

要是陈知让一个人在，估计吃颗药应付应付就算了，但这会儿不想让老太太担心。"哗哗"水声里，他开口时声音哑得难受："好。"

跟学校辅导员请了假，改签机票，陈知让去过医院后又在家待了几天，这期间他去参加了余愿的葬礼，不声不响，只挑了个角落坐着，等人都走完了他才走近。

花束中，姑娘的那张黑白照片很眼熟。

应该是上个月吧，有天余愿在手机上发给他几张照片，问哪张好看，他挑了一张，说这张吧，这张笑得最甜，也最好看。

如今那张笑得最甜的照片做了去色处理，装裱相框，成了黑白遗照，搁在纯白色的花束中。

那一瞬间他眼眶是湿的，呼吸声颤，有什么东西顺着眼角滑落，温热，又咸涩。

沉默的眼泪和牵强的假笑，他终究是成了姑娘口中无聊的大人。

等一切尘埃落定，陈知让才再次拎上行李箱，去了学校。

室友秦子文见他第一眼就说："陈知让，你回去过个年怎么变憔悴了啊？"

他只是应付道："有吗？"

在余愿走后，2018年又有了新的流行歌，《纸短情长》《写给黄淮》《离人愁》《起风了》等歌曲爆红网络，陈知让却还像是停留在2017年的夏天，停留在那首《童话镇》，落伍跟不上时髦。

2019年，陈知让在学校当志愿者，在临时搭建的小帐篷里，给新生刷身份证。

有次"嘀"一声，机器上出现一个名字：余愿。

他抬眼，看见那姑娘留着齐刘海儿，蘑菇头，有那么一瞬间的恍惚。

姑娘瞧了他半晌，才出声："我的身份证。"

声音也像。

仅此一次，他之后再没见到过那个名字。

陈知让大二暑假回过一次成中，被主任叫去给学弟学妹们分享学习经验，以及作为反面教材讲讲考前心理疏导和自我调节的重要性。

不得不说，主任是真会挑人。

那天结束后，天空飘了点毛毛雨，零星几点，最惹人烦。

陈知让站在学校超市门口的屋檐下，空间逼仄狭小，他忽然回想起曾经和余愿站在这儿，那个姑娘主动提起十四中，他还接了句话，说记得十四中的孔子像。

前后不过两句，话题便被那天忽如其来的雨打了岔。

如果当时再接着往下说两句，提到那年十四中为考点的物理竞赛，

提到那块丢了的卡西欧手表……

他们本应该早些认识的。

陈知让双手环胸,靠着锈迹斑斑的铁窗,仰头望向天空。

余愿,你现在有看到那个稀奇古怪的世界吗?那里有没有尖尖的屋顶?鸭子会不会说话?

你在那里,还好吗?

2021年7月,陈知让大学毕业,进了北京一家颇有声望的律所。

刚毕业的新人进去就是给人拎包打杂的份儿,等眼看着终于要熬出头,陈知让才看清理想与现实总有偏差。

从学校出来没经过社会摧残,那时他心高气傲,觉得那里头不少人衣冠楚楚,上下嘴皮子一碰钻着法律漏洞就能颠倒黑白,枉费披了张冠冕堂皇的人皮。

他揣着自己那二两寒酸的清高,觉得若人人都那样,这世上还有什么道理,觉得自己在办公室跟那群人共同呼吸一片空气都觉得算是同流合污。

2022年10月,老太太去世,陈知让直接辞了那份好听又体面的、人人羡慕的高薪工作,回了北源。

老太太的后事办得简单,陈疆阔原本就在破产边缘徘徊的生意,又赶上近几年市场不好,直接黄了。

余美丽今年八十岁,听陈疆阔说老太太走之前无灾无病,没受罪,身子骨比陈知让这二十出头的看着都硬朗,只是一觉睡下,再没醒来。

算是喜丧。

处理完后事,陈疆阔叫陈知让一起吃顿饭,没话找话地找他唠几句家常。

他们吃的是重庆火锅,锅里红油翻滚,热辣辛香。

陈知让应得不咸不淡,潦草吃几口就放下筷子。

陈疆阔见他不怎么动筷,忽然问:"那会儿听你奶奶说你胃不好,现在还是吗?"

陈知让没吭声。

陈疆阔又自话自答:"早知道挑个清淡的了,想着你们年轻人喜欢这些,我跟着赶赶时髦。"

"没有,我上午吃过了。"陈知让这才出声。

他上午去给老太太磕头前简单吃了些,老太太生前最见不得他不吃饭,饿肚子。

父子情淡,唠嗑都显得尴尬。

陈知让有次去81街菜市场,路过鱼摊时撞见了刘姨。老太太去世后,两人这还是第一次遇见。

刘姨拦住他,说:"哎,小陈,你回来啦?什么时候回北京啊?"

陈知让拎着一袋东西,礼貌地点头:"辞职了,先不去了。"

两个人之间隔着一排玻璃池子,里头的鱼不知天高地厚地游着,还不知道等待它们的是被人宰杀的命运。

刘姨皱眉,是真的为他感到可惜:"辞职了?那么好的工作说不干就不干啦?上半年还听你奶奶说你在北京当大律师呢,有本事,有出路。"

老太太在外面跟人炫耀,陈知让觉得惭愧:"有点儿累,歇歇。"

"也是,大城市生活太紧张,歇歇也好。"市场根本没生意,刘姨难得见到个熟人,"我年纪大了,也准备收摊回乡下,帮儿子儿媳妇带孩子去。今年老大媳妇儿又生了二胎,孩子太多忙不过来。

"就是我这摊儿开了二十多年了,好多老顾客来81街就习惯来我这儿买鱼,虽然不赚几个钱,也怕人来了跑空,总归是不想一下子就关了。"

陈知让回来到现在没急着找工作,也不知道自己不干律师还能去干什么,挥霍着那点存款,银行卡数字只减不增。

陈知让看着那缸鱼,忽然来了兴致:"刘姨,要不你教教我,我帮

你看两天。"

刘姨忙说："哎哟哟，那怎么行。你一个高才生来给我卖鱼，你奶奶知道了要说我的。"

陈知让再三坚持，刘姨才勉强答应，开玩笑说："你有兴趣就看几天摊儿，不想做了给我打电话，老家人也多，我到时候找个没事做的闲亲戚回来替你，你还回北京当你的大律师去。以后要是谁欺负我，还指着你给刘姨撑腰呢。"

2023年10月4日。

81街。

雨点稀稀落落打在雨棚上，发出杂乱的声响，棚下的人手握一把尖刀，刀刃锋利沾着血水，手背筋骨因用力而微微凸起，空气中飘荡着难闻的血腥气。

男人利落起刀，刮鳞，去除内脏，动作熟练地处理完一条鱼，三两下打包递上前去，清瘦手腕上戴着一块黑色的卡西欧手表。

"您的鱼好了。"

透明手套上无意间沾了血污，引得盘头大妈蹙眉，满眼嫌弃地挑着干净地方拎着："钱付好了。"

他轻轻点头："嗯，慢走。"

男人穿了件黑色雨披，帽檐宽大，半张脸隐藏在阴影中，只露出一截清削的下巴。

拎上鱼的大妈转身刚走两步，跟自家人说起话来毫不避讳："听说那个卖鱼的还是名牌大学毕业生，你看，都混到这份上了。"

"那不是余美丽的孙子吗？老太太人挺好的，就是这孩子长大了不知道怎么……"

鱼档后的男人不紧不慢地接水，冲洗案台，顶多在听到那个名字后微怔了一瞬，随后恢复如常，收拾东西下班。

他今天特意早半个小时关门是为了去拿东西。姜南开了家酒吧，国庆节试营业，叫他去捧场。

"李老二电子维修"的门牌旧得露出木色，老板沏了一壶茶，坐在柜台后跷着腿听收音机，放着凄清的戏曲。

"咿咿呀呀"的调子和屋外的雨声相得益彰，更显悲凉。

门帘掀动，雨声骤大，一道沉磁的嗓音随之而落："我的机子修好了吗？"

李老板扬眉朝这边瞧了眼，放下腿，从柜台底下拿出一个DV机，笑了下，说："修好了，一点儿毛病都没有，咱们81街也就我能修。"

陈知让身上的雨披帽子没摘，几滴水顺着脖颈滑进了领口，引得喉结轻滚："多少钱？"

"不用。咱一条街做生意的，修这个机子没几个钱，改明儿挑条肥鱼给我留着就成。"

陈知让接过DV机，点头："行，谢了。"

李老板倚着柜台，用商量的语气说："我家二宝脑子笨，刚上初中算题算不明白，下回要是有空，你教教他。不白教，给钱的。"

陈知让应了声："成。"

一来一回，少不了客套寒暄，陈知让身上几乎都是湿的，把那台DV机里三层外三层地包好才带走。

DV机成色很新，零件老旧，被厚厚的牛皮纸包裹着，直到三个小时后才重见天日。

"嗨，陈知让，我穿这身病号服是不是很丑啊？"

方格屏幕里出现少女的样子，还有她那双明媚又略带忧伤的眼睛。

"咔嗒"一声，他关了机子，只要里面的东西没丢就行。

有句话当年他还真没说错，这姑娘就喜欢收这些别人不要的东西，他也兜兜转转，终是孑然一身，又成了没人要的东西。

陈知让放下DV机去洗澡，换了身干净衣服，还特意闻了下，确定身

上没那股难闻的鱼腥味才出门。

这鱼档生意一干大半年。

大学室友秦子文家里有人脉,在上海混得不错,秦子文好几次叫陈知让重回律所工作,打包票说只要他肯去,绝对比他之前在北京赚得多,而且秦子文算是熟人,能让他平日里少接触点"妖魔鬼怪"。

秦子文每每提起,陈知让都应付过去,时常觉得每天早起贪黑在鱼档干些不动脑的活儿,无聊了还能跟鱼说说话,鱼不会搭理他,这样的听众最好。

上货卸货,累到回家倒头就睡,没工夫想七想八,日子也挺不错。

至于回不回律所,再看看吧。

但这毕竟是刘姨的摊子,迟早要还回去的,他也迟早得去翻着法律条文当那"996"的"社畜"。

姜南的酒吧开在市中心,陈知让到的时候里面已经有不少人了,还有些熟面孔。

见面打招呼,老同学寒暄大多是问现在在哪里发展,上班还是读研。陈知让淡淡地说在菜市场卖鱼,对方都是先笑着看他脸色,发现他一脸真诚,没开玩笑,于是嘴角那抹笑又有点略微尴尬地降下去。任凭对方再怎么圆滑,这会儿也只能挤出一句"三百六十行嘛,都好,都好"。

赵思婷早就到了,这会儿见陈知让进来,他目光似乎往这边看了一眼,又潦草别过,要么是没看清,要么是没认出她。赵思婷的目光跟随着他,知道他不至于因为当年那点事儿就装不认识她。

陈知让穿了件深色外套,戴着黑色鸭舌帽,帽檐压下,衬得下半张脸越发利落清晰,骨骼分明,比当年多了几分成熟气质。

陈知让去吧台点了两杯饮料,不含酒精,和气泡水差不多,随后找了个人少的地儿坐着。暗调的灯光氛围朦胧,他摸出打火机和烟盒,动作熟练地点烟。

大团白色烟雾里，姜南端了杯酒过来："真不打算回北京啊？在那鱼摊上都干多久了？"

"等过了年再说。"陈知让把烟夹在手上，漫不经心地往烟灰缸里弹了弹。他对自己目前的生活状态还算满意，鱼摊生意也还成，吃不饱，饿不死，得过且过。

姜南的店开业，人家大老远过来捧场，姜南得过去说句话。两人聊了没几句，又有人来，陈知让便挥手让姜南去忙。

他一个人坐在角落静静刷着手机，看看无聊的短视频，说不清是灯光问题还是因为这两口饮料，脑袋有些昏昏沉沉的，不舒服。没等姜南他们结束，陈知让就过去打个招呼先走了。

赵思婷看着陈知让走远的背影，对姜南说："你有没有发现陈知让变了？这才几年啊，你看他身上哪还有半点当年的意气风发。"

随着那抹瘦长身影没入拐角，赵思婷抿了口酒："他身上那股劲儿没有了。"

如果当年的陈知让是如今这般，她估计不会多瞧一眼。

可少年时期的陈知让又是何等风光，无人能及。

姜南跟陈知让最熟，怎么会没感觉呢？准确地说，从余愿去世的那年起，陈知让就逐渐在变了，变得很少说话，也很少开玩笑，一年到头不见笑几回，再到去年办完奶奶的丧事，他就彻底变成了现在这样。

10月4日。

周三。

小雨。

地表气温 17℃。

陈知让坐在沙发上沉默地点了一支烟，打开那个 DV 机，第一段视频是那会儿姜南给他录的百日誓师。2017 年到现在，算算也没几年，他看着里头那个带领宣誓的少年，竟觉得陌生，像在看旁人一样，那种感觉

陌生到他快要不认识。

播放下一段，是余愿录的。

视频背景是医院，瞧上去惨白的一片，姑娘冲着镜头挥手，有些拘谨。

"嗨，陈知让，我穿这身病号服是不是很丑啊？但我没找到别的衣服，只能先这样了。视频我先试着录一下，如果录得成功，我再传给你看。

"今天就是跨年夜了，马上到2018年，之前还想着回去和你一起过的，但显然也只能想想。我回不去，我在这边也挺好的。香港嘛，之前电影里才能看见的地方，我现在住在这儿，也算是体验过了。"

姑娘害羞，捂着脸笑，片刻后才松开："哎呀，对着镜头说话好傻，待会儿回看估计特愣。那新的一年呢，祝陈同学学业有成，万事顺意，还要身体健康，因为生病真的太苦了。我生了这份病，陈知让就不能再生病了，要永远健康，开心快乐。"

视频结束。

这段应该是被那姑娘嫌弃拍得不好，从没给他看过。

陈知让关了DV机，随手拎了件外套，开车去了城南。

前十多年，这地方他不常来，只在十四中考试时来过那么一次，这些年倒是常来，来了也无人可找，就沿着十四中门口，沿着那姑娘曾经带他走过的路，再走一遍。

春夏秋冬，他四季都来走过。

看落叶满地，又看枝叶发芽。

晚上，陈知让没再开车回城北，找了附近一家常住的宾馆睡下，没多久就被窗外的雨声惊扰，有点不耐烦地醒来。

陈知让在酒吧那会儿就有点昏昏沉沉，这会儿一量体温，39℃，不得已下楼找宾馆老板娘张姨拿药。

张姨蹙眉盘账，敲得计算器一阵响。

张姨人到中年，体态丰盈贵气，手腕上的翡翠镯子从不离身，早些年也是变卖家产去香港看病，和那个姑娘一样，都是世间可怜人。

好在如今身体和生活都好了，张姨退而求其次，来城南这租金便宜的地方做宾馆生意。

"我年纪大了眼睛不太好，看不清字，你拿药的时候注意看看有没有过期。"张姨说。

再然后，就是陈知让阴错阳差，在纸箱里发现一沓尚未寄出的信，以及那枚月牙玉坠。

每一封信上都留了字：致陈知让。

信的内容冗长，大部分字都因为纸张受潮而模糊了，只依稀能看清"陈知让，我们要一直一直在一起"，末尾是一个名字，"余愿"。

他怎么也看不清信上的内容，不知是被水泡过还是单纯受潮，字迹糊成一团。

他接连拆开几封，每封都是如此。

是那个姑娘在怪他吗？信也不让他看清。

山茶花三月败，从此，再不望春山。

后来有人问："那再然后呢？那些信难道就这样了吗？"

陈述者低头，满目可惜："没人知道余愿那信上写的是让陈知让隔上三五年就把她忘掉，他只看清那一句话，便苦守她一辈子。"

如果用一句话概括他们这段关系……

他曾说：

"是一首尽兴的藏头诗，一部烂尾的风雪集。"

—正文完—

番外一

如果重回 2015

In winter

2015年2月9日。

"嘀嘀——嘀嘀——嘀——"

两短一长，富有节奏的机械音穿透耳膜，笔尖在题本上倏然停顿，陈知让偏头瞥了眼在旁边鼓捣电子表的姜南："关了，吵死了。"

姜南手上拿着一块表，抬眼看着他："这是你这个礼拜买的第三块表了吧？钱多没处花啊？"

他之前也没发现陈知让是电子产品发烧友啊。

桌面的题本上推导公式密密麻麻，陈知让看向空荡荡的手腕，黑色水笔落在纸面，发出"哒"的一声响。

"之前那块表丢了，手上忽然空了不适应。"

"哦，你上周去广播站说丢了一块表，就是那块卡西欧啊？"

2014年底市里的物理竞赛，考点在城南十四中，姜南本来也报了名，结果考试前一天死活找不着准考证，等于将军还没上战场就丢了刀，没去成考试还被老爸接连骂了好几天。

屋里暖气很足，陈知让只穿了一件单薄的卫衣，宽松款式，前后找不出半点花纹样式，单调得很，唯独一个月牙玉坠挂在颈间稍作点缀。

他丢了的那块卡西欧是上小学时有次和余美丽女士逛街，正遇上商场撤柜，余美丽见价格合适，就给他买了一块。

普普通通的样式，没什么好看的，在他手上一戴就是五六年。

一直戴着的时候没觉得稀罕，直到那天去趟城南考试弄丢了，才觉得手腕上少了样东西不得劲。

陈知让这星期已经接连买了三块表，哪个都觉得差点意思。他甚至去店里找过从前那款表，问过好几家，都说那一款早就停产了，成了永久白月光。

城北到城南，二十公里，回头去找这块表无异于大海捞针。

姜南把桌上那三块新表整整齐齐地摆回去，忽然说："要不你回十四中问问，看是不是掉那儿了，我正好想出去活动活动。"

姜南随口一提。短暂安静后，陈知让点头："行，去转转。"

去城南要坐两个小时的公交车，一路上车厢晃得像新娘坐的轿子，下车时两个人没剩半点好心情。

姜南下车后去便利店买了两瓶水，顺手递给陈知让一瓶，调侃："今天怎么答应得这么爽快？平时我叫你出门，你可舍不得手下那几张卷子，生怕年级第一的战力值跌了。"

好半晌没听见音儿，姜南愣愣地瞧他，见他的目光落在另一处。

前头公交站旁站着一对母女，小女孩手上还提着崭新的书店袋子，像是刚从书店出来。小女孩指着某本标拼音的儿童读物，对世界充满了十万个为什么："妈妈，这个怎么读啊？"

"好雨知时节。"

"那下一句呢？"

公交车到站，难闻的尾气夹着寒风扑了人一脸。

陈知让拧开瓶盖喝了口水，才慢半拍地接上两个人刚才的话茬："写物理写烦了。"

姜南表示认同，物理嘛，书上学物理的有哪个是不疯的？

"嘀嘀——嘀嘀——嘀——"

电饭煲发出声响，提醒米饭已经焖好。

前后不过接一通电话的工夫，张晓晓就见余愿唇边的笑容一点点压了下去。

张晓晓看了眼电饭煲，又侧头瞧她："余愿，你怎么了？"

余愿："你记得前两个月竞赛那天我捡了一块表吗？"

张晓晓点头："失主找上来了？"

余愿两道眉毛都快拧在一起了："说是表摔坏了，要赔偿。"

电视机里播放着热门综艺，嘻嘻哈哈的背景音嘈杂惹人心烦。

"那块表……不会很贵吧？"张晓晓想着，越说越没底气，"都过去两个月了,怎么这会儿才来找啊?"

她们是高中生,没钱,每周都指望着爸妈给的那点生活费,在精品店买个好看的厚皮本子都要忍痛舍下两顿晚饭钱才能凑齐。

余愿握着手机,为自己干瘪的钱包顿感痛心:"如果他早些来,我还有些余钱,可最近刚给林琳买了生日礼物,已经不剩下什么钱了。"

张晓晓虽然义气,奈何凑不出两张整钱,钱到用时方恨少,当真是学生时代的真实写照。

张晓晓:"我这儿还有不到二百。要不我陪你先去见见他,说不定他见你是学生,还能宽限几天。"

余愿垂头应声:"也只能这样了。"

只能求老天保佑,保佑那块表不至于太过昂贵,不然纸包不住火,捅到爸妈那里就不好了。

电饭煲里的米饭无人问津,余愿揣着两个人凑出来的三百元巨款,硬着头皮去十四中见那位卡西欧手表的失主。

电话里只知道失主是个男生,应该就是考试时撞见的那位没错了,那……他会生气吗?等下见到他,他会很凶吗?

短短五分钟的路程,余愿脑子里上演的戏码不亚于在上海滩进行秘密接头。

"接头"地点在闹市中的一家肯德基。

余愿挽着张晓晓,站在肯德基门口忽然泄了气,丧气地说:"晓晓,只有三百不知道够不够,要不我还是坦白从宽,回去求我爸多给我点钱再来。"

肯德基的玻璃门被店员擦得很干净,玻璃映出少女带着担忧的侧脸,头发齐肩,全然学生气。

张晓晓拉着她的手腕,推门往里进:"哎呀,来都来了,让人白等他只会更生气。"

临近中午，快餐店里的人坐得三三两两，冬日阳光透过大面玻璃照进来，落在少年身上。

余愿和陈知让对视，心下一空，本以为没那日看清模样，不会认得，没承想这会儿竟一眼就认出。

少年的手支着脑袋，神色闲散，百无聊赖地朝这边看过来。就连阳光也偏心，落在他身上的光都比旁人要更多些。

少年同别人一起来的，看着年龄相仿，桌上搁着两杯可乐，以及一块黑色卡西欧手表。

可能是光照的缘故，表面上一道道划痕显得刺目。

余愿走近，站在桌子旁，稳了稳气息才敢看向少年："对不起，碰坏了你的表。我可以赔偿，就是……现在我带的钱可能不太够……"

少年抬眼，不动声色，依旧懒懒散散的。

她的头发比竞赛那天长了些，都能齐肩了。陈知让这么想着。

余愿望着那双眼睛，兜里没钱更是心虚："马上就要过年了，等我领到压岁钱，马上补齐。"

安静，无人应答。

少年只是一动不动地看着她。

余愿垂在身侧的手都跟着紧了些，看他的穿着，应该是富裕人家的孩子，不缺钱。

那块表，该不会有什么特殊意义吧？那可是比钱更难补齐的东西。

大约过了一分钟。

"看你把人吓的。"姜南先笑了场，调侃着拍了下陈知让，冲两个姑娘扬了扬下巴，"别搭理他，他吓唬你的，不用赔。"

余愿哑然一瞬，半信半疑。

与她对视的少年也勾唇笑了，透着股蔫儿坏："不用赔，骗你的。"

其实表压根没摔坏，毕竟戴了五六年，上面的划痕也是很早就有了的。

陈知让从十四中拿到这块表，忽然想到竞赛那天楼道里算不上愉快的相遇，没来由地很想见她，于是想了这么个损招。

过去了两个月，那个蘑菇头的头发留长了些，乌黑柔软地散在肩头。

说句烂俗到不行的话，陈知让觉得她那张算不上惊艳众人的脸，除了有学生书卷气，还有一种莫名其妙的熟悉感，好像在哪儿见过。

"你好，我们之前是不是在哪儿见过？"

这句话是从余愿口中说出来的。

她指的不是竞赛那天，而是更早之前，他们一定在哪里见过。

话一出口，余愿心头就扑腾起一阵懊悔，因为这话听着像是免了赔偿特赦后的套近乎。

简直是老掉牙的对话。

余愿刚想打岔，少年却点头，嗓音被阳光染出几分懒意："可能见过吧，都是一个市里的。"

姜南吸了口可乐，饮料见底，响了两声："你们两个还没吃饭吧？喜欢什么可以点，陈同学请客，别跟他客气。"

余愿本是揣着"赔款"来送钱，忽然被留下一起吃东西，剧情跳转太快，一下招架不来。

少年声音沉懒，清润好听，没半点开玩笑的戏谑，而是真的想要认识她："你好，我叫陈知让。"

一点细枝末节里的尴尬，也这般被人悄无声息地化解。

"余愿。"余愿笑着。

初次见面，陈知让、姜南、张晓晓、余愿一起吃了肯德基新年桶，还互相加了微信。

2015 年 2 月 9 日，余愿日记：

> 可能人与人真的有一种缘分，叫作一见如故。

自此，余愿备忘录里多了几行关于陈知让的信息。

陈知让。

成中高一学生。

卡西欧的失主。

哦，之后没多久还加了一行。

2014年北源中学生物理竞赛一等奖得主。

一个金光闪闪的陈同学。

2015年2月18日，除夕。

老余和赵女士一大早忙着贴对联，赵女士犯强迫症，见揭掉的旧对联留了胶印，让老余拿来块湿抹布仔仔细细擦了好半天。

余愿在客厅拿着手机犯愁，犹豫要不要给陈同学发一句除夕快乐。

那日一别，他们便再没机会见面。两个人说熟悉倒也算不上，这些天偶尔在手机上闲聊了几句，掰着手指都数得过来。

每次余愿发去消息，陈知让都是隔好久才回，从仅有的对话里，她知晓做题写卷子组成了他日常生活的全部。

成中重点班的学生，应该学业压力很大吧？

余愿思前想后，这条祝福还是折返发去了表姐林琳那里。

余余余余余：表姐，除夕快乐！

发完，她才后知后觉，林琳去年考入成中，和陈知让同一所学校。

林琳：除夕快乐。

余愿趁热打铁。

余余余余余：林琳，你认识陈知让吗？

忽然看见这个名字，林琳还停顿了一瞬。

林琳：认识啊。

余余余余余：那他是个什么样的人啊？

大概是这个问题太宽泛，半晌才有回复，浮于表面又过分事实的。

林琳：是一个帅哥。

余愿想努力说服自己不能"外貌协会",但三秒后彻底打消这个念头。

余余余余余:陈同学确实好看。

余愿想撤,林琳却不肯就此放人,接连发来语音。

林琳:"你们怎么认识的?"

林琳:"你向我打听他,感兴趣啊?"

林琳:"他就是我之前跟你提过的那个学霸,中考成绩全市第一名考进的成中,一骑绝尘,我反正特服气。"

余愿听完几条语音消息,对陈同学的印象再一次刷新。

中考第一名竟然是陈知让,那个开玩笑要她赔表钱的陈同学。

余余余余余:没什么。上次物理竞赛在十四中,我捡到一块表,他回来找了。

林琳:那块表在你那儿啊?他之前在学校广播站播了两条问有没有人捡到表,但好像没后续不了了之。

余余余余余:巧合,被我捡到了,现在已经物归原主。

门外是老余在喊她:"阿愿,给爸拿把新剪刀。"

余愿随手放了手机,朝那头应声:"好,来了。"

余愿去送了一趟剪刀回来,手机上多了一条新消息。

CZR:新年快乐。

三分钟前收到的。

余余余余余:新年快乐。

余愿盯着屏幕,生怕错过了什么,这次他回复得很快。

CZR:在忙什么?

余余余余余:爸妈贴对联,我递剪刀。

一五一十地汇报,内容毫无营养。

陈知让看着手机里的信息,慢半拍地惊讶于自己是怎么把这句搭讪说得那么自然而然的。

陈知让，几天不见，这方面的本事见长啊。

余美丽炖着汤，这会儿火候应该差不多了，鸡肉的香味从厨房飘出来，弥漫了满屋。

老太太够不着高处，每年除夕的早晨都是陈知让包揽贴对联的活儿。陈知让刚贴完回来看着手机里姜南发来的新年祝福，颇没良心地把仅有的祝福给手机里的姑娘发去，没搭理姜南。

这种反常的行为像是着了魔。

余美丽拿汤勺尝了口咸淡，随后盛了一小碗汤出来，放在陈知让跟前："先别看手机了，尝尝汤，等你爸来了我再去炒两个热菜。"

陈知让不紧不慢地端起碗尝了两口。

余美丽见他手腕上那块表旧了，忍不住说："这表戴好几年了吧？过两天带你去买块新的。"

陈知让散漫地捏着汤勺，瞥了眼手腕："喜欢这块，旧的戴着舒服。"

陈知让喜欢旧的东西，旧表、旧书，以及一些从跳蚤市场淘来的稀奇古怪的东西。

可能是中二文艺病，他总觉得旧东西独有一种历史的沉淀感，显得厚重有故事，也让自己与众不同、高人一等。

他不喜欢交新朋友，身边来来去去的还是从小认识的那几个人，姜南就算其中一个。

此时手机振动一下，少年的嘴角不自觉地带起笑。

又想着，去他的中二文艺病，他现在喜欢交新朋友。

CZR：你会来城北吗？看烟花。

城北中心广场年年有烟花秀，城南不少人专程开车带着一家老小来凑热闹。一句算不上邀约的邀约，也让看的人心里打鼓。

余愿算算日子，时间还算宽裕，指尖跳跃几下，消息弹出。

余余余余余：我应该会去。

年初二，余愿坐上出租车去往城北中心广场，街边树杈上挂着零散的灯串。

车内光线不好，余愿几次拿着手机整理头发，竭力让每一处细节都妥帖。

姑娘臭美，惹得前面开车的司机大叔笑着说："去见同学啊？我闺女也是，爱漂亮，成天书包里装着个小梳子梳刘海儿。"

"嗯，见同学。"余愿骗人的。

她和陈知让还算不上同学，顶多算同龄。

余愿不好意思地收起手机。这几天她偶尔也想，要是初中学习再努力一些就好了，考进成中和陈知让同校，这样见一面可比现在方便多了。

余愿把目光投向车窗外，耳根不自觉地烧红。

想什么呢，余愿，这才见过一次就想着下一次，再下一次，对他的全部了解不过备忘录里的四行半，怎么就不受控制地对那个人不可自拔了呢？

路上反复冒出的念头在见到陈知让的那一刻被彻底证实，烟花、少年、周遭明明灭灭的灯火，都无声淹没于人群。

余愿想着，对他"一眼万年"的，应该不止她一个。

冬天夜里冷，风打着卷儿直往人脸上刮，就这么恶劣的天气也掩不住新年大家凑热闹的心理，在广场守着一场烟花，人挤人的。

陈知让穿着黑色羽绒服，里头是一件带帽子的卫衣，像刚从什么地方出来，跑得匆匆忙忙的。

鼻梁上的眼镜起了雾，他摘下来拿在手上，朝她打招呼："这么早？这两天车不好打，以为还要等一会儿。"

"我们家吃饭早，我吃完就来了。"余愿眼神飘忽，往别处看。

她撒谎露怯，其实是随便垫了两口就出门了，生怕打不到车，耽误了见陈同学。

陈知让瞧她一眼，跟前这姑娘撒谎的伎俩实在拙劣："那么早吃

饭晚上不饿吗？烟花秀还没正式开始，要不去附近的小吃街转转？还有时间。"

"好啊。"他主动提议，余愿就算是当真吃饱了也不会拒绝。

虚假得很。

余愿日后回想起这一天，仔细算下来撒了估计得有七八个谎，一连串的，心中不由得窃喜匹诺曹的故事是假的，不然她的鼻子会变得很长。

年初二，街边舞龙舞狮杂耍赚个吆喝，想要玩具的小孩在街边撒泼要赖。

陈知让步调闲散，潦草地看过去，几次清了清嗓子，又把话咽下。几个回合下来，他都要觉得自己今天晚上要得慢性咽炎。

"我知道我说这话多少有点儿那什么……"陈知让顿了顿，轻抬起眼，"我是真觉得咱们之前可能认识。"

物理竞赛那天楼道里碰见一次，回去之后他却总能想起她。

他自认为脑子还算灵光，很早以前的同学就算记不得名字，见了面也能大致归于"旧同学"那堆里，但余愿例外。

他想不起余愿是什么时候的同学，但相处起来的那种熟悉感却偏偏无孔不入。

余愿顺话搭茬："你初中和小学都在哪里上的？或者在外面报过什么补习班？"

陈知让："城中初中部。"

余愿："城南中学。"

"师大附小。"

"阳光小学。"

"报过吉他兴趣班，就去了一个暑假。"

"舞蹈培训班，学了七八年。"

一圈儿聊下来，没一个对得上的。

他们这前十多年能认识的地方除了学校就是补习班，但都对不上号，甚至一个城北，一个城南，鲜去对方生活区域活跃，定点轨迹没有一星半点的重叠。

余愿被自己"对口令"的提议逗笑，可能他们真的是在不经意间偶遇过吧。

谁知道呢？

她不记得了。

两个人有一句没一句地聊天，闷头走完一整条小吃街，最后四手空空地回了中心广场。

那天最后的烟花秀到底怎么样，没人记得，就只记得耳边嘈杂，天空炸响，吊桥效应之下，彼此的心跳也加速了。

烟花落幕，灰姑娘乘上了南瓜马车。

"余愿，"少年赶在钟声响起之前开口，"我们……还会再见的，对吗？"

最后的最后，她点头："一定会的。"

——世界上存在平行宇宙吗？

——平行时空可能存在漏洞吗？

——穿越真实存在吗？

——虫洞的规则。

——魂穿和肉体穿越的不同契机。

——步步惊心的作者是谁？

——外星人在地球做神秘实验。

手机屏幕微弱的光照在脸上，勾勒出少年人清削的下颌。

"啪嗒"一下，手机被人扣进毯子里，发出一声闷响。

陈知让仰躺在沙发上，拿手背盖着眼睛，觉得自己可能是真疯了。

这一晚上都在搜些什么乱七八糟的？

那一篇篇帖子里的内容，似在他脑子里打架。

有人说2012年玛雅人的预言是真的，世界末日其实已经发生，只不过时光轴被人为篡改，类似于反拨回去，2012年以后的日子其实是2011年，2010年，2009年，2008年……

第二天姜南见到陈知让，一整个上午都在惊讶于这哥们儿顶着那两个黑眼圈，看一次惊讶一次。陈某人拼命三郎的人设早就深入人心，姜南当真想说"哥，大过年的，多睡会儿吧，别猝死了"。

这话不太吉利，姜南捏着水杯，忍了忍还是没说出来。

是陈知让先开了口："你说平行时空是不是真的？"

姜南呛了口水，咳了小半天才缓过来："什么？"

"我昨天看了个帖子，作者说他有个朋友从地下室进入了平行时空，是真的，但没有人记得，因为那个在地下室消失的人从所有同学的记忆中消失了。"

"你看科幻小说啊？小说害人，可别看魔怔了。"姜南见陈知让不是开玩笑的语气，敛了几分神色，朝他伸手，"看的什么？我瞧瞧。"

陈知让把手机丢给姜南："收藏里的第一条，自己看。"

姜南点开页面，网络不佳，转了好几圈只露了个底，这帖子发帖时间为……2019年。

客厅墙上挂历刚翻到2015年，乙未羊年。

姜南这头还没顾得上毛骨悚然，页面再转，帖子就不见了，被删掉了。

姜南退出重进了一次，还是如此，半晌才舒了口气，把手机递还给陈知让："黑客骗人的把戏，应该是不合规被举报删帖了。"

陈知让拿手机看了下，帖子真不见了。

他昨晚仔仔细细地看完了这篇帖子，甚至里面的细节他这会儿都记得清清楚楚。

姜南往沙发上靠，拿胳膊肘撞他一下："相信党和国家，科幻小说就是看个乐子，你还信这个啊？"

姜南转了个话题："老陈，我教你骑机车吧，骑我老爹的重机，有空出去兜两圈儿，释放一下压力。"

姜南看向他的眼神里分明写满了"好好一孩子怎么就魔怔了呢"。

陈知让淡淡撇了句："你满十八岁吗？"

还是陈知让理智，信不信平行时空另说。

姜南拍着胸脯打包票："不上路，就我家小花园里，在我自己家骑车犯法啊？"

重机，陈知让不感兴趣。

所有带着危险属性的技能运动他都没太大兴趣。

半晌，陈知让才点头。

去就去吧，总比在家研究虫洞强。

赵女士说，如果心里一直念叨着一件事，那这件事就一定能成，这叫心想事成。

年初四，余愿又见到了陈知让。

北方灰蒙蒙的冬天没半点浪漫情调，老余在车后备厢卸年货，余愿下车等着。后面有车要掉头，不耐烦地摁喇叭，余愿下意识回头，就又遇见他了。

陈知让戴着耳机，步调散漫，白色耳机线落在身前，没入一侧的口袋。

她的目光倒是怪会挑重点的。

那辆吵嚷的车成功掉头，同时，陈知让也看见余愿了。

陈知让拎着一袋子菜，芹菜、玉米、排骨，乱七八糟，什么都有，余美丽一大早差使他去跑腿买的。

距离上次见面刚过去一天，没想到这么快就又碰面了。

他清了清嗓子："早啊，来拜年？"

余愿点头："嗯，我二姑就在这个小区。"

陈知让笑了："这么巧，我也住这儿。"

近期接二连三的巧合巧到让人觉得这是故意安排的。

偶像剧里就是这么写的,全世界小到只有一个拐角,男女主角闭着眼走都能相遇,所有树木花草都是他们play(某个游戏或表演中的参与人员或角色)的一环。

老余提了两箱牛奶站在边上,视线在二人中间转了一圈:"同学啊?那你们先聊,我先上去送东西,你等会儿上来。"

"好,我很快就去。"余愿这头答应,心里小声琢磨,自己八成得好一会儿才会回去。

陈知让在这儿,她舍不得走。

余愿暗自庆幸自己今天出门穿了过年买的新衣服,从颜色到款式,搭配得当。

等老余走得远远的,陈知让才开口,语调漫不经心:"是你爸啊?"

"嗯,别人都说我长得像我爸。"余愿看着他,邀功似的,"怎么样,挺像的吧?"

陈知让勾了下唇,懒洋洋地说:"是挺像的。"

他笑得勾人。如果真的存在投胎转世,余愿觉得他上辈子得是苏妲己,她则是纣王,昏庸无道。

彼时"纣王"捏着衣角,得寸进尺:"你平时上学忙吗?"

通常这句话下面就该让帮忙了。

陈知让听得出来,没所谓地扬了扬下巴,示意她继续说。

已经开了头,这时候吞吞吐吐就显得扭捏了,余愿心下忐忑,却还是忍不住问出了口:"如果作业上我有不会的问题,可以问你吗?"

"不可以,自己的事情自己做。"

同样的问题姜南问出来就被陈知让给无情否决了。

"喂,说好的帮助同学呢?"姜南愤愤不平地拿枕头丢他,软绵绵的,砸人身上一点感觉都没有。

要是让姜南知道陈知让给姑娘的答复是"行啊,想问就问",甚至转头就把常年静音的手机调了音量,架势俨然二十四小时待命,肯定得控诉陈知让好一阵子重色轻友。

陈知让顺手将枕头往身后垫,没心没肺地掀了下眼皮,一副懒散样:"谢了啊。"

千里送枕头,靠着正舒服。

后果是姜南连吃了陈知让两盘天价车厘子作为宣泄。

姜南吃完最后一颗车厘子,叼着小棒儿随口问他:"你今年压岁钱领了多少啊?"

陈知让没仔细算过:"七八千吧。"

"我就多余问你。"姜南看着茶几上的两个空盘,忽然觉得两盘还是吃少了。

陈知让低头刷着手机,手腕上是那块年近七岁的卡西欧手表,说话透露着几分超出他年龄的老成:"我爸不管一年赚多赚少,别人只要捧他叫一声'陈总',他就五百一千地给人家小孩红包,人情往来,最后这钱绕一圈又到我手上了。啧,也挺没意思。"

陈知让平时不怎么爱买东西,但买的时候从没在乎过价钱,看上就买,大手大脚,物质上家里没缺过他。

姜南可不管人情不人情,反正到他手里就是他的。此时精打细算攒压岁钱的他还全然不知,距离他"小富二代"身世揭秘已不足一月。

余愿得到许可,成功有了给陈知让发消息的正当理由。一晃寒假过去,开学头几天忙忙碌碌一直没闲下来,眼下终于逮着机会,余愿在练习册上圈出一道还算有技术含量的题,用手机对焦拍下。

张晓晓刚接了杯热水,凑过来,说:"你听说了吗?昨天晚自习,成中有个学生感觉压力太大,离家出走了……"

听到是成中,余愿在手机上翻列表的动作都慢了一拍,侧过头压低

了声音问:"真的假的?你听谁说的?"

"我妈的朋友是成中的老师,昨天她们打电话我听见了。这事闹得挺大,今天全体老师开会就是在说这个事。这不,刚礼拜五,成中就破例提前放假,说要让大家放松心情。"

张晓晓头一次为自己寂寂无名的母校而感到骄傲:"还是咱们十四中好,轻松开明。"

余愿表示认同:"也是,以后我逢人就夸十四中。"

城北,蓝野独栋别墅区。

姜南周五回家关在屋里闷头刷了一天卷子。

姜爸敲门进来,手里提了几样东西:"儿子,别写卷子了,你不是爱骑我那摩托吗?别偷摸骑了,以后想骑就骑,别出院子就行。"

姜南没抬头,继续在纸上算着:"等我写完这道题,就最后一道了。"

"今天爸跟你说个事儿啊。"姜爸屈身在他旁边坐下。

最后一道物理大题比较难算,姜南嘴上"嗯嗯"应着,压根没在意。

姜爸从提着的布袋子里掏出七八个本本,不轻不重地放在桌沿:"这些,全都是你的。"

姜南余光扫了一眼,房屋产权证。

姜爸今天的行为又反常得厉害。

姜南的目光一点一点移向老爸,也顾不上别的了:"爸,你该不会是……上周体检查出什么毛病了吧?"

姜爸笑了:"爸好着呢。跟你说正经的,我跟你妈又不打算要二胎,我的就是你的。"

事出突然,姜南一时反应不过来:"咱家哪儿来这么多钱?爸,你不是一个月才赚三千五吗?"

姜爸:"你爷爷当初就是这么教育我的,男孩穷养,怕你学坏。"

"那咱们家的钱都拿来买这些房子,你和我妈怎么过啊?"姜南一本本翻开那些房产证,看到上面爸妈的名字,心里除了震撼还是震撼。

接着,他又从老爸口中听到了一句这辈子都难忘的话。

"我还有点钱,只要你不做违法的事,你下半辈子都花不完。"

姜南从出生起就住在别墅区,但家里日常节俭,跟别人家没什么不同。这幢二层小洋楼老爸一直说是爷爷留下来的,说祖上家大业大风光过,不过后来没落了,独剩这个带院子的小洋楼。

姜南曾在自家门口暗自发誓,楼在人在,他一定刻苦读书光宗耀祖,日后带着全家东山再起,打一场漂亮的翻身仗。

爷爷丢掉的,他要一样样地挣回来。

姜爸走后,姜南头脑风暴起码半个多小时,最终拿起手机,拨了陈知让的电话。

陈知让刚写完一套英语题,桌上手机响了一声。少年抬眼,不是预想中的某人,略带失望地接起。

姜南先开口:"老陈,你出来一下,我现在心情有点复杂。"

陈知让手上的笔没停,敷衍道:"我有点忙,你先别跳。"

姜南今晚接收的信息量太大,语气都比平时淡了许多:"我好像……发现我爸的秘密了。"

三十分钟后。

陈知让与姜南碰面,姜南一五一十、仔仔细细地讲了一遍今天晚上发生的所有事,细节到他每时每刻的心路历程。

"哦,我以为你发现你爸出轨了。"陈知让不咸不淡地看了姜南一眼,没觉得半点意外。要不是姜南电话里最后一句产生歧义,他定不会大半夜出来和姜南并排坐在篮球场看着星星聊天。

姜南家那种规格的房子,陈疆阔一直想买一套来彰显地位,但账里余钱要么刚刚好,买完一点不剩手头拘束,要么总是差一点,赚钱速度赶不上房价上涨的速度。

陈知让从认识姜南开始,姜南就住在里面了,妥妥是含着金汤匙出

生的少爷配置。

陈知让听陈疆阔说过，住在那里的人非富即贵，只有姜南这脑子缺根筋的才会对他爸那漏洞百出的谎言深信不疑，还自我安排了"复兴家族"的大男主剧本。

陈知让不爱管闲事，默认姜南家里"穷养"的独特教育方式，也一直没拿这件事说过。

但他没想到姜南是真的一点儿不知道。

"你早就知道？"姜南看他丝毫不惊讶的样子，就差一蹦三尺高。

陈知让偏头，嗓音被夜色浸润出一丝沉懒，格外漫不经心："能住你家那房子的要是穷人，那我家这种估计连饭都快要吃不上了吧？"

"可之前我爸说那是我爷爷留下的啊……"姜南说。

陈知让看了他一眼，叹了口气。

问题又回到了原点，再次闭环了。

姜南同学，你首先要感谢你有个聪明又努力的爸，不然光靠自编自导的"大男主"剧本，你这一根筋的脑子真的很难在成中杀出去。

周五晚上，余愿在楼下便利店买了些零食，准备回家舒舒服服地看剧。

刚进电梯，手机一阵吵闹，是林琳的电话。

林琳那头乒乒乓乓像在打仗："余愿，你打不打算报补习班啊？金榜教育，明天有免费公开课，要不要去试听一下？"

"嗯……"余愿犹豫了一下，"我应该不报班。"

她对待学习向来得过且过，成绩在十四中这种垫底普高里混个中上游。她没什么大志向，更没想着让补习班侵占自己那可怜的假期。

林琳的声音混在杂音里，艰难地透过听筒传出来："成中好多人在那儿报班，过年我听舅妈说你英语不太好，就想着问问你，而且现在有活动，两人一起报班可以优惠。"

成中……好多人……

那陈知让会在吗？

"等会儿你发给我看一下吧。"余愿怀揣私心走出电梯，径直回家，"林琳，你那边怎么这么吵啊？"

"我在学校门口的小吃街吃东西，旁边的店在装修。"林琳嘴里嚼着东西，左右找不着安静一点的地方，"确实有点吵，那等我回去再跟你说。"

余愿应声："好。"

在电话挂断之前，她听见那头有人喊了一声。

"喂，陈知让。"

这一句听得尤为清楚。

余愿拎着一兜子零食回家。屋里空荡荡的，她穿着校服躺在沙发上，想着那个名字，忽然有种莫名其妙的失落。

这种感觉是不是叫少女思春？

几分钟后，林琳发来了一张广告单的照片，"金榜教育"几个大字底下是历年优秀学员的名单。

余愿看完把手机放在一边，轻轻叹了口气。

她讨厌这个卷生卷死的世界。

"喂，陈知让，你也在这儿啊？要不要报补习班？金榜开班了。"

赵思婷去省医院给老爸送夜宵，这会儿提着保温桶出来，正好撞见姜南一行人。

姜南"一夜暴富"，成为富二代的第一笔消费就是一头扎进小吃街，撂下豪言："老板，这些一样十串，我都要了。"

老板收摊收了一半，见状摆手："没看我正准备回家吗？明天再来。"

姜南："哎，老板，老板……"

小吃摊老板开上电动三轮，走得头也不回。

再然后，他们就碰见了赵思婷。

陈知让偏头，冲赵思婷说："应该不报，我不喜欢补课。"

简单一句，听起来还有点儿瞧不上补习班的目中无人。

成中的老师已经是行业内数一数二的，本校学生去外面补课，无非是想趁着周末能卷则卷，生怕别人弯道超车。

"好吧。"赵思婷也不意外，转而看向姜南和林琳，"你们报吗？"

"我应该会报英语。"林琳想起年前糟糕的期末考试成绩，瞬间变得苦大仇深，"数学也得报。我上次数学考砸了，被我们班主任找去办公室谈话了。"

"不知道，我成绩还挺均衡的。"姜南想了半天，要补课都不知道从哪儿下手。

他每一科成绩都说得过去，但放在成中这群人里又没一科算得上优势科目。

不像陈知让数学稳定在145分往上，偶尔还能得满分。每次成绩下来，姜南看一眼成绩表后，就会下意识去瞧陈同学的头顶，然后轻舒口气，嗯，头发茂密。

旁边的陈知让扫了眼手机，一个粉色熊猫头像的新消息弹了出来。

余余余余余：现在忙吗？

下一秒，陈知让朝旁边的人说："我先走了。"

姜南："干什么去啊？还没吃呢，就走啊？"

陈某人随口敷衍："改天。"

余愿盯着手机屏幕，方格里快被她盘包浆的微信头像后赫然弹出一条消息。

CZR：不忙。

CZR：怎么了？

余余余余余：你报补习班吗？明天金榜教育有试听课。

CZR：没想好。

刚刚他的回答还是"我不喜欢补课"，一眨眼工夫就动摇了。

陈知让打出这行字,心口正被一种前所未有的微妙变化占据。

陈知让啊陈知让,怎么这么快就栽了?

余余余余余:那你明天要去听一下吗?

陈知让这薄弱的意志经不住拷打,他在对话框里删删减减。

CZR:也行。

透着一股不自知的傲娇。

余愿第二天起了个大早,赶最早的一班公交车到城北,可能老天念她车程辛苦,让她一下车就见到了陈同学。

陈知让站在路边倚着电线杆,单手拿手机时不时划拉两下。

少年高高瘦瘦,穿了件黑色的棒球服。街边人来人往,对比之下,显得他身上的衣服过分单薄。

陈知让手机屏幕停留在昨晚和余愿的聊天界面,他几次想发条消息问她还有多久到,又觉得催人这事儿显得挺没劲的,最终什么也没问。

他关了手机,拿出耳机塞上,自欺欺人地希望在屏蔽噪音的同时隔绝冷气。

他就这样在外头站了一个小时,这会儿脑子里只剩下一个词。

饥寒交迫。

路过的人都拿看傻子的眼神看他。

最近气温迅速回暖,比往年热得要早,反常得很,让人一时低估了早晨的气温。

余愿站在陈知让身后,见他戴着耳机,怕他听不到,伸手拍了一下:"喂,陈知让。"

陈知让回头,漆黑的眼睛看向她,随即轻轻勾唇,淡定自若:"这么巧?"

余愿跟他对视,不禁又一次觉得他的眼睛很好看。客观上说,是她见过所有的男生里最好看的眼睛。

余愿直愣愣地看着他,他也不躲,如同某种无声的博弈。

是余愿先败下阵来,她指了指不远处的公交站:"我刚下车,你吃早饭了吗?"

陈知让清了清嗓子,别开眼:"吃过了。"

他今天之前从没觉得自己居然这么装。

余愿没察觉到他的这点儿不自在,自顾自拿出手机看时间:"我还没吃。现在时间还早,你等我一下,我去对面便利店买个面包。"

"顺路。"陈某人慢悠悠地侧身,同她一起。

便利店。

余愿在货架上拿了个面包,结账时又要了一杯热豆浆,旁边已经"吃过早餐"的陈同学跟她要了一样的。

接近九点,已经过了早高峰,便利店人不多,还有空位可以坐。

陈知让坐下刚吃一口,目光就落向手里的包装袋,红豆馅儿的。

他唯独吃不惯红豆馅儿,要搁平时,这面包他估计吃一口就放下了,此时和余愿面对面坐着,他莫名有种"浪费粮食可耻"的使命感。被这种使命感驱使着,他如同嚼蜡般地继续吃。

"等文理分科,你应该会选理科吧?"余愿喝豆浆的间隙,冷不丁冒出一句。

"嗯。"陈知让拿着那半个面包,趁着空当多接句话,"你呢?"

"我选文科,理科成绩不好,文科背背书,还凑合。"余愿捧着豆浆杯,沉默了一瞬,看向他,"虽然现在说还早,但我还挺期待大学生活的,平时也只是在小说里看看。"

"大学"这两个字像是触发了什么神秘按钮,陈知让一阵耳鸣,脑海中零碎的画面一闪而过。

高考失利。

东大法律。

火车。

医院。

没完没了的暴雨，乌云遮了满天。

总之都不是什么好事。

余愿最近借了张晓晓的小说看，叫《微微一笑很倾城》，很多年前的小说了，封皮旧得不成样子，她还是乐此不疲熬了一个通宵看完。

余愿刚想说"肖奈"大神，就见陈知让蹙眉，摁了下太阳穴，微垂下头，很不舒服的样子。

余愿见状，心下一紧："你怎么了？"

陈知让过了一会儿才说："可能最近睡得晚。"

耳鸣散去，他能清楚地听到店里收银台时不时发出的"嘀嘀"声。

刚刚那些画面很陌生，明明不是他经历过的事情，但他在画面中看见了自己。

落魄的，不幸的。

余愿不自觉跟着拧眉："你们班作业很多吗？"

少年抬眸，恢复了几分漫不经心："不是，在网上看帖子。"

"看什么啊？"

"你相信平行时空吗？"陈知让轻咳一声，眼睛不自在地看向某处，"就是一些科幻小说似的东西。"

"不信。"余愿似懂非懂地摇摇头。

如果真的有平行时空，她一定要更早找到陈知让。

"嘀嘀——嘀嘀——嘀——"

便利店定时播报的机械音响起，完成整点报时："北京时间，九点整。"

余愿三两下背上书包，拿起剩下的半杯豆浆："陈知让，快开始了，我们走吧。"

就这样，余愿稀里糊涂地报了补习班。

英语和数学两门课几乎占据了她整个周末，连学校的作业都要紧赶

慢赶地挤出时间来完成。从那以后的很长一段时间里，余愿都期盼着周六早晨的第一班公交车载着她摇摇晃晃到城北，说来也巧，她每次总能一下车就碰到陈知让。

这样不期而遇的巧合一直延续到高一结束。

盛夏暑期里，余愿记不清是第多少次下车，下意识往周围看。

没看到陈知让。

可能天气热，他先去教室了吧。

余愿这么想着，又急急忙忙跑去教室。只可惜，这点念想在她进教室的那一刻无声破灭。教室里补课的学生三三两两，一眼看过去，陈知让常坐的那个位置是空的。

她就这么等一等，再等一等。

直到那天的补习结束，陈知让都没再出现过。

是今天有事耽误了吗？

还是说，他生病了？

余愿收拾好课本装进书包，手机对话框里攒了一天的消息，这时终于摁下发送。

余余余余余：你今天怎么没有来上课？是发生什么事了吗？

无人回应。

余愿发消息后等了好一会儿，才不甘心地关掉页面，去公交车站赶末班车。

28 路，终点站是城南十四中。

余愿隔着老远就看见公交车站那儿有个人，坐着，背靠巨型广告牌，身后明明灭灭的光笼罩在他身上，让少年的肩背弯成一道自然的弧。

陈知让坐在椅子上，随意敞着腿。七月末的夏天，他穿了件深色的长袖T恤，头上一顶黑色鸭舌帽，和周围人背心吊带的清凉打扮格格不入。

余愿快步走上前，刚想问他今天怎么没来上课，就看见他带伤的嘴角和鼻梁上一道暗红的血痂。

她动了动唇,还没开口,身后公交车到站。

司机开门冲外面喊了句:"你俩走不走?今天最后一辆了啊。"

陈知让朝扬了扬下巴:"先上车。"

余愿不情不愿地上了车,陈知让跟在她后面,也上了这趟回城南的末班车。

这个点坐公交车上的人不多,车厢里除了司机,就只有他们两个了。

坐稳后,是陈知让先开口:"那个补习班,我不打算续费了。"

"不续了吗?"余愿愣了一下,怔怔地看着他。

续不续费她不关心,她关心的是他脸上的伤,凝固的血痂不像是今天才弄的,应该是最近两天发生的事。

"嗯,不太习惯跟外面的课程,还是喜欢自己的节奏。"陈知让还是那不着调的语气,甚至还没心没肺地牵了下嘴角。

余愿没忍住问:"你脸上怎么弄的?"

"碰的。"他随口编了句。

平时挺好糊弄的姑娘今天却精明得很,他骗不了她。

陈知让的衣服向来宽松,余愿目光慢慢往下落,倏然拉着他的袖子往上轻轻一掀,看到他胳膊上到处是青青紫紫的痕迹,还有几处破了皮,有些触目惊心。

七月末的盛夏,他忽然穿一件长袖本就奇怪,说话又遮遮掩掩,让余愿很难不去多想。

"你跟别人打架了?"

"嗯……"陈某人抽回胳膊,承认得还挺不情愿。

"你一个文秀才瞎逞什么能?"话一出,余愿才觉得自己这话里带着几分不自知的嗔怪。

陈知让唇边笑意更盛,凸显几分孑然劣性:"你倒挺会形容。"

他可不就是个文秀才。

余愿看着他:"你就因为这个不来补习班了?"

"当初报名时交的钱正好到这个月,也不打算再续了。"陈知让默了默,有点不自在地摸了下后颈,"今天是因为我脸上这样子,不想去。"

他不想听人议论,也不想让她看见。

又想着,他以后不会再出现在补习班,还是来当面跟她说一声。

余愿当初和林琳一起报名,直接报了近一年的,这会儿还剩很多课时。

两人坐在靠车后门的第一排,余愿握了握横在身前的杆子,欲言又止:"那我以后去补课是不是就见不到你了?"

"我去找你。"少年漆黑的眼睛看过来,语气理所当然,"这不,提前熟悉一下路线。"

从城北到城南,一趟完整的28路公交车线路。

自那天后,余愿每次去补习班便再没见过陈知让,从前陈知让坐的那个位置先是空了几天,再然后新来了一个成中的姑娘。

这姑娘刚来上两节课就能和周围各个学校的人打成一片,性格活泼,落落大方。

余愿偶然经过那个位置,瞥见桌边的单词本,封皮上写着"赵思婷",字迹大气卓然。

少了下车就能见到陈知让的那份期待,八月的补习课余愿偷懒白白浪费了好几节。

暑期最后一节英语课结束时下起了雨,余愿早上出门忘记带伞,这会儿只能躲在教室等雨停。

学生已经陆续走完,余愿百无聊赖地走上讲台,拿着粉笔头在黑板上随意涂鸦,勾勾画画。

最后的最后,英语教室淡绿色的窗帘被风轻微掀起,赵思婷在教室外抱着书走过,看见黑板上落着一行字:

他是盛夏穿堂风。

"哎,刚刚黑板上那行字是你写的吗?"赵思婷怀抱着几本书,和余愿去茶水间接热水,权当两个忘带伞的人相互解闷儿。

余愿点头:"嗯,好像在哪本书上看到的,不记得了。"

雨势骤大,连廊窗户没关紧,雨水飘了进来,两个姑娘忙往里躲。

赵思婷看余愿两手空空,说道:"你也是忘了带伞吧?我爸等下来接我,我让他多带把伞,这雨一时半会儿估计停不了。"

"不麻烦吗?"余愿的确需要一把伞,又觉得不太好意思。

赵思婷笑了下:"这有什么呀。你出去买把伞得二三十块,没必要,下次来补习顺手带上还我就行了。"

那时的余愿也想不到,此刻主动找她搭话的女生会是两年后的省高考状元。赵思婷的夺魁出乎所有人的意料,但又好像早就埋下了伏笔。

茶水间不远,两个姑娘走过拐角就到了,赵思婷把书随手放在沙发上,拿杯子接水。

水流声中,余愿瞧见放在最上面的那本书花花绿绿,是本不怎么常见的少女漫画。

"我之前也喜欢看这个,自从学校门口的报刊亭关门,就不知道上哪儿买了。"余愿想着,忍不住吐槽两句班上的男生,"像这种封皮,现在拿出来班上的男生准要笑话我。"

赵思婷接了满一杯水,抹掉杯口的水渍:"管他们呢,谁笑话我就把书卷起来揍他。"

这种坦荡和落落大方,余愿怕是这辈子都学不来。她光在脑袋里想想从桌兜里掏出这本书,随后被前后男生笑话说"你就看这种书啊",再有起哄的人拖腔带调读上两行书中的内容,她便已经足够无地自容,更别说要她把书卷起来揍人。

在她眼中,赵思婷这样的,简直不亚于盖世女侠。

"我之前不爱看,觉得这些漫画都是白马王子和灰姑娘,也太假

了。""女侠"放下水杯,熟练地拿起书翻到某一页,指给余愿看,"去年我无意中看见这张图,觉得特别像我喜欢的男生,就接连看了好几册。"

余愿看过去,几乎是一眼就让她联想到了陈知让。

这可能就是好看的人总有相似之处。

余愿诧异:"你有喜欢的男生啊?"

"有啊,他特别优秀。"赵思婷喝了口热茶,语气没半点遮掩,毫不避讳,"但我也不差。日子还长嘛,我总有一天会追上他的脚步,让他心服口服地高看我一眼。"

别说是男生了,连余愿也很喜欢赵思婷这样的女生,长得漂亮性格又好,走到哪里都吃得开,被她看上的男生,一定是个幸运儿。

"那你告诉他了吗?我觉得他肯定会喜欢你的。"

"还没有,我想再等等,等我追上他的时候,等我能跟他并肩同行的时候再告诉他。"赵思婷合上漫画书,忽然想起来什么似的,"哎,对了,我叫赵思婷,你叫什么啊?"

"余愿。"

"这个姓氏挺少见的,还有……"赵思婷胳膊肘轻撞了下她,笑了笑,"你的名字好像小说里的。"

余愿也笑了。可能家里姓余的亲戚太多,多到她从没往这方面想过:"我爸妈希望我心想事成,所有愿望都能实现。你这么一说,确实好像小说啊。"

偌大的茶水间里只有她们两个,窗外雨声毫不停歇,姑娘们的聊天来来回回又绕到了八卦上。

赵思婷捧着水杯,递出话茬:"那余愿,你有喜欢的男生吗?"

"算有吧。"余愿想着某个人,默了一瞬,又补充道,"他很优秀,而且也是成中的学生。"

那天的雨下了很久很久,赵思婷老爸开车来接已经是半个小时之后的事情。

补习班门口,男人戴着眼镜,从车门里递出一把伞:"你是思婷的同学吧?家住哪儿啊?要不上车吧,捎你一段。"

余愿接过伞,自知不顺路:"叔叔,我家在城南。"

男人坐在车里,隔着细细雨帘,看姑娘站在那儿形单影只的:"那么远啊?那快上车,我送你回去,这下雨天去城南的车可不好打。"

赵思婷知道余愿不好意思,于是降下车窗,半真半假地吓唬她:"没事,你快上来,在这儿停车久了要被贴罚单的。"

听到罚单,余愿连说"谢谢",屈身钻进了车里,不敢耽误片刻。

男人掉转车头,开玩笑说:"思婷,你学学人家,文文静静的。"

赵思婷嚷嚷:"哎呀,爸,你胳膊肘向外拐!"

车玻璃上的雨水点滴聚集,直到晚上,空气中依然弥漫着潮湿的雨意。

余愿洗了一个热水澡,吹干头发坐在电脑桌前。还有几天开学,难得有空写日记。

2015年8月25日

今天谢谢载我回家的叔叔,也希望那个女生日后心想事成,得偿所愿。

自从陈知让找回了那块卡西欧手表,便天天戴着不离手。

姜南理解这种失而复得的心情,但看着那陈旧的表带和表面上横七竖八的划痕,忽然忍不住说:"要不你生日时我给你买块新的吧?"

"不用。"陈知让拿着手机,面无表情地翻了几页单词。

英汉互译,这种单词软件对他来说有点像那种单机小游戏,无聊时打发时间。

"虽然你这款表停产了,但我去买块二手的估计也比你这块新。"姜南说。

单词通关，手机屏幕上跳出一个金灿灿的大奖杯。陈知让随手关了手机丢在一边，半开玩笑地说："姜少，您怎么对我的表这么瞧不上啊？"

"咦……"姜南头皮发麻，"别这么喊我。"

姜南得知家里富得流油后，唯一的改变大概就是没那么抠了。

平时零花钱的数额也没有多大变化，只是比从前多一两百，可能姜家"穷养"的传统传承了这么多年，一下子很难改过来。

桌上的手机接连响了一阵，是消息频频弹出。姜南拧着眉拿起来看："谁啊，这么没眼力见儿……"

后半句话都没说完，姜南顿感大仇得报："真是恶有恶报。上回挑事儿的那几个职校生被抓去少管所了。"

陈知让不知道他哪里来的消息，不太感兴趣地"嗯"了一声。

姜南摁着屏幕给人发语音，语气恶狠狠到仿佛要戳在那几个人的良心上："这都法治社会了，怎么还有人当自己是古惑仔，成天拉帮结派搞这些？都给抓进去好好反省反省。"

陈知让从没跟人打过架，一直是从成绩到仪表都拿全优的三好学生。

上次就因为姜南在台球厅预订的位置被人抢了，对方叼着支烟吞云吐雾，话里话外让他们识相点儿滚，姜南不蒸馒头要争口气，就因为这点儿鸡毛蒜皮的事，几个人搞得狼狈收场。

血气方刚一时勇，完事儿后姜南不敢回家，怕脸上挂彩被爸妈看见挨骂。

两个人在小区里顶着烈日前后踱步晃荡了一个多小时，陈知让仅有的三分耐心耗尽，横竖一死，准备跟老太太坦白从宽。

余美丽听姜南说完，笑话他俩："你俩是小狗吗？高中生了还因为抢地盘打架。"

姜南之后想想，自己那天的行为确实太幼稚，不值当。这会儿跟人吐槽完，他才满意地放下手机："还好当时是暑假，要是被学校老师知道了，咱俩得记大过。"

他想了下，又改口说："你不一定，我肯定跑不了。"

陈知让偏头，不紧不慢地看过来一眼。

"主任拿你当宝贝，他肯定舍不得罚你。"姜南说。

番外二

一场盛大无言的告白

In winter

立秋，入冬，开春。

又是新的一年。

28路公交依旧每天重复运转，余愿每次去上学的路上都能见到。

陈知当时说过会来找她，之后也确实来过几次。大概是因为上了高二，成中重点班学习任务重，他每次来的间隔时间也越来越长，距离上一次见到他，已经是两个月前的事情了。

补习班到期后，余愿没有再续费，她去城北的唯一正当理由也没有了。

新一次期中考试成绩下来，不得不说，这些时日的补习效果还算显著，余愿从全校前一百考到了全校前三十名，文科503分，一个放在好学生行列里入不了眼的分数，在十四中排到了第27名。

张晓晓看完大榜回来，嘴里还叼着剩下的半根烤肠："余愿，你之前报的那个金榜教育真这么有用啊？我也想报班了。"

余愿当初报补习班问过张晓晓，张晓晓考虑了一晚上，觉得太远，最后选了一个离家近的，可效果显然不太如意。

余愿咬了下笔帽，自己也说不上来原因："可能是氛围吧。那个补习班大部分是成中的学生，可能我耳濡目染，沾了学霸们的光。"

不出意外的话，那一屋子都是未来栋梁。

张晓晓吃完最后一口烤肠，扔掉竹签："我卡在450分不上不下的，这分数段最难受。"

去年公办本科分数线470分，张晓晓连这个分数都够不到，上民办又不甘心。

余愿给她出主意："要不，你也去金榜教育报个班？"

"你陪我。"张晓晓拉着她的胳膊撒娇耍赖，"我一个人实在不想坐那么久的公交车。我真佩服你说报就报，那么远的路你愣是咬牙坚持住了。"

余愿小声嘀咕，当然是因为去见陈同学才有动力呀。

张晓晓动之以情:"余愿,你要不认真考虑考虑?你看你从一百名进了前三十名,如果再努努力,到高考前说不定能进前十名,从普本变成名校。"

余愿心态很佛系,家里对她也没要求,想学就学,上民办也行,好赖混个书读就成。

不知为什么,在张晓晓的言语轰炸之下,余愿脑子里忽然想起赵思婷说过的那句话:

"日子还长嘛,我总有一天会追上他的脚步。"

陈知让的脚步,余愿自知这辈子拼尽全力也追不上,但能缩小距离也是好的,哪怕只有一点点。

面对张晓晓的言语炮弹,余愿思量再三:"等我回去想想。"

这天晚上,余愿刚到家,就听到爸妈的小声议论。

赵女士说:"哎,老余,家长群里的成绩表你看了没?女儿这回班里第4名,年级第27名,这是忽然对学习开窍了?"

老余沏了一壶茶,摆弄着新茶具。这套茶具刚到手,他新鲜得不行。

"上回报补习班就觉得她挺反常,每个周末早早去等公交车,之前可没见她对学习这么上心。"

"要不再给她续上补习班?之前她说不去了,我也没多问。"赵女士切了盘水果端出来,要把老余那套茶具挪个地方,"那个补课班的老师据说都是成中和一中退休下来的老师,教学生很有经验。"

"哎哎哎,轻拿轻放,我新买的。"老余紧张得不得了,生怕新茶具被磕碰了。

余愿走上前,正看见老余伸手去护茶具,身上毛衫盖着日渐发福的肚子,目测最近又胖了不少。

老余瞥见她,把果盘往她跟前挪了挪:"正好和你妈说补课班的事呢。

你表姐林琳一直续着费，你要不也接着补课？"

这对夫妻生怕因续费不及时，把闺女那点难得的学习热情给扑灭了。

余愿还在犹豫："我觉得补两天课时间太紧了，作业都没时间做。"更别说追剧聊天看八卦了。

补课以来一直忙忙碌碌，周末时间完全被补课占据，她每天忙得像打仗一样，根本无法想象成中的学生都是怎么把这些当作日常的。

赵女士也不催，一切随她："没事，你自己决定，想报的话告诉我。"

这一整晚，余愿脑子里一直有两个念头在打架，一个说努力一把，一个说得过且过。

最终还是赵思婷那句话让她做了决定。

余愿也想追上陈同学的步伐。

在第二次报班时，金榜教育在城南有了分校区，离家不远，甚至每天午间和晚上都能去补习。

余愿没再见过陈知让，两人偶尔在手机上聊天，他也很少说关于自己的事情。

好在林琳时不时跟她电话联系，她才能零星获得他的近况。

2016年3月15日。

林琳：他期中考试第一名。

2016年6月29日。

林琳：成吧，他期末也是第一。

2016年11月1日。

林琳：高三第二次月考，陈知让这次的第一名比第二名多二十分。

2016年12月31日。

林琳：我们学校元旦话剧表演，今天彩排，你要不要来看？

余愿看到这条消息才忽然意识到，时间过得好快，眨眼就又是一年元旦了，正好也很久没放松过了。

余余余余余余：好啊，今天我们放学早，下午只上两节课。

余愿去城北之前还特意回家换了身衣服，不然十四中的绿色校服混在成中清一色的深蓝校服里格外惹眼。

这次她没有事先告诉陈知让，心想，毕竟都在一个学校里了，总能碰见的。

下午六点，林琳在校门口接到余愿便直奔演播大厅，里面的女生个个化了妆，略施粉黛就足够靓丽。

林琳一边"借过借过"，一边喋喋不休："要是放在以前，都高三了哪会有这么盛大的场面，如今学校人性化了不少。"

余愿借着林琳开出来的道走，路上忍不住东张西望："你们班什么节目啊？"

"我们班诗朗诵，无聊透了。"林琳在前头披荆斩棘，也不忘回头拉她，"今年最好的节目应该属《大话西游》，陈知让他们班的。我见过排练，特别棒。"

余愿刚想顺着话茬多问一句，一个戴眼镜的男生挤了过来，着急忙慌地喊："林琳，班长找你呢，说是什么钥匙在你那儿。"

"糟了，我放演出服的口袋里了，刚脱下来扔在更衣室。"钥匙有急用，林琳往前走着冲余愿晃了晃手机，"余愿，你先在这儿转转，一会儿手机联系。"

余愿连连点头："好，你们快去吧。"

林琳被人叫走，余愿慢下脚步，走走停停，漫无目地去到了边上一处人少的地方。

深红色的绒布窗帘垂地，一片厚重，旁边两个男生在临阵磨枪地对台词。

其中一个扮演至尊宝，台词说得磕磕绊绊："如果上天能给我一个再来一次的机会，我一定……我一定……"

另一个男生高高瘦瘦，穿着成中校服，双手环胸站得懒懒散散，手里还卷着本台词。

短暂的沉默过后，穿校服的男生开口："如果上天能够给我一个再来一次的机会，我会对那个女孩说出三个字，我爱你。"

不带有感情的散漫随性，却别样好听。

校服男生背对着余愿，再加上角落里灯光昏暗，余愿只能看到他一点模糊的侧脸。

"啊，对对对，下一句。""至尊宝"眉头紧皱，正经历着一场激烈的头脑风暴，"如果我非要对这份爱加一个期限……"

校服男生轻叹，语气多了几分无奈："如果非要在这份爱上加一个期限，我希望是，一万年。"

"陈知让。"余愿忍不住出声，声音很小，近似呢喃。

她大概是太久没听到过他的声音，这会儿才后知后觉地反应过来，这位校服男生是陈知让。

前面"至尊宝"拉着陈知让的手："陈哥，要不你上吧，这词儿你都背得比我熟。我是真不行啊，你说赵高他吃什么麻辣小龙虾，吃坏肚子临危受命让我顶上，这词儿是人背的吗？"

"爱莫能助。"陈知让无情地抽回手，轻拍了拍对方的肩，"自求多福，加油。"

"至尊宝"同学觉得自己还能再挣扎一二："陈哥，你忍心看我上台丢人吗？咱们这节目可是压轴的。"

这些话陈知让根本左耳朵进右耳朵出。

他抬手看了眼腕表，该吃饭了，一下午什么也没干就在这儿干耗着，几句车轱辘话居然能错得千奇百怪。

"你先背着。"陈知让顺手把台词本塞还给"至尊宝"同学。

"至尊宝"同学见他要走，跟了一步："你去干吗？"

"吃饭啊。"陈知让一脸的无辜且理所当然。

"至尊宝"同学："你快去快回，咱们估计十点左右才能轮到，回来再帮我对几遍词。"

陈知让刚敷衍地"嗯"了两声，转身就看见了余愿。

这不大的角落里只有他们三个人，远处的吵嚷声俨然被分割成了白噪音。

这是余愿第一次见陈知让穿成中校服，看了半晌才说："好久不见，陈知让。"

少年嘴角一扬："好久不见。"

他正准备去吃饭，余愿也刚好没吃，便同他一起。

校门大开，冬天又冷，进进出出的学生校服混搭各类不同的演出服，门卫大爷端着茶缸眼神疑惑地盯着人群。

陈知让就近选了一家叫"状元米粉"的小店，两人点了同样的"招牌微辣"。

屋里摆了几张折叠方桌，桌腿下还垫着不知名的硬纸壳。

余愿坐好等米粉上桌，借着今天的彩排没话找话："陈知让，你背台词是不是还挺快的？"

陈知让笑了："都听见了？"

"听见几句。"

"如果上天能够给我一个再来一次的机会，我会对那个女孩说出三个字，我爱你。如果非要在这份爱上加一个期限，我希望是，一万年。"陈知让漆黑的眼睛看着她，不同于跟人对台词时的随意，浅淡腔调带着几分说不清道不明的情绪。

末了，他轻轻别开眼："陪人对了一下午台词，我也就记住这两句。"

余愿忍不住叹道："唉，我也好想成为紫霞啊。"

如果陈知让刚刚那两句话中间停顿得再久一点，她怕是要直接陷进去了。

"老板,两份招牌特辣!"门口有学生报餐,咋咋呼呼把另一道声音几乎冲散。

余愿与对面的少年相望,小声说:"无所谓,我会奔你而去。"

那天最后的表演还算圆满,"至尊宝"同学赶在最后时刻顺好了台词,随众人上台演完一场《大话西游》,元旦晚会的压轴大戏完美落幕。

从城北到城南,隔着数十公里,一趟28路公交车。

余愿为了不让上万元的补习班费白交,每天拉着张晓晓来补习,分数虽然没有像过去一年那般大跨步,也算是稳定前进中。

她和陈知让的偶尔聊天也变成了成绩汇报。

余余余余余:我这次考了539分,班里第二名。

余余余余余:周考成绩是535分,分数好像卡在这个阶段了。

余余余余余:陈知让,数学总徘徊在及格线,还有救吗?

这条消息的下面,是陈同学发过来的一条长达四十分钟的语音通话记录。

周六,余愿坐在28路公交车上,打算去新华书店买几本题册,车里两个拎着菜的大妈在讨论成中今年百日誓师的活动。

余愿听了两句,忽然改变主意,没在新华书店站下车,而是直接去了城北。

她也想去凑下热闹,看看成中一年一度声势浩大的百日誓师。

成中操场上人山人海,余愿在家长后援队里勉强找了个地方落脚。

"哎,你怎么来了?"姜南看见她,倒是不客气地把DV机往她手里一塞,"正好,我刚想去买瓶水,马上到学生代表发言了,我要是没回来你帮我录一下,记得把我陈哥拍好看点,结束请你吃冰激凌。"

"喂！"余愿捧着机子，回头时人已经跑了。

这个 DV 机……她不会用啊。

主席台上某个中年领导讲得慷慨激昂，余愿身边不少家长都举着手机拍照。

余愿鼓捣着手里的 DV 机，旁边有个小女孩仰头问妈妈："哥哥等下会上台吗？"

女人放下手机，将小女孩抱起来："你哥可当不上学生代表，等我们晨晨长大，争取上台发言。"

余愿调了几个按钮，误打误撞成功了。

台上领导讲话结束，底下学生跟着起哄，掌声雷动。校广播站的女主持人拿着话筒，字正腔圆地说："接下来有请学生代表，高三（1）班陈知让同学上台演讲。"

主席台两侧红色灯笼球浮在上空，条幅上印着奋斗百天的誓言，清风阵阵，国旗飘扬。

余愿托着 DV 机，看到镜头里的这一幕，连她这个外校生都被感染。

镜头里，陈知让穿着一身整洁的校服上台，从主持人手中接过话筒，面对观众："我是高三（1）班的陈知让，大家上午好。"

余愿身为业余摄像，却也录得认真，偶尔忍不住移开视线望向台上。这一幕，她要亲眼看到才好。

少年的声音沉磁有力，透过话筒传来，余愿只顾得看，顾不上听。

"……红日初升，其道大光，河出伏流，一泻汪洋，前途似海，来日方长。请大家和我一起，以青春的名义宣誓……"

"以青春的名义宣誓。"小女孩被妈妈抱着，跟着举高拳头，脆生生的嗓音将大人逗笑。

台上少年意气风发，势不可当。

台下全体学生单手握拳，誓要冲破云霄。

"不负自己,不负未来,不负恩师之厚望,谱写绚烂之篇章。"

"不负自己,不负未来,不负恩师之厚望,谱写绚烂之篇章。"

"少年应有鸿鹄志,当骑骏马踏平川!"

"少年应有鸿鹄志,当骑骏马踏平川!"

"砰"的一声,主席台两侧的礼炮和彩烟腾空而起,又是一片欢呼。

宣誓完毕,陈知让在大团彩烟中谢幕。

视频也就录到这里,全程五分多钟。

"是学生家属吧?来,拿个气球,待会儿可以在上面写愿望,图个好兆头。"女生胳膊上戴着志愿者红袖章,手里攥着把氢气球,挤进家长堆里发气球。

余愿一手拿着DV机,一手攥紧刚得来的氢气球。

誓师活动结束,学生们纷纷散场去后排找家长,人群中充斥着各种各样的对话。

"给你要了个气球,红色的,吉利,有没有笔?也跟着写两句。"

"那我写个大的,清华……唉,算了算了,我指定考不上。"

"那可说不准,万一走运呢?"

"妈,你可真看得起我。"

"哥哥真棒!"

气球升空,上面承载着各式各样的美好愿望。

△北京师大!

△厦门大学,ZXC和LYL冲呀!

△金榜题名!

…………

人群熙攘,余愿见陈知让朝这边走过来,他手里也被人塞了一个红色气球。

陈知让是过来找姜南的,没想到会碰见余愿:"你怎么来了?姜南

跑哪儿去了?"

说着,他松了手,放气球升空。

"他去买水。"余愿见气球跑了,还愣了一下,"你怎么不写愿望就放飞了?"

"我想要的,都会有。"陈知让嘴角一扬,嗓音沉沉懒懒,很没所谓。

阳光落在少年身上,一时间让他与烈阳难分伯仲。

虽说少年无畏,但事后回想,那时的陈知让真是过分自信了,前途和未来皆在脚下,不屑于借任何一点神明光辉。

余愿偏过头去,往下扯了扯自己的那个气球:"你不写,我写。"

余愿没有带笔,跟别人借了一支,但气球不听话,在手里老是东倒西歪的。

陈知让上前帮她扶好,好让她安心写。

余愿抬头看他一眼,又低下头,拔开笔帽。

她在气球上写:YY 和 CZR,金榜题名,高考必胜。

余愿的字写得一般,在气球上写字尤为困难,"必胜"二字落笔时,她听见某人一声轻笑。

余愿拿回气球,瞪他:"你笑什么?"

她这一眼显然毫无威慑力,陈某人还是那般懒懒散散:"还以为你有什么好词。"

"'金榜题名'这词还不够好啊?"余愿拿着气球仔细端详一遍才满意地松手。

红色气球徐徐升高,和别人的混在一起,再也分不清。

姜南这会儿才拿着瓶水气喘吁吁地跑过来:"录上了吗?我刚买完水就开始宣誓了,我直接站七班后面宣的誓。"

余愿把 DV 机递给他:"录好了。"

姜南单手拿着机子简单看了两眼:"录得还挺好,主要是我位置占得巧,正对着主席台。咱家长正好也都没来,走呗,请你们吃冰激凌。"

校外成排的小商店门口,不少学生挤在一起买东西。

三月初,气温刚刚回暖,按道理还不到吃冰激凌的时候,姜南就是见有家冰激凌店新开业,馋虫上脑,非得尝尝。

他们三个分别要了不同的口味:原味、香草和巧克力。

余愿端着小碗,挖了一勺吃,淋在上面的巧克力酱味道很浓,挺好吃的。

虽然二十五元一份价格小贵,但偶尔饱饱口福也能接受。

姜南一边吃,一边回放DV机里陈知让宣誓的那一段,主角本人在旁边站着多少有些尴尬。

陈知让轻咳了声,踢了一下姜南的凳子,但没用力:"关了。"

姜南只当没听见,意犹未尽地"啧"了一声:"不错。"

陈知让也懒得再说什么,坐在旁边玩手机。他手机里没几个软件,来回切一遍半分钟都用不了。

他忽然问:"十四中誓师了吗?"

余愿拿勺子在冰激凌碗里有一下没一下地戳着:"一开年就办了,不过特草率,搭了个充气拱门让学生走一圈,说是鱼跃龙门。"

从成本到形式都相当简单。

"还有一百天就解放了。"姜南考虑的点显然与众不同,舒展胳膊伸了个懒腰,"今天我在气球上写了六个'一举夺魁'。老陈,你写的什么?"

陈知让不咸不淡地看他一眼:"没写。"

姜南一时语塞,随后默默朝陈知让翻了个白眼:"你知道吗?很多时候你要不是陈知让,我一定觉得你这人特装!"

每次想破口大骂这人好装的时候,仔细一品,又发现他只是轻描淡

写地陈述事实。

这一点更让人恼火。

高考在即，相聚很短，余愿隔三岔五才顾得上写两行日记。

每次市模考结束，余愿在手机上打开成中那份密密麻麻的成绩表，最顶头的永远是陈知让。

他学理科，三模成绩 722 分。

余愿学文科，三模 547 分。虽然不比成中，但自己还算满意，忍不住截图发去报喜。

余余余余余：这次班里第二名。怎么样，是不是很厉害？

余余余余余：补习班的钱没有白交！

余余余余余：我爸妈说高考结束奖励我一个大红包，到时请你吃饭。

余余余余余：陈同学三模成绩好强，沾沾学霸的喜气。

消息发出，对方正巧玩手机摸鱼，回复得很快。

CZR：余愿同学真厉害。

CZR：三模理科题不难，掺了水分。

陈知让开着玩笑。

余愿知道时间宝贵，只聊了几句便说要去睡觉了。

高考前一天晚上，余愿拿了一瓶饮料，咬着吸管打电话："陈知让，高考加油！"

"高考加油。"电话里，陈知让嗓音沉沉，有点没精神。

尽管他是笑着的，透过听筒也掩饰不住那份厚重的疲惫。

"感觉你最近好累啊，等下早点休息吧。"余愿安静一瞬，吸了口葡萄饮料，不再叨扰，"那，晚安。"

陈知让应着："嗯，晚安。"

电话结束，却是今晚噩梦的开始。

医院，白墙，空旷走廊里回荡着女人的哭喊声。

"2018年3月9日，上午9点45分，患者余愿被宣布死亡。"

"金主任，主任你救救她，她去年刚考上大学，她才十八岁。"

画面模糊，然后被割裂，雷声轰隆，雨声杂乱，不绝于耳。

"嗯，真考砸了。"

"你们不要，我要！我们阿让不是没人要的东西。"

"今年雨下得这么反常，肯定不是什么好兆头。"

"陈知让，我们要一直一直在一起。"

"阿让，回来吧，你奶奶今天早上走了。"

…………

"嘀嘀——嘀嘀——嘀——"

闹钟响了。

陈知让从被子里腾出只手，摩挲着关掉闹铃，人没完全清醒，只觉得太阳穴处疼得要命。

门被敲了两下，老太太在外头叫他："赶紧起来吃饭了。今天高考，豆浆买回来放桌上好一会儿了，再不吃该凉了。"

陈知让揉着涨痛的太阳穴，不情不愿地坐起身。他开门出去时，老太太正在门口，迎面撞见他这脸色，不由得皱眉："昨晚没睡好啊？"

梦里那些不好的瞬间太过于真实，陈知让看着跟前的老太太，仔仔细细地说："做梦了。"

老太太也看着他："梦见什么？"

陈知让抱着胳膊，倚着门，淡笑了声，说："梦见奶奶不要我了。"

"神经病。"余美丽笑着打他，也不舍得用力，"快去洗漱吃饭，尽梦些有的没的。"

2017年6月7日。

果不其然，陈知让的卷子写得一塌糊涂，最擅长的数学居然交了半

页白卷。

下午考试结束,小雨淅淅沥沥,陈知让没有带伞,也不想太早回家,就这么一路漫无目地走到了小区门口。他坐在便利店门口的台阶上,随手折了根草在手上把玩。

昨晚的梦如同某种诅咒,在他脑海中挥之不去,甚至还能不断回想起其中的细节。

——"来了,赶紧进去给老太太磕个头,你叔叔大伯都在屋里呢。"

——"老人家也八十了,喜丧,一辈子没受罪,算是有福气。"

——"那里的鸭子会讲话,于是我教它们说,陈知让,陈知让,陈知让……"

——"陈知让,我也想再看看春天的,可是我好像真的撑不住了。"

梦的最后,他捡起了一地的信,可信上的内容,他怎么都看不清。

路面不平,积起浅浅水洼,雨滴点点,敲打出一圈又一圈的涟漪。

倏然,一双白色帆布鞋踩进水面,打破了这份小心维持的平衡。

陈知让抬眸,不偏不倚地对上姑娘的眼睛。

余愿纤细的手腕撑着红色雨伞,考点在城北,她提前几天便住在了林琳家。老余刚开车接她回来,隔着重重雨幕,她一眼就认出了陈知让。

伞下少年稍仰着头,漆黑的眼睛望着她,不知是不是她的错觉,那双眼睛有些湿漉漉的。

他身上的衣服沾了些雨水,头发微湿,是罕见的狼狈。

余愿默了一瞬才出声:"陈知让。"

少年起身,迫使她不得不把伞举高一点。

陈知让什么也没有说,向前走了半步,伸手将她揽入怀中。

他知道这个举动不合适,逾越了,但他此刻只想借一个人靠一靠,别的什么都不想顾及。

余愿能感觉到他情绪不高,半响后又叫了遍他的名字:"陈知让。"

"嗯。"

他低低应了句,呼吸声就落在她耳边。

两人挨得足够近,余愿隐约能感受到他身上的体温:"你发烧了?"

陈知让不清楚:"可能是吧。"

"考砸了吗?"

他笑了下:"精神攻击啊?"

"哦,那让你靠一下吧。"

远处,赵思婷撑着把黑色雨伞,在白杨树下不声不响地看完这一幕。

"哎,赵思婷,等人啊?"

路边两个同学拿透明笔袋顶在头上,跟她打招呼。

赵思婷笑了下,让出另一把折叠伞:"没有。这伞给你们用吧,我在我爸车上拿的。"

雨过天晴,日子还和往常一样。高考那两天出现在陈知让身上的病症,也随着高考结束消失得无影无踪。

陈知让考场发挥失误,考了有史以来的最低分

余愿在拿到录取通知书后,第一时间拍给他看,心底还有点小小的骄傲。

余愿同学,辛苦了,这可是你三年前想都不敢想的学校。

余余余余余:我的通知书到了。下午兑现承诺,请你吃饭。

高考结束后,爸妈说话算话,直接给了她8888元的大红包,很厚实的一沓。

余愿往银行卡里存了一些,剩下的现金还放在红包里。她从小便是财迷,钞票这种东西非得看着见摸得着才开心。

陈知让刚去超市买了些冷饮,回来路上顺手取了通知书。

东大，法律系。

不是所有人预想中的清华。

陈知让从不信命，但他高考这事儿就像路边那算命先生说的一样，命里没有的，强求不来。

他回家放了东西才腾出手拿手机，屏幕上的消息是九分钟前收到的。

CZR：刚到家，通知书我也才拿到手。

CZR：巧了，我们学校挨着。

陈知让用手机拍了通知书的信封袋，一同发送。

余愿看着这条消息暗自戳了戳屏幕。

当然不巧啦，这所学校是她一边看《报考指南》，一边对着百度地图，费心费力选了好几天才选出来的。

余愿本来想着看能不能碰运气踩线跟他进同一所大学，分数线一出，这点幻想便彻底破灭。

他就算是考试失误不得不放低选择的院校，对她来说也是高不可攀的存在。

余余余余余：是啊，好巧。下午成中门口见。

她躺在空调房里，卷着被子痴笑。有了这张录取通知书，以后去见陈知让就不再隔着数十公里了，而是出个校门转身就能碰见。

陈同学，我们还有好多好多个明天。

下午，老余碰巧去城北办事，余愿提前出门搭了个顺风车。

日头正晒，余愿给陈知让发完消息，就去小巷里的英才书店蹭会儿空调。

她刚进去不久，有人在背后轻拍了一下她的肩："余愿。"

余愿回头，是很久没见过的赵思婷，她是今年的省状元。

余愿没多想，开口就是一句"恭喜"。

这句话赵思婷近来已经听了无数遍，耳朵都起茧子了："哎呀，快别说了，越听越不好意思。"

"你向你喜欢的那个男生表白了吗？"虽然过去那么久，余愿依然记得这事。

当时赵思婷说要追上那个男生的脚步，这下一举夺魁，怕是直接超越了。

"表什么白啊？"赵思婷手里拿着两本书，"我得了这个状元以后呢，忽然发现一件事，就是我对他可能不是单纯的喜欢，更多是出于一种争强好胜的心理。在进成中之前，我永远是完美无瑕的第一名，进成中之后，第一名就不是我了，换谁都会有心理落差。"

余愿不知道赵思婷口中的"他"是谁，只深深羡慕她这份洒脱，不论是行为还是思想上，她都像武侠剧里豪情万丈的女侠。

余愿揣在口袋里的手机连声振动，透过布料发出闷响，是陈知让的消息。

CZR：睡着了，刚看到。

CZR：我现在出门，五分钟到。

余愿握着手机，笑着对赵思婷挥手："我得走了，下次见。"

"下次见。"赵思婷的目光追随着姑娘一路小跑离开的背影，看了好久好久。这也是赵思婷最后一次见到她。

在往后的岁月里，赵思婷从没告诉任何人，她高考结束后站在白杨树下看到的那一幕，也没告诉任何人，在曾经青春懵懂的岁月里，她真真切切地爱过一个人。

几分钟后，余愿在成中校门口见到了陈知让。

他刚睡醒就出门，头发乱糟糟的。

陈知让穿着T恤和运动裤，万年不变的穿搭倒也看不腻。

余愿近两次见他都是这般没精打采,有些担心:"你最近怎么这么爱睡觉啊?"

晒着太阳,他越发懒洋洋的:"不知道,可能高中时严重缺觉,这会儿补偿心理,睡下就起不来。"

也不全是,最近他老是做些乱七八糟的梦,整晚整晚都睡不好。

"高考结束,可算是能一觉睡到大天亮了。"余愿没觉得他这话有什么不对,拿出手机跟他炫耀,"想吃什么?请你吃。"

"吃什么都行。"陈知让见跟前的姑娘笑意盈盈的,忽然又改了口,"想吃鱼。"

余愿爽快地答应:"好,咱们晚餐就吃鱼。"

余愿来城北次数不多,之前来上补习班也是上课下课,两点一线,没有闲暇时间在城北消遣,也不知道哪家馆子好吃。最终还是陈知让挑了一家吃鱼的店,余愿在菜单上选了麻辣和番茄口味。

不过点菜的工夫,余愿再抬头,就见陈知让趴在桌子上睡着了。

少年的手松松搭在脑后,像好几天没睡过整觉了。

余愿不忍叫他,想了下,还是伸手轻敲了敲桌面:"喂,醒醒。"

少年缓缓动了下脑袋,抬起头,看着对面的人,忽然有种恍如隔世的感觉,又或者叫失而复得。

他找不到这份情感的来源,他分明从未失去过。

陈知让随手抓了下头发,开玩笑说:"我该不会得了嗜睡症吧?"

"你晚上都不睡觉的吗?"余愿从没见过这么缺觉的。

陈知让慢悠悠往后靠着,整个人透着股懒劲儿:"不够睡,也不知道怎么了。"

"觉怎么能不够睡?少玩会儿手机就什么都有了。"

余愿有样学样,这话都是爸妈在家唠叨了千百遍的,她这会儿也拿出来唠叨他。

陈知让也不还嘴，认命听着，眼角带笑地瞧她："嗯，遵命，余老师。"

晚上这顿鱼有些咸了，附近便利店关门，两个人只能在不远处的自动贩卖机买饮料。

七月末，夜里气温一点一点降下来。余愿买好后分了陈知让一瓶葡萄汽水，感受着微风拂面，很舒服。

小广场的长椅上坐满了人，余愿不太讲究，同他一起屈着腿坐在台阶上。

冰凉的玻璃杯壁冒出水珠，余愿伸手抹掉，抬头望着天上的星星，想一出是一出："陈知让，你之前问我信不信这个世上有平行时空，我现在好像相信了。"

她最近迷上了一本小说，里面就是讲平行时空的，男女主的爱情跨越时空，看着特别上瘾。

陈知让没说话，只偏头看她，能在姑娘眼里看见细碎的光。

余愿一手托着下巴，慢慢地说："有时候我就想啊，如果真的有平行时空，我想早点认识你，总感觉我们相遇太迟了。"

"陈知让，我一定要早两年认识你。"余愿一扭头，正对上少年灼灼的目光。

他的眼睛真好看。余愿心想。

"早点认识我啊？那可不行。"陈知让笑了笑，唇边漾出一抹浅浅的弧度，懒懒散散的，"你刚认识我的时候对我什么印象？是不是觉得我这人特装？"

他知道自己什么德行，也是从高考翻车之后才慢慢收敛了些。

"刚认识的时候……"余愿喝了口汽水，认真想了一下，"那会儿对你的印象主要都是从林琳那里听来的，好学生，大学霸，而且零绯闻，办事特别有分寸。"

少年唇边的笑意更盛了些:"没别的?"

余愿摇头:"没了,就这些。"

"余愿,我其实特没分寸。"陈知让嗓音淡淡的,带着轻微的自嘲。

姑娘不解地蹙眉:"嗯?"

"我是怕。"陈知让单手拎着那瓶汽水,不紧不慢地轻晃了两下,看着液体在瓶子里漾出深深浅浅的痕迹,顿了一瞬才说,"怕被人讨厌,怕别人都不喜欢我。"

余愿不知道他为什么会这么想:"还有人不喜欢你啊?老师、同学、家长,他们都喜欢你这样的吧?踏实努力,待人友善。"

如果说上帝偏心,那就是把所有好的都给了他。

"如果你遇见小时候的我,你也不会想要靠近我。"陈知让没跟别人说过这些,可能此时星空明朗,清风正好,而且他只要在余愿跟前,话就格外多,"我小时候可是小区里有名的小霸王,看谁不爽就揍谁,跟别的小孩滚在地上打架,每天脏兮兮地回家。"

那时叶舒然纵容他,不会说半句苛责的话,只是一遍遍跟他讲些待人处事的大道理,但他从来不听。

直到叶舒然离开后的某一天,他才忽然发现,那些之前不屑一顾的大道理早就潜移默化,根深蒂固地刻进了他脑子里。

"那时候我没有朋友,还自欺欺人装作不屑于跟他们玩。"陈知让现在想想,觉得以前的自己真是幼稚,"也因为我不听话,跟我后妈处不来,就跟我奶奶一起住了。"

那个女人嫁给陈疆阔的时候也就二十出头,刚大学毕业。而叶舒然去世才不到一年。陈知让没有了妈妈,但他不懂得怎么表达那份感情,他没有哭,也没有闹,只是性格变得越来越恶劣,成了老师口中的"混世魔头"。

自己才二十出头,而且对方家里还有一个上房揭瓦的熊孩子,但她还是和陈疆阔结婚了。

婚礼当天,陈知让在一个角落自娱自乐地玩彩带,不小心碰到宾客丢下未灭的烟头,彩带瞬间起火烧了新娘的裙子。

他不是故意的,礼堂里人员来往混乱,他也没看清是谁扔的烟头。

那天满堂宾客愣是没一个人愿意信他,丢烟头的正主又怕担责不出声。

那时的陈知让劣迹斑斑,是亲戚口中天生的"坏种",只有余美丽看见了他含在眼底的惊慌失措。她穿过礼堂乌泱泱的人群,抱起他,说:"不怕不怕,奶奶相信你。"

婚礼结束后,陈知让睡不好觉,整晚做着大火漫天的噩梦。

纵使这样,第二天顶着黑眼圈起床的陈知让背好书包出门前,还是把说不出口的道歉写在纸上,悄悄塞在那个爸爸娶回家的年轻阿姨的门缝中。

后来余美丽说起陈疆阔再婚这事儿,还笑话陈知让:"阿让,你没长嘴呀?怎么会跟我说,不会跟他们争辩啦?七八个小孩都在玩彩带,丢烟头的大人才是坏人。"

再然后就是余美丽接替了叶舒然的角色,一遍遍地给陈知让讲着最没用的道理。

日复一日,那些话渐渐被他听了进去。

陈知让不再跟人打架,成绩迅速提上来,性格也逐渐变好了,那些说他是"坏种"的亲戚也在一年又一年中逐渐改变口风,说他长大了,懂事了。

陈知让似乎很懂怎么做一个毫无缺陷处处完美的人。

余愿听完,手里的那瓶汽水也见了底:"那姜南呢?你小时候也揍他不手软吗?"

陈知让佩服她思维跳脱,重点总在人意想不到的地方。

他笑了下，说："他小时候块头大，也比较抗揍。我们俩天天打得像泥人，到晚上他被他爸拎着耳朵拉回家。"

"陈知让。"姑娘喊他。

陈知让偏过头去，身旁的姑娘倏然倾身，吻了一下他的唇。

冒失莽撞，青涩懵懂。

他尝到了一点葡萄汽水的甜味。

姑娘说："陈知让，不要听，要用眼睛看。我们以后都会更好的。"

这句话加上空气中萦绕不散的葡萄汽水味，犹如抛入池塘的诱饵。陈知让一动不动地盯着她看，那点分寸要与不要，已然在突破的边缘："我们现在是什么关系？"

"你……"余愿顿了顿，手指勾缠，目光不确定地对上少年的眼睛，"你觉得呢？"

他靠近，稍偏下头，分毫不差地回吻过去，仿佛旁人占不得他半点便宜。

汽水的清甜在顷刻间无声蔓延，耳边风声簌簌，心跳怦怦。

趁这个吻变得缠绵之前，他低声说："我喜欢你，余愿。

"我很早就喜欢你了。"

翌日，余愿坐在陈知让家的客厅里，周围摆着七八个纸箱。她手托着下巴，目光百无聊赖地跟随着某人活动的方向，看他不紧不慢地收拾高中的课本，看他把不用的东西装箱拿去卖废品。

少年搁在桌上的手机响了几下，他捞起来看了眼，然后说："我下去帮我奶奶拿点东西，你等我一会儿。"

正值午后，余愿有点昏昏欲睡，含混应了声："好。"

房门一开一合，客厅只剩余愿和堆积如山的纸箱。她低头，看到手边敞开的纸箱里有几样东西，耳机、未拆封的纸巾、游戏币，还有一本像是奖品那样的厚皮本,上面印着"成中三好学生"几个字。

她拿起来看,里面不是学习笔记,而是……一本日记。

看不出陈知让这人居然还会写日记啊。

余愿刚想合上,目光无意间瞥见几行,内容竟全都是关于她的。

2014 年 12 月 9 日

物理竞赛丢了块表,还把鼻子磕破,破相了。

2015 年 1 月 1 日

表是旧表,但见鬼了,总能想起那蘑菇头的姑娘。

2015 年 2 月 9 日

去了一趟十四中,她头发长长了,人挺有意思的。

2015 年 2 月 10 日

昨天还忽悠人要赔偿,今天就上赶着给人发消息是不是不太好啊?

2015 年 2 月 11 日

我发了句有事可以找我,真是又闷又装,但愿她别搭理我,我就装发错了。

得,人回我了。

2015 年 2 月 12 日

去书店买教材顺手买了本书——《女生的心思你别猜》。

2015年2月18日，除夕
新年快乐，陈知让。
你也快乐，余愿。

2015年2月20日
今天的烟花应该挺美的。
没仔细看，只顾着看人了。

2015年3月21日
提前去公交站等人，为了好看差点冻死。

2015年4月5日
她的头发已经能扎马尾了，女生头发长那么快吗？

2015年4月12日
补习班一周一见，有点像牛郎织女。

2015年4月13日
她的皮筋落下了。

2016年12月31日
今年元旦，班里的节目是《大话西游》。
在学校礼堂看见她，差点就忍不住跟她表白了。
再等等吧，还有半年就高考了。

2017年3月4日

百日誓师，高考加油，再过一百天就表白。

2017 年 6 月 9 日
考砸了。

2017 年 6 月 12 日
怎么人也尿了？

2017 年 6 月 16 日
如果忽然表白说"喂，喜欢你好久了"，是不是有点像个变态？

2017 年 6 月 24 日
出分了，她考得不错。
表白进度条 95%。

2017 年 7 月 1 日
总是做些不好的梦，关于她。

2017 年 7 月 8 日
嗜睡。

2017 年 7 月 27 日
表白了。
我说的。

余愿捧着厚皮本，潦草翻阅几页，不自觉地，眼睛有点湿。

何其幸运，是陈知让先喜欢我。

…………

"嘀嘀——嘀嘀——嘀——"

"嘀嘀——嘀嘀——嘀——"

两短一长，两短一长，这催命似的节奏吵得人头疼。陈知让动了动身子，缓缓睁眼，入眼是陌生的白墙，鼻息间是挥之不去的消毒水味。

旁边，姜南正帮他调着输液器。陈知让偏头看着，有一瞬间的晃神。

现在是2023年，姜南二十四岁，不是十八岁。

姜南一低头，见人醒了："老陈，你感觉怎么样啊？我在酒吧忽然接到电话说你晕过去了，城南宾馆打过来的，听电话里那动静，差点没给宾馆老板娘吓出个好歹。"

张姨晚上算账少了一千多，拿着计算器算来算去算不清一团烂账，倏然听见库房一声响，她着急忙慌赶过去，就见陈知让脸色惨白，倒在地上不省人事。他手机里最后一通电话是姜南打过去的，张姨就这么误打误撞，用他的手机打给了姜南。

别说是张姨，就陈知让自己也想不到，发个烧竟然还能晕过去。

难怪陈疆阔之前开玩笑说，老太太走之前那身体都比他这二十出头的人硬朗。

陈知让轻呼了口气，随口问："过去多久了？"

姜南说："一个多小时吧？"

陈知让沉默了，才一个多小时吗？他分明感觉过去有三五年那么久。

"嘀嘀——嘀嘀——嘀——"

这声音一刻不停，扰得人心烦，陈知让蹙眉，找不到声音来源："什么声音？"

"隔壁床有个小孩把玩具飞柜子顶上了，够不着，也关不了。"姜南目测了一下，玩具位置靠后，怎么也得借个工具才能弄下来，"孩子他爸好像找棍子去了，好半天没回来。"

城南医院，条件和地段一样混乱。隔壁床是个头发花白的老太太，子女带着刚上幼儿园的孙子来看望，以表孝心。架不住两个小孙子把这里当成了游乐场，玩具飞上天一不如意就又哭又喊，闹得难以收场。

陈知让默不作声地看着闹剧，等护士拔完针便叫上姜南离开了。

姜南跟着走出病房，都到电梯口了，又唠唠叨叨地折回去帮陈知让拿外套："老陈啊，我真像你保姆。"

陈知让着急要走，但没想着回城北，而是径直去了那家城南宾馆，跟老板要来了那一箱信。

那天晚上，姜南靠着宾馆库房的红色铁门，看陈知让抱着那一箱受潮的信一封一封地拆，一页一页地看。明知道看不清，他却仍旧如获珍宝，不想错漏一句。

末了，陈知让抬头。白炽灯下，他的脸色愈显病态，眼尾还有些泛红："为什么看不清？姜南，我一页都看不清，全都是写给我的信，但我什么都看不清。"

姜南动了动唇，半天没能开口，最终只词不达意地说："老陈，天快亮了。"

姜南默了默，又说："天要亮了。"

陈知让回了城北，81街鱼摊暂时歇业。他借着养病忙里偷闲，从抽屉里拿出那部挂着丁零当啷挂件的手机。

余愿手机里知乎 APP 有不少消息，之前那个帖子最近好像又被人顶上来了，热搜里还多了一个"余愿喜欢陈知让"的热门词条。

陈知让前后翻了翻，有人晒出这个帖子设为匿名之前的原始截图，图片像素稍低，看得有些费力。

胆小者的喜欢，大概是只敢在他看不见的地方空有一腔无能孤勇。

ID 名为"余愿喜欢陈知让"，发表时间为 2017 年 7 月 18 日。
这无疑是一封蓄谋已久的情书，是一场盛大无言的告白。
陈知让翻着评论区看了许久，最终下载了这个 APP。
那天晚上，另有一条评论被顶上热门，这回轮到陈知让的手机时不时地响个不停。

陈知让也喜欢余愿。

ID 名为"陈知让"，发表时间为 2023 年 10 月 19 日。

2024 年 1 月 1 日，元旦，陈知让在家收拾行李，他将于一天后飞往上海。他随手拿起桌角上那本零散的日记，页数不齐，倏然掉下一半泛黄的残页。
残页上没有日期，没有署名，他却一眼认出是那个姑娘的字迹。

我有个小小的愿望，如果可以的话，我想让陈知让先喜欢我。

—全文完—